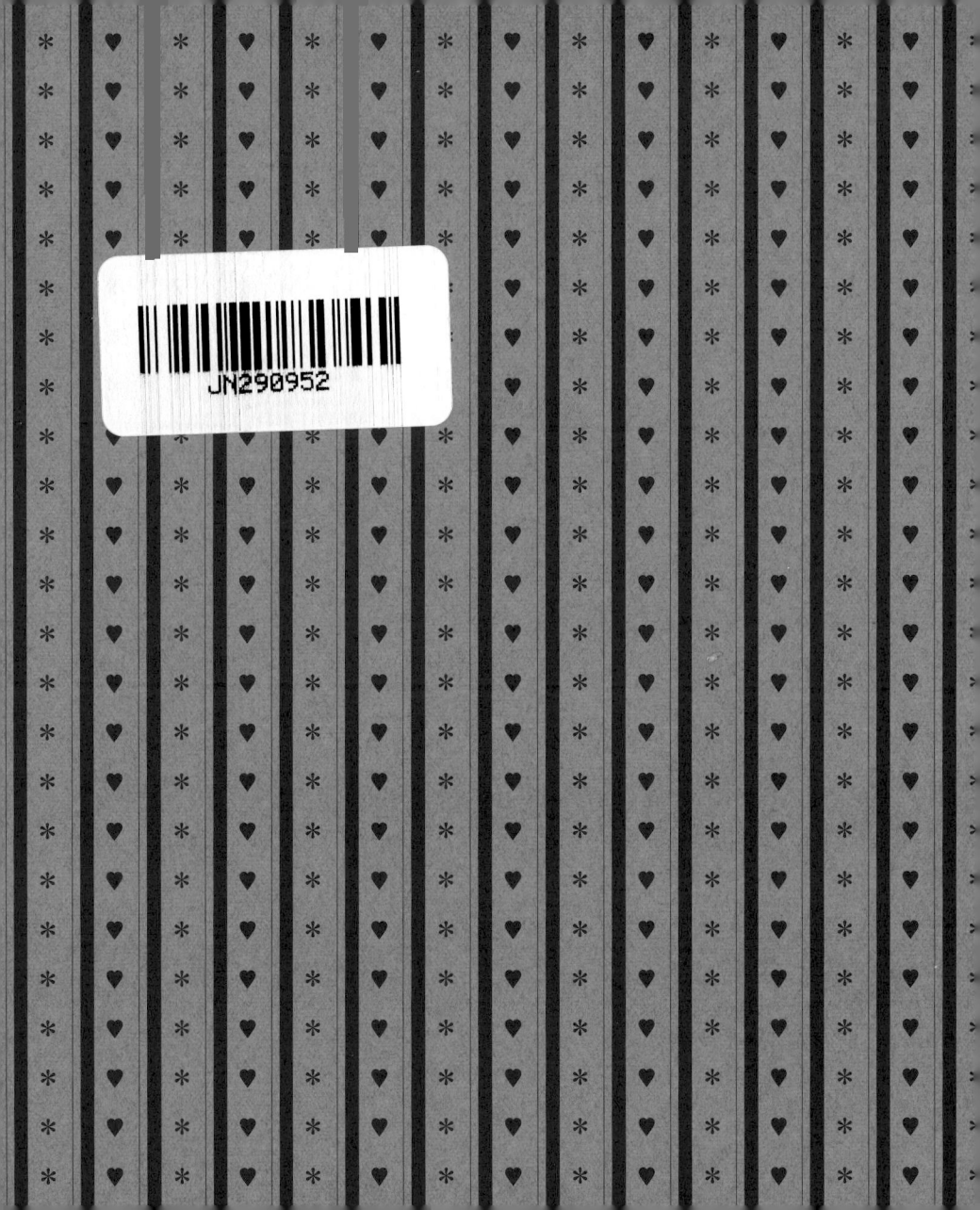

さよならの城＊寺山修司――新書館

＊――――――――――――――――――――ひどく短いまえがき

この本はさよならしたことのある人のための本です。

生まれてからまだ一度も「さよなら」と言ったことのない人は，この本を読む前にだれかにさよならして来て下さい。

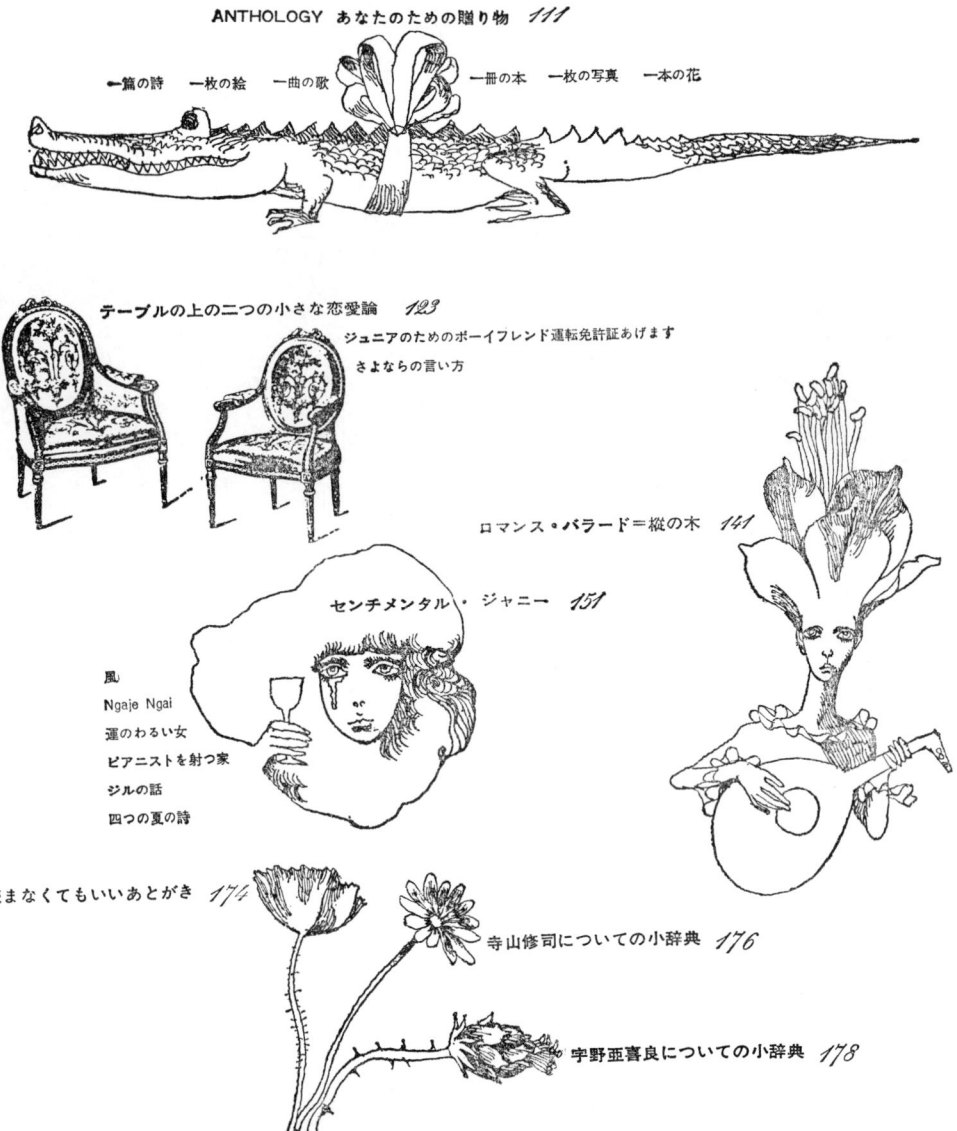

contents

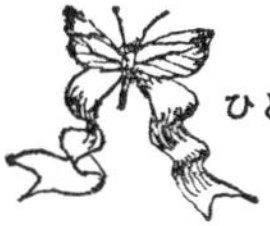

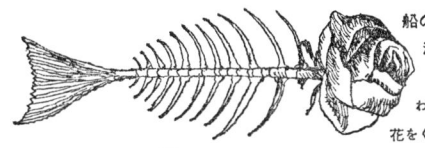

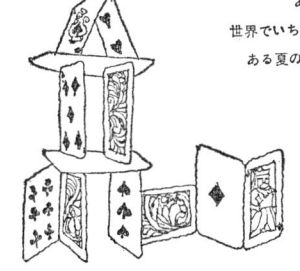

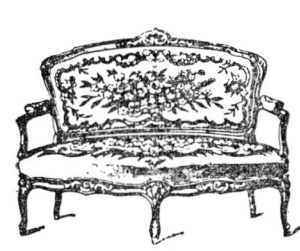

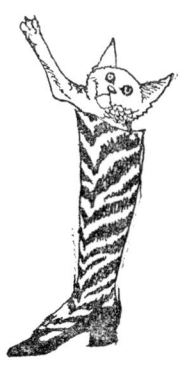

＊ 船の中で書いた物語

♥

ぼくは海賊が好きだった。

パイレーツ，と言うことばを聞くと胸がおどったものだ。だから日がな，

バイロン卿の

「われらは若きパイレーツ」

という詩を暗誦しては一人暮らしのさびしさをまぎらわしていた。

これから始まるのは船の中で書いた物語である。

ぼくの船は音楽で出来た船で，ビバルデイの「四季」の帆をはりめぐらし，

モーツアルトの音を敷きつめた船室で，ぼくはドビュッシーの海を

聴きながら瞑想にふけった。

中世風の家具什器，ベルリオーズの音の煙の中からあらわれてくる

幻の召使いたち。

何もかも申し分なかったが，それらは夜になると

みんな消えてしまうのだった。

レコードをとめると，ぼくは貧しい下宿暮らしの一人の詩人にすぎなかった

から。

船の中で書いた物語は七篇ある。

だがぼくの船はとうとう一度も航海しなかった。

だからぼくはまだ，地中海もマダガスカル島も見たことがない。

＊海のアドリブ

♥

海の絵ばかりかいている画家の話はどうですか？

自分のかいた海へ投身自殺しようとして、毎日毎日青い海の絵ばかりかいている画家の話です。

いくらかいても、絵の海は「絵」にすぎないので、彼ののぞみは叶えられそうもありません。

彼はますます貧しくなってゆくし、画商たちは彼を相手にしなくなってしまいます。

彼の裏町の小さなアトリエには、まるで鉄色をした寂しい海の絵が一枚あるだけで、ほかの家具什器は売りはらってしまったため何一つありません。

とうとう、レモンのような月の出た夜、その画家は自分の「海の絵」に自信を失くしてしまって、一人そっと波止場へ出かけてゆき、ほんものの海にとびこんで自殺をしてしまうのです。

——ところが、彼がほんものの海にとびこんだ時、彼のアトリエの「海の絵」にドブーン！　という水音がして、白いしぶきがあがったと言うのです。

そんなさみしい海の絵があったら、是非一枚欲しいものです。

♥

毎晩毎晩、海へ来てはバケツで海の水をかきだしている一人の女の子を見たことはありませんか？

髪の長い、目の大きな女の子です。

「何してるの？」と聞くと、

「海の水をかき出しているの」

とこたえてくれます。

「かき出してどうするの？」って聞くと、

「底の方に、小さな赤い櫛を落としたから、それを拾わなくっちゃ」

と言います。

バケツで海の水をかき出すなんて——とぼくが笑うと、女の子は、

「でも毎日毎日やってるもの。

いつかはきっと汲みだしてみせるわ」

と泣きだしそうになって言うのでした。

（たぶん、余程大切な赤い櫛なのでしょう）

　でも、何だかそう言えば、近頃海の水がほんの少し少なくなったような気がしませんか？

♥

　エリナ・ファージョンの童話は、こんな風にはじまっています。

「むかしむかし、すべての魚がまだ海にすんでいた頃、一匹の金魚が海にすんでいました」

　ぼくは、この童話が好きです。ぼくは、探偵小説でよく使う、犯人を「泳がせておけ！」という用語もまた好きです。

　ぼくはいつでも「泳いでいる」と思っているのです。

　海のない町に住んでいるくせに。

♥

　一人の詐欺師の罪状について。

「右者は、海を売ると言って町を行商してあるき、求めたるものにコップ一杯の塩水を売りたるものなり。

　これは誇大広告並びに詐欺行為なり。

　よって遠島の刑に処するものなり」

　しかし、詐欺師は抗議した。

「詐欺じゃない！　私の売ったのはほんものの海の水ですぞ」

　すると裁判官はこたえた。

「事実なんか問題じゃないんだ。

大切なのは、ムードなんだ」

♥

海を知らぬ少女の前に麦藁帽のわれは両手をひろげていたり

燈台に風吹き雲は時を追えりあこがれ来しはこの海ならず

アパートの鉄管口をしたたれる水よ恋しき海を想えば

♥

フランス語の家庭教師と議論しました。

「海」という単語は、女性名詞か男性名詞かということについてです。

私は「海」は男性名詞にきまっている、と言いました。そうでもなければ、女の子たちが、あんなに海の噂をしたがる訳はないと思ったからです。

しかし、家庭教師は海の冠詞は「Ｌａ」でラ・メールであるから女性名詞なのだ、と言いました。

私は、家庭教師の帰ったあとで、こっそりと辞書をひいてみました。

すると海はやっぱり女性名詞なのでした。

海を見ると、何となく頬がほてるようになったのは、この日からです。

♥

ダミア婆さんのシャンソンのレコードを棚から落として割ってしまいました。

「海で死んだ人はみんな鷗になるのです」という唄も、こなごなになってしまいました。

そこで、私は鳥類図鑑をひらいて「鷗の生まれる理由」について考え直さねばならなくなりました。

♥

一〇〇人に一人位、女の人の胸に耳をおしつけて聞くと海の音が聞こえると言うのです。

心臓よりもさみしいその音を、聞きたいと思いました。

だけど汗ばんだ有閑マダムも、白い薬局の少女も、バア「老船」のホステスも、肉ずきのいい映画女優も、詩の好きな人妻も、髪の長い女学生も、眼鏡をかけた女編集者も、月の好きな娼婦も、おしゃべりな食堂のウエイトレスも、好色なBGも――どの女の人の胸も、耳をおしつけて聞いても、海の音は聞こえませんでした。

それなのに、人は私のことを浮気だと言う！

♥

こんなに沢山、海のことを書いたのにこのページが濡れていないなんて変だと思いませんか？

変な筈です。

ぼくは嘘ばかり書いたのです。

12

＊さよならの瓶詰

♥

さよならという言葉はどんなかたちをしているか？

ということを真面目に研究していた言語学者がついにその正体の発見に成功した。それはX線レントゲンでうつしだすと、おぼろげながら輪郭がはっきりして、生物のようにのびたりするものだったのである。

さよならは、こんなかたちをしていた。これは痩せた鳥のようでもあり、地図にはのっていない、地中海の小さな島のようでもあった。

音声学者の意見によると、「さよなら」のらの音に感情のニュアンスがこめられるので下部のかたちが乱れたのであろう、と言う。のびちぢみするのは「さようなら」と、「う」を入れて長く発音する人と「さよなら」と短く言う人があるためらしい。ともかくも、言語学者はこの研究に費やしてきた二十年間の成果がついに実ったことで上機嫌であった。

彼は、それを瓶詰にした。

つぎの土曜日の学会に提出して、「形象から見た言語の具体的一例」とか何とか難しい報告をするつもりだったのである。

♥

ところが言語学者は、二十年間のさよならの研究の疲れがどっと出て、帰る途中の電車の中でいねむりをしてしまった。

いねむりをしたまではよかったが、終電車の片隅に「さよならの瓶詰」を忘れてきてしまったのである。

（これは悲しい事件である。読者はここで、ヘンリー・マンシーニあたりの曲を思いうかべながら、次へ読みすすんでいただきたい）

♥

それを拾って帰ったのは貧しい恋人たちである。二人は一週間前から同棲しはじめたばかりで♀マリは小さな劇場のストリッパー、♂ジョーはその劇場の照明係であった。

――これは一体何だろう！

と♂ジョーは首をかしげた。

――何だか知らないけど……と♀マリはくたびれきった口調で言った。

おかずにはなりそうもないわね。

わかるもんか。

食ってみればうまいかも知れん。

でも、瓶にラベルが貼ってないじゃないの。

どうせメーカー品じゃないわよ。

それもそうだな。

こんな瓶詰が売ってるのを見たこともない。

それでも、月にすかしてみると瓶の中味は水漬けみたいにキラキラと濡れて見えた。

重さ？

そうだね。さよならだけの重さだと二八〇グラム、瓶ごとの重さだと三五〇グラムだったのではないかと思う。

——こんなもの要らないわ。

と♀マリが言った。

——捨てようよ。

♀マリは橋の上から、川に向かってさよならの瓶詰を捨ててやった。

♥

このまま瓶が見つからなかったら、この世の中から「さよなら」が一つだけ消えてしまったことだろう。

そうしてたぶん、ひろい世界のどこかで、わかれなくてすむ一組の恋人同志が出来たかも知れない。そうすれば言語学者の研究も少しは世の中に貢献したかも知れないのだが……。

さよならの瓶詰を拾ったのは、年とった女であった。

川で投身自殺をしようとして、この瓶を見つけたのである。女は、はじめは手紙が入ってるのかと思った。そこで瓶からさよならをとり出したがそれは何も書いていないのだった。

女はそれを何べんも川の水で洗って、それで顔を拭き、手を拭いた。そしてまた何事もなかったように瓶に詰めて川に流してやった。

あたしの死体が発見されるのとこの瓶が発見されるのと、どっちが先だろうかなどと思いながら……

♥

さよならの瓶詰を拾ったのは男の子である。

「鳥だ」と男の子は思った。

そこで瓶からさよならをつまみ出すと、なんとかして飛ばそうと思った。

だが、さよならは飛べる訳がなかった。第一、このことばにはつばさもないのである。

空へ投げあげられると、さよならはただただうかんでいるだけで、羽ばたくこともしなかった。

それは（まるで世界で一番ひくい雲）のようにかなしそうに見えた。

男の子はがっかりしてつぶやいた。

——何だつまんない！

こいつは、かたわの鳥じゃないか。

♥

さて、このつづきは読者が自由に考えていただきたい。

つけ加えるならば、さよならを失くした言語学者は、仕方なしに、いまの奥さんと一生一緒に暮らすことにしたということである。

ああ！

わたしが猫だった頃

♥

さあ、あなたは眠りましたよ。

と催眠術師は言いました。

あなたはもう私の言いなりになってしまうほかはないのです。

そこは天幕の中でした。

赤や青の豆電球の点滅している見世物小屋の一番奥の天幕で、隣は蠟人形館になっていました。ときどき案内人のこびとが「鏡の迷路」の入口で立ち止まって笑う声が、昆虫のなき声のように聞こえてくるほかは、しんとしていました。

遠くのローラー・コースターももう終わってしまったのでしょう。

なんだか、とてもさみしい感じでした。

私は催眠術用の脚の短い椅子に深く腰かけて目をつむっていましたが、あたりはひろびろとしていて、さむい風が吹いていました。

もしかしたら、天幕の中だと思っていたのは私の間違いで、ほんとは椅子ごと空に游いでいたのかも知れません。

そこはまるで何億光年ものはてしない星雲の中のようでもあり、とても頼りない感じでもありました。

——五年前、きみは何をしていたかね？

と催眠術師の声が、はるか彼方からやってきました。

——五年前？

と私は聞きかえしました。

声が喉にひっかかって、うまくことばになりませんでした。

——五年前は、学生でしたよ。

と私は言いました。私は「法医学」の近親間に於ける殺人行為の論文を書いていました……

すると催眠術師は満足したようでした。

——正確だ。

と彼は言いました。

——十年前、きみは何をしていたかね？

と彼はまた聞きました。

十年前、私は母を失いました。

葬儀用の花の花ことばまで憶えています。

私はひとりぼっちだったんですもの！

——よろしい。

と催眠術師はうなずいたようでした。

——二十年前、きみは何をしていたかね？

私はすらすらと言えました。

――二十年前。私は五才でした。

エリナ・ファージョンの童話が大好きでした。

私ははじめてコリドラスという魚を見ました。とても幸福でした。

――二十五年前、きみは何をしていたかね？

と催眠術師は、また聞きました。

――二十五年前。

私は生まれるところでした。

暗闇から光がさしこんできました。ぶあついぶよぶよした肉の袋から、私は老婆の手でこの世にひきずり出されたのです。


ところで、と催眠術師は言いました。

――三十年前、きみは何をしていたかね？

私は思い出そうとしました。だけど、頭の片隅に膜がはったようになっていて、何だか息苦しい感じがしました。

私は目を閉じたまま、頭を振りました。おぼつかない記憶の中で、はてしない闇が見えてきました。

――三十年前。

と私は言いました。

――私は港町の古い酒場にいましたよ、すっかり年老いて。

と私は言いました。

――そんなところで、何をしていたのかね？

と催眠術師が聞きました。

――一匹の鼠をさがしていたのです。

と私は言いました。

――一匹の鼠？

そんなものを、つかまえて一体どうするつもりだね？

と催眠術師が聞きました。

――食べるんです。

と私は言いました。

――だって、とてもお腹が空いていたんですもの！

♥

白状します。

私は前世に猫だった男です。

猫と言っても血統書つきのシャム猫やペルシャ猫ではない、ただのブチ猫でした。

私と同じように、前世に猫だった人は同じ町の中だけでも百人以上はいる筈です。

そして、ときにばったり出会ったりすると、お互いに「世をしのぶ仮のすがた」を恥じながら、てれくさそうに笑って手を振ってわかれるのです。

たとえば、未練がましい私の仲間たちは自分の姓名のなかに人知れぬようにこっそりとネコということばをしのびこませておいています。
金子、という姓名の人たち。(彼等とつきあっているとわかることですが、彼等はきまって、カネコとネコにアクセントをつけられる方を喜ぶようですよ)
また峰子、稲子、種子、常子、恒子、刀根子、船子、宗子、米子、といった名前の少女たち、おばさんたち、お母さんたち――そして老婆たち。
彼女らはすべからく一番上の一字をとりのぞくとたちまち猫に早変わりしてしまうのです。(イネコからイをとってみると、ほら、ニャーオとでも鳴きそうだとは思いませんか?)

♥

アポリネールは「オルフェ様のお供の衆」というサブタイトルのついた「動物詩集」のなかにこんな風に猫の詩を書いています。

Le chat

僕は持ちたい、家のなかに、
理解のある細君と
本の間を歩きまはる猫と、
それなしにはどの季節にも
生きて行けない友だちと。

♥

私の百科辞典の「猫」の解説を加えることにしましょう。
猫……多毛症の瞑想家。

猫……長靴をはかないと子供たちと話ができない動物。

猫……食えない食肉類。

猫……書かざる探偵小説家。

猫……いつもベルリオーズの交響楽をきくような耳をもっている。

猫……財産のない快楽主義者。

猫……唯一の政治的家畜。（マキャベリの後裔）

♥

ある日、一人の男の子がビー玉を数えていたら、いつもより一つだけ多くなっていました。

男の子は何べんも何べんも数え直しましたが、やっぱり一つだけ多いのです。

男の子は、そのビー玉をテーブルの上に並べておきました。

すると、一つだけ、夜になると光るビー玉があるのでした。

男の子はこわくなりました。

それから少したって悲しくなりました。

そこで男の子は、その夜光るビー玉をコンクリートの塀に叩き捨てて、こわしてしまったのです。

その夜から
私の飼猫のジルの目が、見えなくなってしまったのでした。

＊花をくわえた女

ふとった四十女が、全裸でバス・ルームに立ってポーズをとっていると考えていただきたい。

彼女は口に花をくわえている。

彼女のお腹は脂肪がゆるんで、たるみかけている。そして、まるで鱶に襲われるのを待つかのような流し目でジッとこちらを見つめている。

こう書くと読者諸氏は、ははあ、K石油会社社長夫人のOさんだな、と思うであろう。

私もはじめはそう思った。だが、よく話をきいてみると、どうやら彼女はO夫人ではなくてO夫人の「代理の人」らしいのである。

そこで私は彼女から聞いたままの話を皆さんに伝えて、それが真実かでたらめかを判断していただくためにペンをとったという訳である。

♥

事件ははじめ、小さなレストランで起こった。O夫人が食卓についてボーイが、

「スープはコンソメにしましょうか？　それともポタージュにしましょうか？」

と訊いたとき、彼女は「両方飲みたい」と考えたのだ。

だが、食前のスープを一ぺんにコンソメもポタージュも飲むという訳にはいかない。（そんなハシタないことは上流夫人のすることではないからである）

そこで彼女はコンソメにするかポタージュにするかを迷い、そして苦悶した。

――そのとき、彼女は自分の隣の椅子に「代理の人」が座っているのを見かけた。

まるでウインナ・双生児《ソーセージ》のように彼女そっくりの代理の人が、彼女の分身として座っていたのだ。

それは両方とも「彼女」なのだが、外見的には一卵性双生児のようにも見えたので、ボーイは怪しまなかった。

彼女はコンソメもポタージュも両方とも飲むことが出来た……

♥

二人で出かけて行って、一人で帰ってきたということはよくあるが、一人で出かけて行って二人になって帰って来た、という話は珍しいのではなかろうか？　まして、その二人が両方とも彼女自身だということになると、ほとんど稀有の話である。

しかしO夫人は、この「代理の人」を一人もつことによって迷いがなくなった。

たとえば、あるパーティーで二人の若い男に口説かれたときにも、彼女はその両方を傷つけることなく、自分のものにすることが出来た。

（鰐園の番人も、作曲家も、それぞれ同日の同時間にO夫人のものになって、その

ことをちっとも怪しむ風はなかった）
主人のO氏がアフリカへの八ケ月旅行を計画したときも、「旅行したい」という気分と「留守をしたい」という気分の両方を満足させることが出来た。
しかも、その両方ともが自分の体験だということは、なかなか素晴らしいことであった。

♥

「代理の人」を一人もつことは、実に便利な話である。

O夫人は、嫌なことは「代理の人」で済ませたので、いつでも愉しい心でいることが出来た。そして、彼女と「代理の人」とは、夜遅くカード遊びをしながら、その日の体験を交換しあい、反芻しあうのであった。

彼女らは外見を除くと、他の点ではすべて同一人であった。

だから、鰐園の番人との情事も、時間の都合次第によっては、交代で出かけて行って快楽を得てくるのであった。

（しかも、同じ時間に夫のO氏とも同衾していられたので、つねにアリバイはあり、疑われるということはなかった）

♥

ところが、ある日のことである。

鰐園の番人のおかみさんが、O夫人とのプール・サイドの情事の現場に機関銃をもってとびこんで来たのだ。

彼女はO夫人と自分の亭主とを引離すと、憎しみに充ちた目で睨み、

「殺してやる！」と絶叫した。

Ｏ夫人は、あわてて逃げながら、応接間まで追いかけてくるおかみさんの目をごまかすために、洋服ダンスの中にとびこんだ。

すると、便利なことに、そこには「代理の人」がかくれていたのである。

「かわって頂戴！」

とＯ夫人は素早く耳うちした。

「どうして？」

すると「代理の人」は「いいのですか？」と訊きかえした。

「だって、あたしがいま出ていって殺されてしまったらどうします？」

Ｏ夫人は汗をふきながら答えた。

「構わないのよ」

「でも」

と「代理の人」が言った。

「あたしが死んでしまったら、奥様はもう、死ぬことが出来ませんよ。人間の体験は、一回きりですからね」

これにはＯ夫人も一寸たじろいで、

「死ぬことが出来ない？」

と訊いたものだ。

「ええ、これから一〇〇〇年もの間奥さんは生きなきゃ不可ないんです。死ねないんですから、どんな重病にかかっても、苦しいことがあってもガマンしなきゃいけませんね」

「いやだわ」

とO夫人は首をふった。

機関銃をもったおかみさんが近づいた。

O夫人は決心した。

「それなら、やっぱり、あたしが死ぬことにするわ!」

♥

こうしてO夫人はおかみさんに殺され、「代理の人」が生き残った。
「代理の人」は、いつも中年女らしい悲しい顔で私たちに話しかける。
「人生なんて、何が真実なのかわかりゃしませんよ。
あたしゃどうせ「代理の人」だから、責任あることは言えませんけど、
O夫人なんて人がほんとにいたのかどうか、皆は疑ってるらしいんですものね」

♥

あの花をくわえた奥さんの話は、いつでも怪しいと思う。

だが、これを書いている私だって、もしかしたら私の「代理の人」なのかも知れない、という気がすることがあるから、妙なものである。

＊あたしを数えて

♥

——先生、困ったことになりました。
と肥った母親が言った。
——また水虫かな？
と医学博士がきいた。
——いいえ、あたしじゃありませんの。
あたしのたった一人の娘が病気になってしまったんです。
母親はさめざめと涙を流した。
——とにかく診察して下さいな。
医学博士はうなずいた。よろしい、レントゲンでみてみよう。
——お入り！
と博士はドアに向かって怒鳴った。ドアがオズオズとあいて、娘が二人入って来た。
母親はそれを見て、またひとしきりワッと号泣した。

——お母さん、泣かないで。

と二人の娘は、二重唱のように言って肥った母親をいたわった。

つまり、こうなんですよ。

と母親が泣き泣き語りはじめた。あたしの可愛いい一人娘は、昨夜寝室へ入るときまでは間違いなく一人だったんです。

ところが、今朝あたしが廊下を通ると、ドアの中から二人でハミングしてる声が聞こえるじゃありませんか。

ゆうべは誰も訪問者がなかった筈だけど、と思いながらそっと鍵穴を覗くと、何と娘が二人になってるんです。

どうしてこんな分裂を起こしたのかは、あたしにもわかりませんが、こうやって二人並んで歩かれると世間体ってものもありますしね。

何とかもと通りの「一人」に、まとめて欲しいんでございますよ。

♥

——実は今朝。

と二人の娘が語りはじめた。

いつものようにトーストを焼きコーヒーをわかして、卵を水の中に沈めました。

ところが半熟卵を食べたい、という気持ちとハードボイルドを食べたいという気持ちとが、どうしても統一できなかったんです。

もし、なんとかしてどっちかにまとめてしまったら、我慢した方の気持ちがいつ爆発するかも知れないでしょ？

それで「半熟卵を食べる私」と「ハードボイルドを食べる私」とに、きれいに別れることにしたんです。

　そうしたら私はこんな風に二人になりました……。


たかが卵ぐらいのことでねえ！

と博士は顎を撫でまわした。二人になるといろいろと面倒くさいじゃないか。衣服代だって今までの二倍かかるし、税金だって二人分、それに一寸悲しいことがあっても他人の倍も泣かなくちゃ、いけないんだよ。

——そうねえ。

と娘[1]が言った。

——いろいろと問題あるわね。

と娘[2]が言った。

——でも、簡単に「まとまる」って訳にはいかないわ。みんなに相談してみなくっちゃ！

——みんなに？

と、博士がギョッとしたように聞き返した。

——まだいるんですか？

肥った母親が、更に困り果てたように涙声になって言った。

——ドアの向こうに、あと二人いますんで。

博士はいらいらと言った。

——お入り！　お入り！

しかし、入って来たのは二人ではなくて四人であった。「あたしたち、すぐふえるんです」

と娘[3]が弁解するように言った。

——いま、待ってるあいだに、また倍になっちゃったんです。

と娘[4]が歩きながら言った。

——あたし、インテリの男なんて嫌いだわ。ボーイフレンドにするならターザンみたいな男でなくっちゃ。

娘[5]も大きな声でそれに応酬した。

——ターザンには詩はわからないわ。やっぱり、リルケみたいなのがいい。

——あら

と娘[6]が言った。

——リルケはちっともセクシーじゃないじゃないの。

娘[5]はその一言がかなりこたえたようであった。一寸目をパチパチさせて困ったような顔をしていたが、泣き出しそうになって黙ってしまった。

すると、その娘[5]のうしろから、今までかくれていたかのように娘[7]が出て来て言うのだった。

——そうね。

リルケはセクシーじゃないから、あたしはオリることにするわ！

放っておいたら、どこまでふえて行くことやら！

と肥った母親は絶望的に言った。

——女ってのは、迷いが多いですからな。

と博士は言った。

——このままじゃ、近代医学でも手の打ちようがありません。

——あら、先生。

と娘1が言った。

——でも、あたしたちは眠るときは一人にもどりますのよ。

一人にもどって膝を抱いて、たった一つの夢を見て眠るんですよ。

——夜は問題じゃないよ。

と肥った母親が言った。いますぐ、もとの一人にもどってもらいたいんだよ。

そのままじゃ、自制心がないみたいで、世間に対してもみっともないじゃないか。

肥った母親は見るからにかわいそうだった。娘は1から7まで、声を揃えて母親をなぐさめた。

——お母さん、心配しないで。

——お母さん、心配しないで。

——お母さん、心配しないで。

——お母さん、心配しないで。

——お母さん、心配しないで。

——お母さん、心配しないで。

——お母さん、心配しないで。

♥

もしも地球も、なやみあるごとにわかれることが出来たらどうだろう。

と詩人は考えた。

戦争する地球としない地球にわかれるといい。そして人は好きな方へ移って棲めばいいんだ。

何もかも一つにまとめようとするからいけないんだ。詩人は鏡を見て思った。

——ぼくも、二人にわかれることが出来たらいいのになあ。

一人は純粋な心で詩を書きつづけ、一人は、快楽をもとめてデブデブにふとってゆくのだが……。

（間奏曲として）

♥

——これじゃ、私の力ではどうにもならん、と博士は言った。

——だが、たった一つだけ名案があるぞ。

そこで、肥った母親がきいた。

——先生もふえるつもりですの？

——いやいや、その逆だ。いいかね（と声をひそめて）

彼女ら七人を一室にとじこめて、たった一人の男を一緒にしておくのだ。

いいかね？　選ぶ余裕を与えないようにするのだ。

すると、その一人の男の関心を買うつもりで娘たちはしだいに妥協しあうようになるさ。

ふえればふえるほど男の関心の割り当てがへる訳だからな。

欲ばりな娘は、男を独占しようとして自分も一人になってしまうのは目に見えてるじゃないか。

——なるほど、なるほど！

と母親はうなずいた。

――早速、とび切り肉体美の大学生を〝アルバイト〟で雇ってくることにしよう。

♥

それで全部うまくいったでしょうか？

いいえ、うまくいくにはいきましたが、一ケ月後の同じ日に、何と十二組の結婚式が同じ教会で行なわれたって話ですよ。

何でも聞くところによりますと、娘の方がまとまる前に、娘の魅力に迷った大学生の方がどんどんわかれてふえて、あっと言うまに十二対十二ってことになったんですって。

おめでとう。　おめでとう。
おめでとう。　おめでとう。
おめでとう。　おめでとう。
おめでとう。　おめでとう。
おめでとう。　おめでとう。
おめでとう。　おめでとう。

＊世界でいちばん長い煙草

世界でいちばん長い煙草は一〇〇メートルくらいあった。

だから女は、ベットの中で煙草を吸って海にその灰を落とした。

新しい煙草を一本とり出して、口にくわえるという訳にはいかなかったので、Y字型の台にのせてある煙草のところまで行って、唇をつけてチャイムをならして合図をした。

すると一〇〇メートルさきにいるプレイボーイの髭男がライターをとり出して、煙草のさきに火を点けてくれるのであった。

はやすぎても、おそすぎてもうまくいかなかったので、髭男たちは何時でも煙草の前でライターを手に持ち、耳をすましていた。


女は、この煙草を船長から貰った。

船長は、マダガスカル島の煙草屋に、とくべつにこれを作らせたのである。

あんまり煙草が長すぎるので、その途中に鳥がとまることもあった。

だが、重すぎる鳥がとまると煙草はぐにゃりと曲がって火が消えてしまうこともあった。

また、あんまり煙草が長すぎるので、火をつけてくれた男の顔が見えなかった。

女は「ありがとう」を言うまでに一時間以上もかかった。

一時間かかって、煙草がだんだん短くなってきて、火をつけてくれた相手の顔が見えたとき、女はがっかりすることもあった。

なぜなら、火をつけてくれるのが素敵な男ばかりとは限らないからだ。

どうして、こんな長い煙草ができたのか、ということについて船長は話してくれた。

「マダガスカル島で、あたしは恋をしましてね。あたしは黒い娘と椰子の木の下で抱きあいましたよ。女はとても情熱的で、サンド・ミンゴまで従いてきたもんです。あたしがサンド・ミンゴの波止場から一〇〇枚の口紅のついたハンカチを捨てなければならなかったのは一夜に一〇〇回もキスをしたからですよ。

ところが、いよいよ船が出るというときになって、船の乗組員たちが嫉妬しましてね。

もう、これ以上は女を船に乗せてゆくわけにはいかない……というんです。

あたしは、せめてもう一夜船出をのばそうと言いましたが、乗組員たちは断固としてダメだと言います。

そこで、あたしは、

『そんなら、煙草一本のむあいだだけ名残りを惜しませてくれないか?』

と言いました。

すると乗組員たちは、

『煙草一本分ぐらいのあいだなら』

と待ってくれることになりました。

だからあたしはこの世界でいちばん長い煙草で、たっぷりとわかれの時を惜しんだって訳ですよ」


この話をきいて、私はすぐに嘘だとわかった。

なぜなら、ひとは煙草をのみながらキスをすることができないからである。

(それを知ってるから、私は煙草をのまない)

たぶん、船長は世界でいちばん長い煙草をプカプカとふかしながら、たっぷり時間をかけてこんな話を考えたことだろう。

この船長は、航海などしたことはないのである。

＊ある夏のロマンス

♥

1

ことばを食べる小鳥がいました。

この小鳥は、ルカスガダマ島にいる叔父から、鳥籠と一緒に送られて来たもので日本語がとても好物なのです。

どんな上等の餌をやっても少しも食べようとはしませんが、彼女が「こんにちは」とか「おはよう」とか言うと喜んで喉をふるわせるのでした。

だから、この小鳥の鳥籠を持った彼女のゆくところは、どこもお饒舌《しゃべり》がいっぱいで、彼女自身もとても愉しい気分になっていました。

ところが、ある日。

大変な事件が起こりました。

それは、この小鳥が「さよなら」という言葉を食べたまま、籠から逃げ出して行ってしまったのです。

彼女もボーイフレンドも大いにあわてました。はやくつかまえて「さよなら」を吐きださせないと、彼女たちの語彙から「さよなら」が失くなってしまうからです。

♥ 2

勿論、この事件をひそかに喜んだ連中もいました。「さよなら」が失くなったら、皆、永久に恋人同志でいられるからです。「ルカスガダマ島から来た小鳥は、きっと気を利かしてくれたのだよ」と空を見上げながら、麦藁帽子をかぶった男が言いました。

みんなは海の青さに酔っていました。

そして、このまま小鳥が見つからないでくれるようにと思っているボーイフレンドもいました。

♥ 3

でも、彼女だけはとても不安でした。「さよならのない人生」なんて考えられなかったからです。

彼女は私立探偵を雇うべきだと考えました。あるいは国中の狩猟家を動員して逃げた小鳥をさがしだすか、国中の言語学者をかりあつめて「さよなら」という言葉を取りもどしてもらうべきだと考えました。

しかし、彼女はそんなに金持ではありません。

どうやって「さよなら狩り」をしたらいいのでしょう。

彼女は困って沖を見つめました。

「どうしたんだい？」

と、人の気も知らぬボーイフレンドが訊きました。

♥

4

彼女が「さよならを食べた小鳥を探して！」

と頼んでも、誰もなかなかその気になってくれないのです。

第一、さよならを食べた小鳥を呼ぶのにどうやって呼んだらいいのか誰も知らないのです。

一人が言いました。

「きっとその小鳥はルカスガダマ島に帰ったんだよ」

また、べつの一人が言いました。

「さあ、これからは、『こんにちわ』だけで暮らそうぜ」

♥

5

彼女は逃げた小鳥をさがして、旅に出ることにしました。

彼女の日記帖には、ルナアルの有名な、

「幸福とは幸福をさがすことである」

という言葉が書かれてありました。

占星学者によると、「さよなら」の方位は、どうやら山岳地帯なのだそうです。

「あたし、小鳥を探しに行くわ」

と彼女が言いました。

「ぼくも一緒に行こう」

と彼が応じました。

「見つかるまで帰らないつもりよ」

と彼女が言いました。

「いいさ」

と彼が言いました。

「探険《アバンチュール》には馴れているよ」

♥

6

しかし小鳥は見つかりません。

「ことばを食べる小鳥だもの。人のいるところに飛んで来るはずだと思うわ」

と彼女が言いました。

「そうだね」

と彼が言いました。

何を言っても彼の返事は「そうだね」でした。

その単調さが彼女の鼻につきはじめました。彼女はだんだん彼に飽きはじめたのです。

♥ 7

もっと人の沢山集まるところを探してみよう。
と彼女は思いました。
もっと言葉の沢山あるところ。
そして、あたしたちも小鳥が食欲をそそられるほど大いにおしゃべりしよう。
たとえば歌。
アポリネールのこんな歌。
「兵隊たちの小鳥は恋だ。
私の恋は一人の少女だ。
薔薇だって彼女ほど完全ではない。
ああ私のために
小鳥よ歌え
のどを嗄らして」

♥ 8

地上で小鳥を探すなんて、何てばかなんだ。

と、ある飛行家が言いました。

「鳥は空で探すべきである」

そこで彼女は、その忠告通りに飛行機で「小鳥さがし」に行くことにしました。

彼はやっぱり、「そうだね」と言いながら従いて来ました。

彼女らの飛行機は
地中海までも飛ぶのです。

「地中海までも、さよならを探しに行くなんてすてきだわ」

と彼女は思いました。

彼の方は心の底で、

「どうかあの小鳥、見つからないでくれればいいが……」

と思っていました。

♥

9

青い海で書いた彼女の詩

「私が失くした木の匙は
きっと誰かが拾うでしょう
私が失くした風景は
きっと誰かが見るでしょう
私が失くした一羽の小鳥は
きっと誰かが撃つでしょう
撃ち落とされた一羽の小鳥には、もう、さよならの値打ちもない」

彼女は空を見た。

さよならの飛ぶのを見るために。

だけど空には何もなかった。

ただ海だけが青かった。

♥ 10 エピローグ

これで、このメルヘンはお終いです。

小鳥は見つかったか、と言うのですか?

「さよならを食べた小鳥」は、ひょんなことから彼女の許にまい戻って来たのです。

そして、彼女は退屈な彼と「婚約」しました。

仲間たちは、「とうとう彼の誠意に負けたのだ」とか「彼の心が、ようやく彼女にとどいたのだ」と言いました。

だけど、ほんとのことは彼女じゃなければわからないのです。

一緒にさよならを探しに行ったボーイフレンドと(さよならを見つけたあとで)婚約する、というのはなかなか変わったロマンスだと思われます。

だけど鳥籠の中にさよならを飼いながら、自分を愛してくれる彼と一緒に暮らす。その、けだるいような生活というのを、人は名づけて「恋」と呼ぶのかも知れません。

小鳥はこんどは、何ということばを食べるでしょうか?

もしかしたら「赤ちゃん」ということばかも知れないと、彼女の友だちは思っていました……。

* ぼくの人生処方詩集

ケストナーおじさんのかわりに

♥

こんどはぼくの詩を紹介しよう。

ドイツの詩人エーリッヒ・ケストナーが，むかし「人生処方詩集」という本を出したことがある。

それは，またの名を「抒情的家庭薬局」といって，悩める人のための治療に役立つ詩のアンソロジーという訳である。

「頭が痛かったらノーシンを飲みなさい。喉が痛かったらうがいしなさい。目が充血したらホー酸で洗えばよろしい。

ところで，心の病気の人はこの詩集を読むことをおすすめする！」

ぼくもケストナー氏のように，詩を人生の傷口の治療に役立てたいと思った。

そこで，ここに小さな処方詩集を編んでみた。これらの詩には題がない。

すべて，あなたの気分に従って読み，その効き目をためしていただきたい。

＊1　この詩は黒人霊歌「Sometimes I feel like a motherless child」をぼくが改作したものである。

＊2　この詩は越路吹雪がうたってＬＰになっている。作曲はいずみたく。

＊わかれた人がにくかったら

わかれた人のにくさを忘れるために
水薬のようににがい詩を処方しました。

親指
小指
くすり指
人さし指は誰を指す
あたしを捨てた人を指す
逃げたあなたを追って行き
あたしは悲しい鬼になる
人さし指の鬼になる

恋はいつでもかくれんぼ
逃げてかくれたあなたには
今じゃ子もある妻もある
親指
小指
くすり指
人さし指を噛みながら
赤い夕日にただひとり
もういいかい
もういいかい
もういいかい

*故郷の母のことを思い出したら *1

うたうように声に出して読んで下さい。
しだいに心があたたまってきて快方に向かうでしょう。

時には母のない子のように
だまって海を
見つめていたい

時には母のない子のように
ひとりで旅に
出てみたい

時には母のない子のように
長い手紙を
書いてみたい

時には母のない子のように
大きな声で
叫んでみたい
だけど心はすぐかわる
母のない子になったなら
どこにも帰る家がない

*海が好きだったら

海を恋する人がいます。でも海は恋人ではない。
海はラメール。フランス語では女性名詞ですよ。

水に何を書きのこすことが
できるだろうか
たぶん何を書いても
すぐ消えてしまうことだろう

だが
私は水に書く詩人である
私は水に愛を書く

たとえ
水に書いた詩が消えてしまっても
海に来るたびに
愛を思い出せるように

＊思い出がいやになったら

思い出すのはやめなさい。
思い出はさみしい心にとって万病のもとですから。

ある夜
少年は姉の針箱から一本の針を盗み出した
少年はその針で
地平線を縫い閉じてしまいたいと思った
少年はその針で
密かに恋している人妻の面影を
闇夜の中に縫い閉じてしまいたいと思ったのだ
世界をすべて縫い閉じて
何もかも動けぬようにしてしまったら
どんなにさっぱりするだろう
だが少年の企みは　はかなかった
夢みたものはつねに敗れ
地平線を縫い閉じることの出来なかった無数の針たちは
眠りの中へ燦然と散っていったのだ
（ああ　過ぎ去った日は何時もむごい　思い出こそは　わが地獄！）

＊ひとりぼっちがたまらなかったら

こんな詩を治療用に処方してみました。だが、
この心の病には恋人を作る方がもっとよく効くことでしょう。

私が忘れた歌を
だれかが思い出して歌うだろう
私が捨てた言葉は
きっとだれかが生かして使うのだ

だから私は
いつまでも一人ではない
そう言いきかせながら
一日中　沖のかもめを見ていた
日もあった

人生にくたびれたら[2]

越路吹雪がうたってレコードになっています。
うた入りの方がもっとよく効くかも知れません。

おぼえてる?
この木の櫛
二人で暮らしたアパート
二人で使ったこの木の櫛
すこし曲がっているけれど
見るたび涙がにじんでくる

おぼえてる?
あの頃のこと
あなたは会社に出かけた
あたしは留守をした月日
たったひと夏だったけど
二人は夫婦と言われたわね

おぼえてる?
あたしの髪
昼は束ねておいたけど
夜は長くほどいたっけ
あなたのための黒い髪
あの頃あたしも若かった

おぼえてる?
この木の櫛
むかしと同じ櫛だけど
あたしは髪を切りました
あたしはいまも一人だけど
あなたはどこにいるのやら

＊お月さましか話相手がいなかったら

お月さまは一冊の本に似ています。
一晩中読んでいても飽きないからです。

皿洗いの女の子が
七枚の皿を洗い終わってかぞえてみたら
皿が八枚になっているのです
その夜はまっくらになったので
女の子は安心して恋人に
何もかも与えることができました

小さな古いレコード店で
かけても鳴らないレコードが一枚ありました
暗いところにおくと
あたり一面あかるくなるレコードだったので
少年はそれだけは売るまいと思っていました

盗まれた月の話です

*星を数え飽きたら

眠れないのですね。
眠れないときは星を数えるよりも、殺人の計画などはいかが？

ひとを一人
だますたびに
空に星が
ひとつずつ増えると
女に
教えた男は
船出して行って
そのまま
帰って来なかった

女は
窓辺で星の数をかぞえながら
男を待って

ひとりさみしく
年老いていった

女は
私の母
男は
私の父
私の心は
天文学でした

*四月生まれだったら

ぼくは四月生まれじゃありません。
だからこの詩はあなたのことを書いたものです。

生まれたのが四月だった
学校へあがったのも四月だった
母親が死んだのも四月だった
桜の咲いたのも四月だった

手紙を書いたのも四月だった
スポーツカーを買ったのも四月だった
さみしくて海を見にいったのも四月だった
見合いしたのも四月だった

四月はいっぱいあったが
私はいつまでも一人だった

＊初恋の人が忘れられなかったら

何年たちました、というところをもっともっとつづけて読んで下さい。「一〇〇年たちました」というところまでいけば、初恋の人なんか忘れられることでしょう。

かくれんぼは
悲しいあそびです

少年の日に
暗い納屋の藁束の上で
わたしの愛からかくれていった
ひとりの少女を
見出せないままで
一年たちました
二年たちました
三年たちました
四年たちました
五年たちました
六年たちました
七年たちました
八年たちました
九年たちました

わたしは一生かかって
かくれんぼの鬼です
お嫁ももらいません
手鏡にうつる遠い日の
夕焼空に向かって
もういいかい？
と呼びかけながら
しずかに老いてゆくでしょう

*妻のいる人を好きになったら

こんな気分は、詩じゃ治療はむずかしい。でも抒情的家庭薬局は、自殺するくすりは扱っていないのです。

あのひとのシャツの
木のボタンをつけてあげたっけ
　あれは雨の夜
酒場の片隅で　あたしはとても
しあわせだった

愛さないの　愛せないの?
愛せないの　愛さないの?
だってあのひとは
妻のあるひとです
あのひとのシャツに
ついた口紅を拭いてやったっけ
　あれは風の夜
終電車を待ちながら　あたしはとても

かなしくなった

愛さないの　愛せないの?
愛せないの　愛さないの?
だってあのひとには
帰る家がある……

＊永遠にあこがれたら

くよくよしないように。
たとえば海はもう一〇〇〇〇年も前から生きているのです。

二人ではじめて逢った海
モーツアルトを聴いた帰りの海
キスを許した夜の海
本のように二人で読んだ青い海
喧嘩して一人で来た雨の海
一人が結婚してしまい
あとの一人が思い出していた海
海はいまでも青いだろうか

物語は終わってしまっても
海は終わらない

＊幸福が遠すぎたら

偶然のない人生もある…とドストエフスキーは言ったそうです。
でも、それは人生にこだわりすぎるからじゃありませんか？

さよならだけが
人生ならば
　また来る春は何だろう
　はるかなはるかな地の果てに
　咲いてる野の百合何だろう

さよならだけが
人生ならば
　めぐりあう日は何だろう
　やさしいやさしい夕焼と
　ふたりの愛は何だろう

さよならだけが
人生ならば
　建てたわが家は何だろう
　さみしいさみしい平原に
　ともす灯りは何だろう

さよならだけが
人生ならば
人生なんか　いりません

詩物語＝トランプ幻想

♥

少年時代にぼくは錆びついた船員ナイフを持っていた。
ぼくはこのナイフで机の片隅にぼくの名を彫りこむのがとてもたのしかった。
できることなら，一生のうちに一度でいいから，ぼくはこの船員ナイフで
復讐してやりたいと思っていたのである。
だが，ぼくには復讐するべき相手がいなかった。

さみしい日日のつれづれに，ぼくは空を見上げて，鷹のように飢えた心で，
復讐の唄を口ずさんだ。
この世にたった一人，復讐に価する女がいるとしたら，それはまぎれもなく
あの女しかいない筈であった。
ぼくは美しい彼女の，二十年前の顔を今でも覚えていた。

血なまぐさい桜の木の下で，横顔でぼくをつめたくあしらったあの顔の持主，
それはあなたのことですよ，
お母さん！

＊ハートのキングに髭のない理由

テーブルの上にトランプのキングの札を四枚だけひろげてみた。

するとみずえはおかしなことを発見した。四人の王様のうち、三人までが髭をはやしているのに、たった一人、ハートのキングにだけ髭がないのである。

「どうしてかしら？」

とみずえは考えた。

「どうしてハートの王様にだけ髭がないのかしら？」

1

そこでみずえは床屋に行ってみた。シクラメンの花咲く床屋で、みずえはたずねた。

「ねえ、床屋さん。ここで今日、髭を剃った人は何人いましてて？」

するると床屋は答えた。

「ざっと数えて七人おりました」

その七人のなかに、ハートの王様はまじっていませんでした?

とみずえは聞いた。

「ハートの王様?」

と床屋は剃刀の刃をきらきらさせながら、そんな男はいませんでしたなあ。

今日ここで髭を剃ったのは、ギャング映画俳優、アメリカン・フットボール選手、有名なマカオの色事師、名もない画家、プロレスラー、それに双生児のサーカスの軽業師。どれもみんな顔なじみばっかりでしたよ。

と言うのだった。

2

みずえは考えこんだ。みずえは十五才。いつもはだしで歩く少女。ニックネームはサカナ。(いつも目がきらきらしているから)
そして、みずえは推理した。
「一、ハートの王様が髭を剃り落としたのは昨日ではなくて、今日である。
なぜなら、髭の剃りあとがとてもきれいだから。(昨日剃ったのなら、また少しぐらいはのびてくるでしょう)
二、ハートの王様が髭を剃り落としたのはまちがいではなくて計画的である。
なぜなら、ハートの王様は髭のないことをちっともてれくさそうにしていないから。
三、ハートの王様が髭を剃り落としたのはどうやらロマンスに関係がある。
なぜなら、いまは秋で、恋の生まれやすい季節だから。

Q

（だが、ハートの王様のお相手は、あたしではないでしょう。あたしは恋をするのには、早すぎるもの）

そしてみずえは考えているうちに、うとうと眠くなってしまった。

頭のなかでは「ハートの王様にだけ髭がないのはなぜかしら？」と思いながら……

3

四人の王様が旅行していた。二〇年代のフォード・コンバーチブルを鰐に引かせて。

そのとき、四人の王様はだれひとりとして髭をはやしていなかったのである。

ところが、四人の王様がホテルへついたところで、

一人のホクロのあるマダム・ブランシュが白い毛皮をまいてやってきた。

そして長いマツ毛のワイパーで、涙を拭いて「まあ、王様！」と叫んだのだ。

「なんてすてきなんでしょう。あたしは一目で恋をしてしまったわ」

四人の王様は顔を見あわせた……

一体、恋されたのは誰だろうか、と思ったのである。

「一体、だれです、マダム？」

と四人の王様は口を揃えて言った。

するとマダムはにっこり笑って、

「髭のある王様よ」

と言ったのである。

4

さて、王様には四人とも髭がなかった。そこで、それぞれホテルの部屋へこもると、バスルームでシャワーを浴びながら、それぞれ考えねばならなかった。たった一日で髭が生えるというわけにいかないならば、どうしたらいいだろうか？

そう……「つけヒゲ」がいい。つけヒゲをつければ、「髭のある王様に」なれるもの……そう思うと四人の王様は早速ホテルをとび出して、つけ髭を買ってきた。

5

「まあ、なんてすてきなんでしょう」

とマダム・ブランシュは扇のかげから四人の王様を媚びの眼差しで見ながら、あたし、幸福で体がふるえそうだわ、と言った。ホテルのグランドスカイは、まるで雲のように空を流れていて、料理人は天の川の方から牡牛料理を持ってくるのかとさえ思われた。

「あたしは、人の四倍も恋をして、人の四倍もキスされて、人の四倍も幸福になるんだわ」

傍らでボーイが皮肉たっぷりに「そして人の四倍も子供を産み、人の四倍も泣くのさ」と言っていたが、それはまるで聞こえないのだった。

そのとき、ふいにハートの王様がクシャミをした。

大きく一つ、ハックション！

そして王様の髭は、とんでしまったのである。ハートの王様は、あわてて口のまわりをおさえたが、時はすでにおそかった。

マダム・ブランシュがねずみを踏んだような悲鳴をあげたのだ。

「まあ！　幸福が三倍になっちゃった。損しちゃったわぁ」

6

ハートの王様は、それからつけヒゲを買わなかった。そのかわり、とびきり上等の恋人を買ってきた。

そして、その恋人を朝から晩まで抱きしめられるように両手をだした。だからトランプの、キングのカードをよくごらん下さい。

四枚のキングのうちで、両手をちゃんと出しているのは、ハートの王様だけなんです。

＊片目のジャックはお好き？

片目のジャックは、もう一つの見えない方の片目で何を見ているのだろうか？

それは言うまでもなく一人の女を見ているのである。

片目のジャックが、もう一つの見えない方の片目で見ている女はだれか？

それは言うまでもなく、城の皿洗いのみずえである。

片目のジャックは、もう一つの見えない方の片目でウインクするのだろうか？

それは言うまでもなく、みずえが入浴したり着替えしたりするとき、目をとじるのである。

片目のジャックは、なぜハートとスペードと二人いるのだろうか？

それは言うまでもなく、皿洗いのみずえを二倍愛するためである。
片目のジャックのスペードのシャベルは何をかたづけるのだろうか？
それは言うまでもなく、愛のためにこぼした涙の落葉をかたづけるのである。
片目のジャックのハートのスートはなぜいつも赤いのだろうか？
それは言うまでもなく、皿洗いのみずえが恥ずかしがり屋だからである。
片目の二人のジャックは、なぜ両方の目でみずえを見ないのだろうか？
それは言うまでもなく、あした半分見るたのしみを残しておくためである。

（片目のジャックのノートから）
きみの名を大きくなってゆく樹に
彫ってあげよう
大理石に彫るよりも樹に彫る方が得だから
たぶん樹と一緒に
彫りつけた名前も成長してゆくだろう

（ジャン・コクトー）

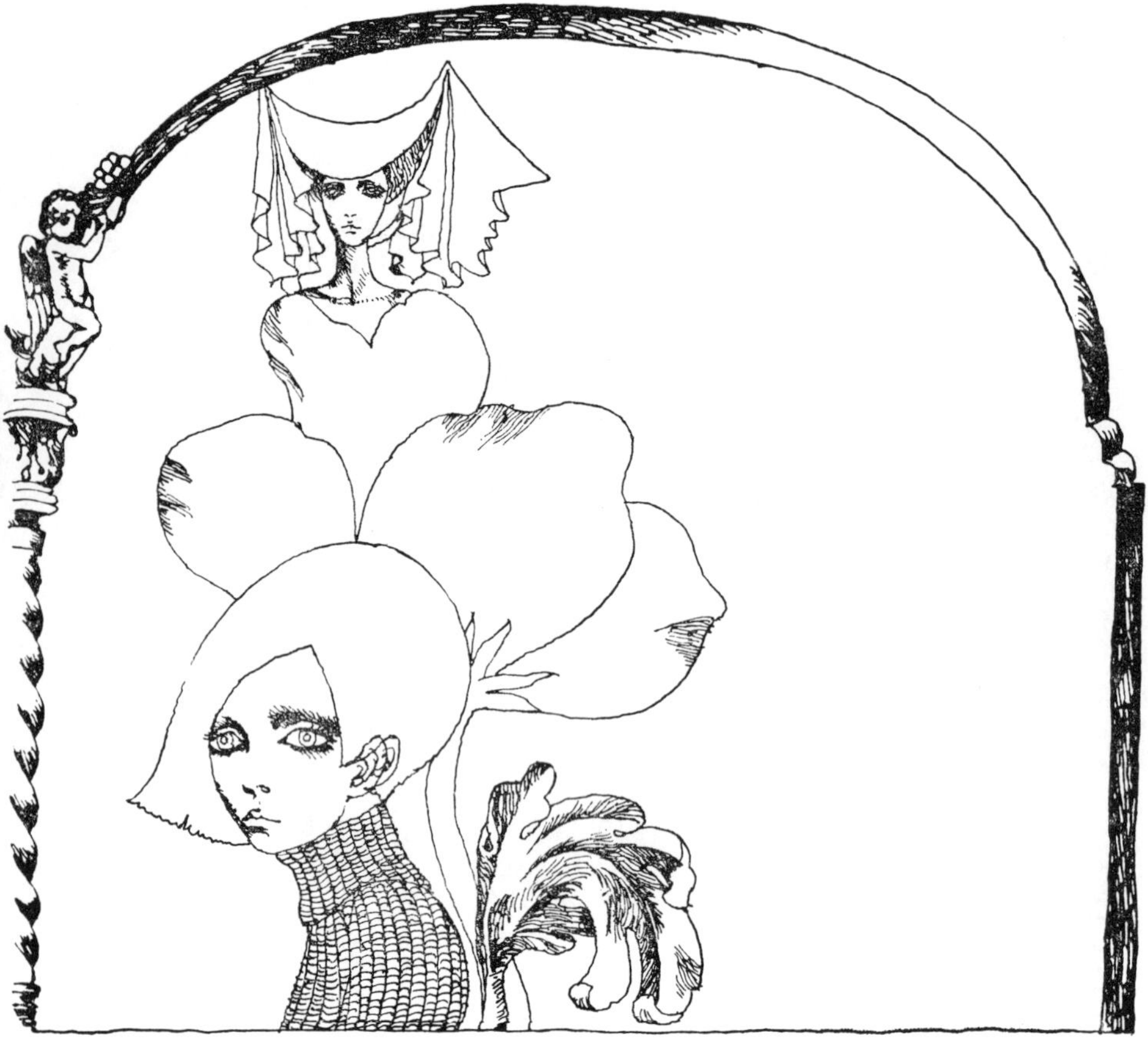

＊魔女さがし

四枚のクイーン。この中に一人だけ魔女がいるのですって。

しかも、その魔女ときたら今まで数十人の男を死なせた「殺人が趣味」の魔女なんですって。

だけど外見は、ちっともかわらないので、四枚のクイーンのなかの、どのカードが魔女なのか、わからないのです。

「さぁ、あててみてごらん？」

と城の番兵に言われて、みずえは困ってしまいました。

1

盲目の老いた音楽師が言いました。
うちの伜は、あの魔女にだまされた。あの魔女はひどい女です。
うちの伜はコルドバから帰ったばかりの船乗りでしたが、
あの魔女はうちの伜の背中に

刺青を彫らせたんですよ。

その刺青ときたら、ひどいものでした。あの魔女は、

「あなたの背中にきれいなバラを彫ってあげる」

と言っておいて、刺青師を呼び、だましておいてバラのかわりに
甕を彫らせたのです。

そう、宮廷から盗まれたあの甕、ダイヤで粧ったモンティーリアの甕でございますよ。だが、人は誰でも背中に目がありませんからね。

うちの伜も、てっきりバラを彫ってもらったとばかり、思っていたのでございました。

そこで、あくる日、夏服を着たモンティーリアの刑事につかまって
「おまえの背中の刺青は、おまえのものを彫ったのか？」
ときかれたときに、
「もちろんですよ、刑事さん」
と答えてしまったのです。
すると刑事は手錠を出して「甕泥棒め、神妙にしろ」と逮捕してしまいました。
かわいそうに、うちの伜は、
無実なのに甕泥棒の汚名を背負って、
いまも牢獄に泣いておりますよ。
それと言うのも、あの魔女がわるい。あの魔女は、一夜を共にした男はみなそう
やって葬ってしまう極悪の女なのでございますよ。

2

そこでみずえは考えた。名案があった。

みずえは四枚のクイーンをテーブルの上に呼んで、

「あなた方の中の一人が魔女だということを私は知ってます」

と言った。そして、四枚とも裏がえしにしておいて……

「今、ほんものの魔女のカードの上に、かぶと虫をのせようとしております。いまのうちなら取除けます。早く告白したら許しもしましょうが
かぶと虫がのってしまったら、もうそのカードは使えなくなってしまうでしょう。

さあ、かぶと虫を置きますよ」

と言った。

すると一枚のカードがあわてて、テーブルから逃げようとした……見るとクラブのクイーンなのであった。

みずえはすばやく、クラブのクイーンをつかまえると、

「あなたが魔女ね」

と言った。クラブのクイーンはおそろしそうに「かぶと虫が……かぶと虫が…」

と言うのだった。

みずえは勝誇ったように笑って言った。

「ばかねえ。かぶと虫なんていませんよ。ただ、おどかしただけですよ」

3

ところで、これで物語が終わりだと思ってはいけない。

クラブのクイーンは実は魔女ではなかったのである。そして、クラブ以外の三枚がすべて魔女だったときいたら読者はどんな驚いた顔をするだろうか？　ハート、スペード、ダイヤの三人のクイーンがぐるで魔女になっていて、いつもアリバイをつくりあっていたので正体がばれなかったという仕組みなのであった。

「かぶと虫なんかこわくないよ」

とスペードのクイーンが言った。「あんな子供だましの手に乗るあたしたちじゃないのさ」とハートのクイーンは言った。

そして、三人のクイーンは顔をあわせてニヤリとしながら、「フルハウスでまた逢いましょう」などと言ってカードの暗闇の中に消えていったのであった。

それは月の赤い夜の出来事であった。そして、とてもみずえの手には負えないような魔女たちばかりなのであった。


そのせいかどうか、みずえにはまだ恋人ができないのである。

＊ジョーカー・ジョー

ジョーカー・ジョーは悲しい男である。

彼は一度死んだ男なのである。だが、彼は地獄の入口まで行って帰ってきた。なぜなら彼は、死ぬに死ねないわけがあったのだ。

彼は酒場「ドミノ」でひとりで酔っぱらうと必ずイヴ・モンタンのシャンソンをうたった。かすれた声で。

＊

ロバと王様とわたし
あしたはみんな死ぬ。
ロバは飢えて
王様は退屈で
わたしは恋で……
時は五月。

そう。

たしかに、このシャンソンはジョーカー・ジョーの心をあらわしていた。

ジョーカー・ジョーは恋で死に、恋で生き返った男なのである。

Et moi d'amour
Au mois de Mai

1

はじめに一人の作曲家がいた。

にくらしいダイヤのジャック、朝から夜ふけまでピアノばかりを弾きつづける男。

彼は悪漢バスコムの末裔で、いやらしい口髭をたくわえた好色な男であった。

しかも彼が作曲できる曲はと言えば、何と葬送曲ばっかり！

「どうして葬送曲ばっかりしか作曲しないの？」

と煙突掃除の少年が訊ねると、彼は、

「だって俺は、葬送曲が好きなんだ」

とこたえて、しみじみと死に憑かれた目で少年を見つめるので、少年はこわくなって逃げ出してしまうのであった。

だが、葬送曲しか作曲できないダイヤのジャックの屋根裏からは、いつも陰気な曲しか聞こえてこないのでそのすぐ階下で酒場を営んでいるスペードの老夫婦は困りぬいたように噂をすることがあった。

「ああ暗い曲ばっかりやられたんじゃ、こっちも商売があがったりだねえ」

「そうともさ。

葬式音楽をききながら一杯やろうなんて人は、この町にはいやしない」

「なんとか、もう少し……」

「あかるい曲を作っては貰えないものだろうか？」

そして、酒樽にとまった鴉までが、つぶやくように言うのであった。

「ほんとうにもう
葬送曲は、まっぴらだ」

2

そのダイヤのジャックのことを心配しているのが、気のやさしい町の花売りの少女のみずえであった。
みずえは、ダイヤのジャックが暗い曲ばかり書くのは、ダイヤのジャックか不遇だからだ、
と思っていた。
「何とかして、あのひとの作曲が売れればよい。
そうすればあの人が今より有名で、
今よりお金持になるでしょう。
そしてきっと、
あかるい曲を書くようになるに違いない」
そこでみずえは、探偵に相談した。
「どうしたら

あのひとの曲は売れるようになるのでしょうか？」
ダックスフンドを飼う太っちょの探偵は「それは簡単な話だ」と言った。
「葬送曲を演奏するのは、葬式しかないのだから、町中の葬儀商会をまわって歩き
葬送曲の入用はありませんか？　と、
御用聞きしてまわればいいじゃないかね」

3

そこで、みずえは言われた通りに町中の葬儀商会をまわって歩き、「葬送曲はいりませんか？

と売りこんでみた。

「葬送曲って何だね？」

と訊き返す禿げた墓掘り人夫には、イヴ・モンタンのシャンソンで、
　枯葉をあつめるのはシャベル

　ほら、ごらんぼくは忘れなかった
　枯葉をあつめるのはシャベル
　思い出も未練もこのシャベルで……

とうたってきかせて、

「たとえば、これなんかも葬送曲の一つです。

つまり、葬式をたのしくするような唄、

これが葬送曲ですよ」

と説明するのであった。

長い髪に花をかざったみずえのことばに、大ていの葬儀商会の主人たちはひどく共鳴し「まったくだ」「その通りだ」

と言ってくれたが、しかし、葬送曲は一曲も買ってくれなかった。

なぜなら、

この町では、もう一月ものあいだ

誰も死なず、

葬式もなかったのである。

4

「葬式がないから、葬送曲が売れないだって?」

とチェスの盤上の僧侶が言った。

「そんなら、葬式があるようにすればいいではないか?」

でも、とみずえは口ごもった。

「誰も死なないのに、葬式なんかできません」

すると僧侶は悪い笑いをうかべながら、

「とてもいい殺し屋を紹介してあげるよ」
と言うのであった。
「殺し屋が誰かを死なせる
　誰かが死ねば葬式がある
　葬式があれば葬送曲が必要になる
　それで万事めでたし、めでたし
　ってことになるだろう！」
　みずえは何だか、こわくなった。
　だが、ひどくさみしそうに葬送曲ばっかり弾いているダイヤのジャックのことを想いうかべると、それも仕方のないことのような気がした。
　そして殺し屋の紹介を依頼したのである。
　四種の花、四人の殺し屋。
　やがてバラの殺し屋、チューリップの殺し屋、リラの殺し屋、アマリリスの殺し屋がやってきた。
　そして血のついたジャックナイフをきらりとさせて、
「恋のための殺しなら、
　半額に割引きしますぜ」
と言うのであった。

5

　だが、みずえは心のやさしい少女だった。

彼女は、たった一曲のために殺人をおかすことが、とても出来なかった。

そこで、思案のすえ、ジョーカー・ジョーにたのむことに決めたのである。

みずえは、ジョーカー・ジョーに、涙ながらに懇願した。

気のいいジョーカー・ジョーは、いちいちうなずきながらこう言うのであった。

「なるほど、なるほど。

あたしに、死んだふりをしてくれって言うんですね？

よろしい……ほかならぬあなたのためなら、死んだふりもしましょう。

なあに、あたしはトランプの五十三枚目の札……余計者のジョーカーでさ、お役に立つなら何時でも死んでお目にかけましょう」

そこで、みずえはジョーカー・ジョーに死んで貰って、それを美しいアフロデシアの香水つきの棺につめこみ、ダイヤのジャックの作曲家のところへとんで帰っていった。

「葬送曲が売れたわ。

あなたの作品がやっとお金に換えられたんだわ！」

ダイヤのジャックは大喜びでみずえを抱きしめ、その口髭に笑いをうかべて、

「よくやったぞ。葬式が終わったら、おまえを俺の花嫁にしてやろう！」と言うのだった。

このことを知って悲しんだのはジョーカー・ジョーだった。

ジョーカー・ジョーは、ほんとはみずえを恋していたのである。だから、みずえを喜ばそうと思って「死んだふり」をしたのだが、自分がかくれている棺のまわりで音楽がかなでられ、みずえとダイヤのジャックとが仲良くするのは、とてもたまらぬことのように思われた。

たぶん、みずえはダイヤのジャックに妻子のあることも、あの男が稀代のペテン師だということも知らないことだろう。何とかしてみずえを救ってやらなければ……と、ジョーカー・ジョーは考えた。

だが、葬式の準備はトントンとすすみ、町には「はじめて聴く葬送曲への期待」の声があふれていたのである。

ジョーカー・ジョーは考えた。

「葬式を中止せず、しかもみずえをあの男から守ってやるためには……　そうだ。たった一つしか方法がない」

ジョーカー・ジョーは膝をたたいた。

のどかな五月のある日だった。

7

ダイヤのジャックが葬送曲の練習をしていると、頭布をかむった喪服の男がやってきた。そして、まことしやかに一冊の本をとり出して「珍中の珍なる、精髄中の精髄なる一書をプレゼントしたい」と申し出た。

「へえ、どんな本だね？」

とダイヤのジャックは興味深そうに男を見た。

男は「それはまことに興味本位ではありますが、春本の類でありまして、きわめて猥褻な、王の寝室について描写したものでございます」と言った。

すると、ダイヤのジャックは忽ち本性をあらわして、

「おお、その本こそ俺の待っていた本だ」と言うなり、喪服の男からそれを奪いとり、いきなりペラペラとめくりはじめたのである。

ところがページとページがくっついていて、中を見ることが出来ないので、やむを得ずダイヤのジャックは、指に唾をつけて、それで第一頁目をひらいてみた。ところがそこは真白で何も書いていなかった。そこでダイヤのジャックは二頁目も三頁目も同じように指をくわえ、唾をつけてめくってみたが、やっぱり何も書いていない。

「どうした。ちっとも面白い絵はあらわれぬぞ」とダイヤのジャックが叫ぶと、喪服の男は「もっとおめくり下さい。もっとおめくり下さい」

と叫ぶのであった。

そこでダイヤのジャックは、またまた指をくわえてめくりつづけたが、めくるたびあらわれるのは白い頁、白い頁、白い頁……そして毒がすこしずつダイヤのジャックの体内にまわりはじめた。

何と、その本には毒がしかけてあったのである。

ダイヤのジャックは激しい痙攣に陥って叫びだした。「ああ、毒がまわったぞ！」

そのとき、喪服の男はひらりと喪服を脱ぎ捨てた。

するとその男は、ジョーカー・ジョーだったのである。ジョーは言った。

「さあ、あんたの葬送曲をたっぷりと聴けるぞ。

あんた自身の葬式でな」

8

だが、みずえはジョーカー・ジョーをにくんだ。ジョーカー・ジョーの恋から出た思いやりは、ただの「嫉妬の殺人」としてしかとられなかったのである。

そして、ジョーカー・ジョーは一人だけ、トランプの町から追放され、仲間外れにされてしまった。

そして53枚目の札になって、いつも放浪しながら、みずえへのとどかぬ恋を唄っては年老いていったという話である。

ロバと王様とわたし
あしたはみんな死ぬ。
ロバは飢えて
王様は退屈で
わたしは恋で……
時は五月。

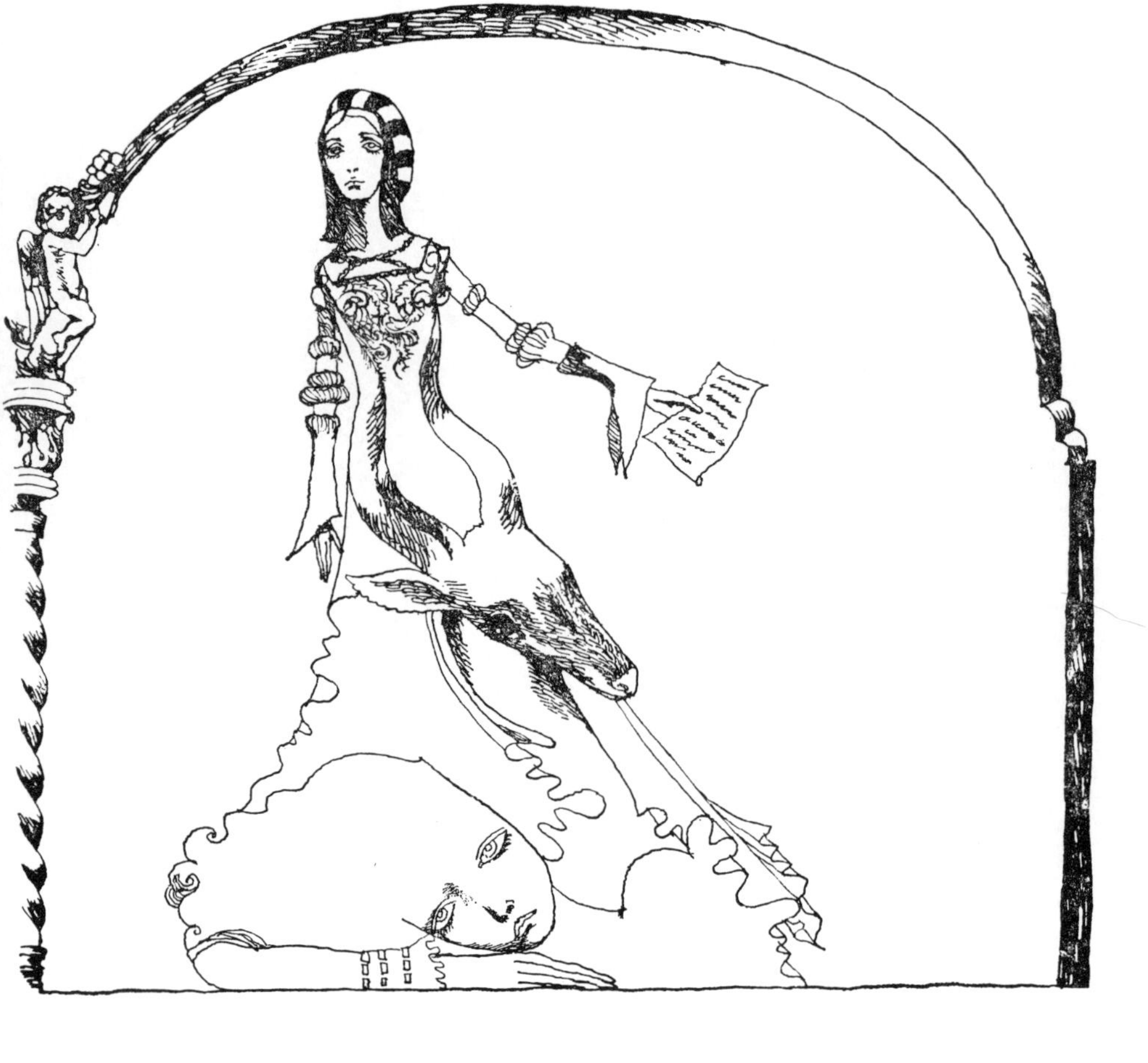

＊ひとりぼっちのトランプ遊び

1

はじめに、トランプの一人遊びのためのルールを覚えておいて下さい。これを Technical Terms と言います。つまりルールです。（いっぺんに二人以上の人を恋してしまったり、恋したばっかりの人を裏切ったりするのが、恋のルール違反になるように、トランプ遊びにもルールがあるのです）

パック……52枚のカードのこと。53枚目のカードは勿論ジョーカーです。ジョーカーは机の抽出にしまって下さい。あれは悪い男、裏切り者。あなたの純愛を平気でふみにじる不良青年です。「一人遊び」の部屋に招くことは禁物ですよ。

スート……同じしるし同志のこと。ハートならハート同志のことを「スートが同じ」と言います。ぼくのクラブのナインと、あなたのクラブのクイーンとがば

ったり出会ったら、
「やあ、ぼくたちスートがあうねえ」と言います。勿論、カードなしでスートがあっても構わない。

死札……プレイに関係のない札のことです。たとえば、オールド・ミスのように、いつもさみしく脇に積んである。だがゲームに仲間入りすることはない。ダンスパーティーで、いつも踊らず壁にくっついている壁の花のことをも、「あの子、死札だねえ」と言うことがあります。

絵札……ジャック、クイーン、キングのこと。

レイアウト……ゲームのために、いろんなかたちに並べること。一人遊びではレィアウトがきわめて重要です。それはディナーのテーブルの席順のようなものだと思えばよろしい。好きな子のそばに並びそうで、なかなかうまく並ばない。そんなものですよ、カードも人生も。

セケンス……連続札即ち、数字がつづいている3枚以上のカードのことをセケンスと言います。5・6・7・8・9とか……Q・J・10・9・8……というふうに、です。

パイル……カードを重ねた山のこと。ふつうは裏返してつまれるのが常識です。

さて、一人遊びですから、ドミノやポーカーやナポレオンを教えるという訳にはいきません。

ベッドの上で一人で遊ぶための簡単なルールのものを二、三紹介しましょう。これは、言わば一人占いの一種です。

♥男爵夫人（*Baroness*）

これはカードをよく切って横に5枚並べるレイアウトです。

並べた札をたして13になる二枚の札を取り除き全部の札がなくなればＯＫです。

大体三分ぐらいのゲームで、確率は一対五ぐらいの割合です。

遊び方（How to play）

はじめに横に五枚並べておきます、そしてＫのように一枚で13になっているもの。

また横の二枚をたして13になるものは除きます。

そしてそのスペースを埋めて、五枚にしておいて、その上にまた五枚のせます。

そしてまた二枚たして13になるものがあったらそれを除きます。どんどん除いて行って全部なくならなかったら、あなたの恋は失敗です。

のこった邪魔札をおぼえておいて、あとで表に照合してみて下さい。トランプことばがあなたの運命について答えてくれることでしょう。

♥婚姻（*Betrothal*）

このゲームは「王室の婚姻」とも言います。Ｋがあなたの恋人で、Ｑがあなた自身だと思ってやって下さい。結ばれそうでいて、なかなか結ばれないと言うのがこのゲームの「婚姻」という名にふさわしいところです。

KとQとが６枚以内まで近寄ったら、まずまずは有望、キスぐらいはできる仲になることでしょう。

レイアウトはハートのQ（これがあなた）を出して、テーブルの左に置き、それと同時にハートのK（これがあなたの想う人）をパックの一番下に入れておきます。QとKとを並ばせるために、途中のあいだのカードを次々に取り除いていけばいいのです。

遊び方（How to play）

ハートのQの右へ一列にカードを横に並べながら、途中一枚か二枚の札をはさんで、その両側が同じスートの札か、同位札であったら、はさまれたカードを取り除きます。（ハートとハートのあいだに、一枚か二枚のクラブがはさまってるとき、5と5のあいだに7がはさまってるとき、それを取り除くのです。そして、一番最後においたハートのKとハートのQのあいだに、邪魔札が一枚もなくなれば「婚姻」は成功です。

3

このほかに一人遊びには「ソロモンの指輪」とか「隅っこの猫」「鬼火」「包囲された城」「クリベッジ」などがあります。カードが二組以上あるときは「赤と黒」「サリ族法典」「軽騎兵」、四組以上あるときは「オルガ」「印度の女王」などいろいろです。ぼくが一番好きなのは「ポーカー」「ナポレオン」「ブリッジ」などですが、近頃はだんだんする機会が少なくなりました。

パーティーと言うと、すぐみんな踊り出してしまうので、ポケットにカードを入れたまま、ぼくは「死札」になってしまうという訳です。

どうです？

カード遊びをしたいときには、一つぼくも誘ってくれませんか？

これから紹介するのは、「ぼくのトランプ言葉」です。子供の頃、ぼくは「トランプ言葉」と「空想旅行」が大好きでした。「空想旅行」と言うのは、地図をひろげて架空の旅行談を語るやつです。

マダガスカル島に着いたのは、暁方の五時頃だったけど、髪の長い島の娘がぼくを迎えに出て来てくれてねなどと、口から出まかせに話してゆき、話が途切れたら負になるという「ホラ吹きくらべ」の一種です。

「トランプ言葉」の方は、いわば約束のようなもので、花言葉や切手言葉と大して変わりません。

(切手言葉というのは、切手の貼り方で相手に「きみが好きだよ」とか「こんどの土曜日の都合はどうだい？」とか……いろいろと他の人にはわからぬ暗号をしめす、二人だけの秘密のようなもの！)

ぼくのトランプ言葉も、それと同じようなものです。たとえばスペードの9が「死」だとする。もしも、あなたにぼくからの手紙がとどいて、中に何も書いてなくて中からスペードの9が一枚だけ出てきたら、

「あなたは近く死ぬでしょう」

ぐらいの意味だと思うのがよろしい。

内気で告白の勇気のないあなたには、トランプ言葉こそ、愛の味方になってくれることでしょう。

＊トランプことば

小鳥が見張り番をする
歌を鉄砲の弾にして——レイモン・ラディゲ

♣

1 すぐ手紙を下さい
2 みんな忘れました
3 仔犬を買いに一緒に行きませんか
4 誕生日を教えて下さい
5 信じてます
6 夜泳ぐのが好き
7 音楽を聞かせて
8 すぐ電話下さい
9 大事件よ！
10 他の子とつきあっちゃ、嫌！
J 鳩を殺さないで
Q あの女は誰なの？
K お父様！

◆

1　いますぐ入用よ
2　指輪の思い出
3　午後に注意
4　一緒に海へ行きませんか?
5　コーヒー代がないの
6　耳を借して
7　信じられない
8　お金の話ばかりじゃ嫌!
9　どうもありがとう
10　毒薬
J　弟です
Q　気にかかるの
K　スポンサーです

♥

1　お人形になるのは嫌!
2　抱きしめて
3　猫に食事をやるのを忘れないで
4　嘘でもいいから愛して
5　自殺します
6　キスだけじゃ嫌!
7　いつものところで待ってます
8　香水がちがう

9　さよなら
10　裏切り
J　夜だけ逢いたいの
Q　あなたが欲しい
K　あなた

♠
1　さっきのは嘘です
2　花を摘まないで
3　気をつけて！
4　踊りたくないの
5　もう逢いません
6　だれかにつけられている
7　海へ行きたい
8　ふりむくな
9　死
10　電話しちゃ、嫌
J　好きな人が出来ました
Q　あの女は嫌い
K　結婚しちゃったのよ

THE DIARY＝二十才

一寸，現実的なページ。

この日記は，吉永小百合さんという女優さんとの合作である。
ぼくは，二十才の少女の歴史を書くにあたって，
二十才の少女の心をドキュメントしてみたいと考えた。
そこで彼女に逢って彼女のさまざまの体験談をきいたのである。
実際，ことし二十才の少女というのは終戦の年に生まれたのであり，
戦後と同じ年だったということになる。

この日記は，ラジオ（NHK）で，吉永小百合さんが朗読した。
そして，その日記のあいだに，さまざまな戦後の出来事をおりこんだ。
だから，この日記をよむときに，
あなたは自分の体験してきたさまざまの事件をオーバーラップして
思い出しながら読んでいただくと，
一そう効果がはっきりするであろう。
この日記は誰のものでもない。戦後のすべての少女たちのために書いた，
署名のない THE DIARY という訳である。

×月×日
わたしは母にききました。
――お母さん。
空にも、年があるのかしら？
すると母がこたえました。
――勿論よ。
空だって、生きてるのですもの。
またわたしはききました。
――じゃあ、空は何才？
すると母は言いました。
――お母さんの空はお母さんと同じ年
おまえの空はおまえと同じ年だよ。

わたしの空はわたしと同じ年
するとあの青く果てしない空も
ことしで二十才になったばかりなのでしょうか？

わたしは何だかおかしくなりました。
わたしは何だか幸福になりました。
わたしは窓をあけました。

二十才の空に話しかけるために――

×月×日

二十才の誕生日に
わたしは小さな地球儀をひとつ買いました。
両手ですっぽり包んでしまえるような
世界のなかに
数千年の悲惨と栄光の歴史があるなんて、とても不思議な感じ。
そこで、
わたしはわたし自身の歴史について考えてみようと思ったのです。

でもわたしは幸福でした。
お兄さんたちの時代には、爆音と悲鳴
とが子守唄だったのですから。

わたしは生まれてくるのが

早すぎも
遅すぎも
しませんでした。

五才

わたしの空にも春がやってきました。

貧しい母はリュックサックを背負って
買い出しに出かけました。

わたしはミルンの童話を読みながら
留守番をするようになりました。
「階段を半分降りたところに
あたしの坐る場所があるの。

これと同じ場所はどこにもない
一番上にも一番下にもない」
——A. A. MILNE

わたしはこども心に考えました。
階段を半分降りたところがわたしなら
一段上はお母さん。

その一段上はお母さんのお母さん。
その一段上はお母さんのお母さんのお母さん。
そのまた一段上はお母さんのお母さんのお母さんのお母さん。
そして数えながら
眠ってしまったっけ。

七才

小学校の運動場の屋根に
わたしは燕の巣を見つけました。
でも、そのことは誰にも言いませんでした。

八才

だぶりゅう、えいち先生には
なぜひげがあるのでしょうか？
ぜんまいはなぜひだりまきなのでしょうか？

おとこの子たちはなぜ
せんそうのはなしばかりするのでしょうか？

わたしは汽笛はすきだけど
汽車はきらいです。

だって
汽車はとおくへ行ってしまうんですもの。

九才

雁の渡ってゆく夜
お母さんがお金のかんじょうをしていたら
こおろぎが一匹きて
そろばんの上にとまりました。
一生けんめい働いているお母さんのために
わたしはふと、
「こおろぎも貯金できたらいいのになあ」
って思いました。

十三才

わたしの家のすぐうらに一人の男の子がすんでいました。その子は何時も麦藁帽子をかむっていました。お父さんは死んでしまってお母さんと二人ぐらし、かわいそうなことに、その子は目が見えないのでした。

わたしはその子と仲良しでした。
わたしたちはいつでも、かくれんぼをしてるみたいでした。
いつでもその子は鬼、
目かくしをとらずにわたしをさがしにくるのです。
その子の名前はモミ。
本名なのかどうか知らないけど
わたしはモミ、と呼んでいました。

一度だけ
モミの書いた日記を、きかせて貰った
ことがあります。
モミの日記……
「ぼくは全盲です
ぜんもうは、めくらのことです

ぼくは　げんかいふなのりのゆめが
みたいです
それはうたです
一かい、うたのゆめをみました
しらんうたでした
さわると
消えました」

目が見えなくても
ゆめは見るの?
とわたしはききました。
みるさ
とモミは言いました。
目があるんだもの
涙だってちゃんと出るよ。

わたしはモミと一しょに、海へゆくのが
好きでした。

モミは海へゆくと、かならず大きなこえで
うたをうたいました。
うたはいつでも
「漕げよ、マイケル」
といううたでした。

そのモミが死んだのは、わたしが
十五のときです。
それがわたしの初恋だったのかも
知れません。

十五才

「ぼくは十五才。手で自分をつかんでみる。若いということの確信。やさしさゆえの
あまたの特権をもって。
ぼくは十五才ではない。過ぎたむかしの方から、くらべもののない静けさが立ちの
ぼる。
ぼくは夢みる。盗まれた真珠と花の、
この美しい愛らしい世界を。

ポール・エリュアール」

十八才

いろんなことがありました。

海外旅行に貨物船ででかけていった友だちもいました。

童話ばかり書いている友だちもいました。

結婚しちゃって垣根のある家に住んだ友だちもいました。大学へ入って政治活動をしている友だちもいました。

映画スタアになった友だちもいました。
自動車修理工になった友だちもいました。
競馬場で
自分の人生を買っている友だちもいました。
病院の片隅で、
花ばなを唄っている友だちもいました。
みんな十八才でした。
みんな一生懸命でした。
ジュール・ルナアルの詩のなかの、
わたしの好きな一節。
「幸福とは幸福をさがすことである」

十九才

そら豆の殻一せいに鳴る夕べ母につながるわれのソネット
吊るされて玉葱芽ぐむ納屋ふかくツルゲーネフをはじめて読みき
胸病みて小鳥のごとき恋欲す理科学生とこの頃親し
列車にて遠く見ている向日葵は少年の振る帽子のごとし
ころがりしカンカン帽を追うごとくふるさとの道駈けて帰らむ
とびやすき葡萄の汁で汚すなかれ虐げられし少年の詩を
わが通る果樹園の小屋いつも暗く父と呼びたき番人が棲む

二十才

わたしは二十才になりました。
わたしは今
木のテーブルの上に頰杖をついて
ぼんやりと物思いにふけっています。

子供の頃から
わたしは学校の先生にも　女大臣にも
大芸術家にもなりたいとは
思っていませんでした。
女流探険家にも
デザイナアにもなりたいとは思っていませんでした。

わたしはただ
「質問」になりたいと思っていたのです。
いつでも
なぜ？　と問うことのできる質問、
決して年老いることのない、
そのみずみずしい問いかけに……

ANTHOROGY＝あなたのための贈り物

♥一篇の詩

鎮静剤

マリー・ローランサン

退屈な女より
もっと哀れなのは
かなしい女です。

かなしい女より
もっと哀れなのは
不幸な女です。

不幸な女より
もっと哀れなのは
病気の女です。

病気の女より
もっと哀れなのは
捨てられた女です。

捨てられた女より
もっと哀れなのは
よるべない女です。

よるべない女より
もっと哀れなのは
追われた女です。

追われた女より
もっと哀れなのは
死んだ女です。

死んだ女より
もっと哀れなのは
忘れられた女です。

（寺山修司のノート）

このところ、ぼくはチャーロ熱にうかされている。チャーロ。金髪の二十一才のスペインの歌手。そして、ザビア・クガートの新しい夫人である。テーブル・チャージを五〇〇〇円も払って二日続けて、クラブ「ラテン・クォーター」へ通いつめたが、二日とも胸が一杯で、頭がボーッとなってしまった。チャーロはべべよりはるかに素晴らしかった。

彼女はまるで金髪の小悪魔だ。真赤なバラを金髪に挿して、スペインの古い歌「シャーロム」をうたうとき、ステージいっぱいに踊りながら「フラメンコ・ロック」をうたうとき、満場の客は口笛を吹き、床を踏みならして「ブラボー！」と叫んだ。

チャーロはなぜ、あんなにコケティッシュなのだろか？

たぶん、それは「忘れられたくない」からではないだろうか？　暗いクラブの片隅のテーブルでにがいジン・トニックを飲みながら、ぼくはマリー・ローランサンの詩をふと思い出していた。

　死んだ女より
　もっと哀れなのは
　忘れられた女です。

どうか、あなたも、この詩を座右において決して「忘れられない」ような女になって頂きたいものである。

♥一冊の本

星の王子様　サン＝テクジュペリ

「おれがこの星のうちで、一ばん美しくって、一ばんりっぱな服を着ていて、一ばんお金持で、それに一ばん賢い人だと思うことだよ」

「でも、この星にいる人ったら、あんたひとりっきりじゃないの！」

「たのむからね、おれに感心しておくれ」

「じゃあ、感心してあげよう」

王子様は、そういってそこを去りました。

でも、おとなって、ほんとにへんだな、と王子様は旅をつづけながら、むじゃきに思いました。


（寺山修司のノート）

今さら「星の王子様」でもないかも知れない。みんなとっくに読んでしまっていることだろう。だが、やっぱり一冊だけえらぶならば、「星の王子様」は外せない本のような気もする。これは飛行士で詩人だったサンテクジュペリの童話であり、作者自身のイラストも入った、たのしい本である。ぼくはこの本の原書と翻訳（内藤濯訳）のほかに、レコードも一枚もっている。これは「星の王子様」をジェラール・フィリップが朗読しているLP盤で、モーリス・ルルーの音楽がとてもたのしい。「星の王子様」は、小さな悲しい生活を送り、夕日が沈むのを見るのがとても好きだ。彼は、小さな星にたったひとりで住んでいるのである。彼はときに恋しときに困惑し、ときに瞑想する。

レコード盤（一九五四ACCディスク大賞受賞）コロンビアOL—二一五—F

一五〇〇円

新書版　岩波少年文庫版（内藤濯訳）二〇〇円

豪華版　岩波書店版（内藤濯訳）六〇〇円

原書版　WILLIAM HEINEMANN LTD=LONDON

♥一曲の歌

ドンナ・ドンナ

ジョーン・バエズ

On a wagon bound for market
There's a calf with a mournful eye
high above him there's a swallow
winging swiftly through the sky.

How the winds are laughing
They laugh with all their might
Laugh and laugh the whole day through
and half the summer's night
Donna Donna Donna Donna
Donna Donna Donna Donna
Donna Donna Donna Donna

Donna Donna Donna Don na.

（寺山修司のノート）

一曲の歌をえらぶのは大変なことである。ぼくはマザー・グースも好きだし、ヘレン・メリルも好きだし、ブルースも好きだからである。一つの歌がとても素晴らしく感じられる夕暮れもあれば、その歌を思い出すのがとてもわずらわしいような朝もある。古いギリシアの子守唄がしみじみと感じられる夜もあれば、ババルーが好きな真昼もある。正直のところ、ぼくはジョーン・バエズにしようか、サリ・テリにしようかとずい分迷った。サリ・テリの「Seven joys of Mary」は谷川俊太郎のレコードから、ぼくのテープへ録音させてもらったもので、とてもいい歌で気に入っているのだが易くは手に入らない。だが、バエズの方はこのところブームになって誰の手にでもすぐ入る。

そこで「ドンナ・ドンナ」にしたのである。これは市場に送られて行く子牛に同情したやさしい歌でヘブライ風の旋律をもった甘い歌、ショロム・センダの作曲になるものである。

VANGUARD＝MH一一四（一五〇〇円）

ジョーン・バエズ

♥一本の花

ひなげし

（宇野亜喜良のノート）

ケシには毒のある花もあるが、ひなげしには毒はない。色はきれいで、派手な感じがするがどこか弱い。

そんなところが好きである。

ひなげしを花屋で買おうと思うと、大抵葉っぱがない。売る前に葉っぱを捨ててしまって茎と花だけにしてあるところにも、ふしぎな抒情が感じられる。

ぼくはドライフラワーが好きで、アトリエにもドライフラワーが沢山おいてあるが、これは「花の最盛期」をそのまま枯らしてしまうものだけに、どこか心理的な陰翳が感じられる。美というのは、つねに残酷なものであるらしい。

さて、ひなげしであるが、六本木のゴトー花店あたりでも、五本一〇〇円ぐらいのものである。買ってあなたの机の上におくのもよいだろう。花ことばは「なぐさめ」である。

♥一枚の写真

カウボーイ・ケイト　　　　サム・ハスキンス

（宇野亜喜良のノート）

カウボーイ・ケイトは一枚の写真ではなくて、一冊の写真集である。

南アフリカの、本来ならばカウボーイなどいない土地を舞台にして、さまざまの手法で女を撮ったものである。

自転車にのったケイトのシルエットだけの写真もあれば、Gパンをはいて上半身はヌードになっている写真もある。棚に古いランプ、そして銃と弾装のある室内。今はだれもいないのだが、机の引出しからブラジャーやパンティがはみだしているところを見ると、ケイトがいたことは間違いない。ケイトはどこにでもいて、どこにもいない。ひどく賑やかでそのくせどこか孤独な感じのする写真集である。最後のページにはカウボーイに扮した、サム・ハスキンス自身の写真が載っているが、ふざけているのにやはりさみしい感じがのこる。それは、終わったあとのパーティーを思い出させるような印象である。

BODLEY HEAD版＝LONDON

▲　サム・ハスキンス「カウボーイ・ケイト」

◀　パブロ・ピカソ「小鴉と女」

♥一枚の絵

小鴉と女　　パブロ・ピカソ

(宇野亜喜良のノート)

女と鴉はピカソの青の時代の作品である。青の時代の他の作品同様、どこか孤独な感じがある。

女の手が異様に細いのも、どこか絵が狂ってみえるのも、それがそのままピカソの青春時代の心象風景の反映だと思えば納得がゆくものである。

ピカソのように、デッサンのたしかな画家が、こうした絵を画かねばならなかった青春の孤独感は、絵を見るときのなぐさめになるだろう。たぶん、画集を買ってきて、この一枚をピンナップしておけば、絵の中の女が、あなたに人生というもののつらさ、やりきれなさを話してくれるかも知れない。ぼくのもっとも好きな絵の一つである。

ピカソ（青とバラ色の時代）＝紀伊国屋書店アート・ギャラリー　フランス＝アザン版　一二〇〇円

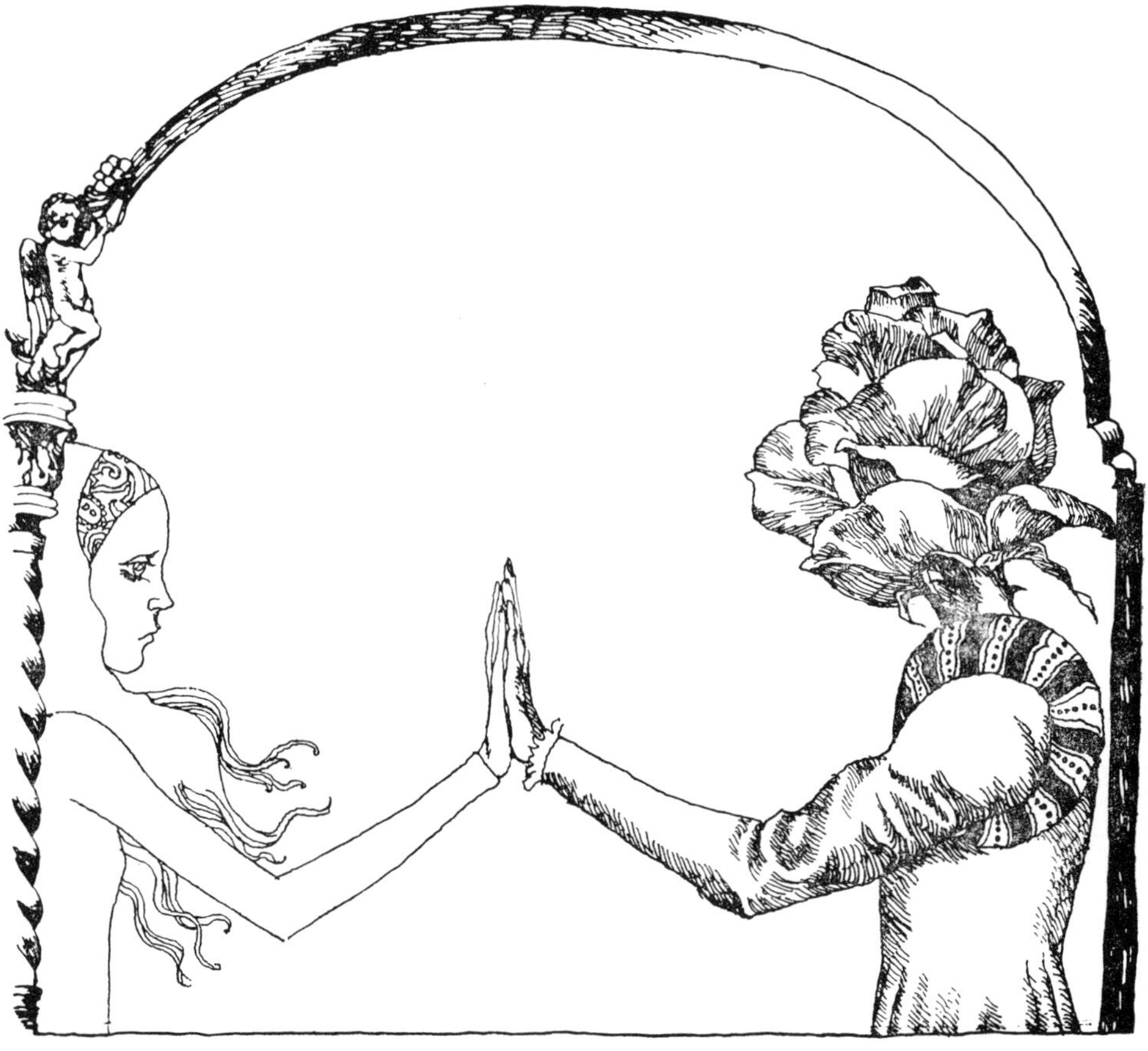

テーブルの上の二つの小さな恋愛論

♥

「愛について語ることは，愛することである」

とバルザックは書いている。

だからぼくは，これからしばらく愛そうと思う。

だが一匹の宿無しのペルシア猫を愛するのと，少女を愛するのとは愛し方が

違う。

ペルシア猫には一皿のミルクをやればいいが，

少女には言葉だのキスだのが必要だからである。パリの裏通りの，

毛皮のマリーのような娼婦のための恋愛論と，

小学校の初恋っ子たちのための恋愛論とを区別するように，

ここに書いた二つの恋愛論も区別していただきたい。

はじめの「ボーイフレンドの運転免許証」は，

恋愛を知っている人は読まなくてもよろしい。

これはジュニア版の処世術のようなものでちっとも愛について語っていない。

ただ，愛をはじめるためには相手がいる。

その相手をいかにしてつかまえるか，ということについての実用学である。

つぎの「さよならの言い方」は，

それにくらべると少し本格的である。

だから，この方がむしろ，あなた向きだと言うことが出来るだろう。

ジュニアのための——

*ボーイフレンド運転免許証あげます

心構えと車の選択

どんな小さな乗用車を乗りまわすのにも免許証がいる世の中です。ボーイフレンドをうまく操縦するのに免許証がいらないわけはありません。

近ごろは無免許で恋のハイウェイをすっとばしている男の子や女の子がいますが、これは危険というものです。事故をひき起こしてしまってからでは、もう手おくれです。そこで、これからぼくの言うことをよく聞いて、まちがいないようにあなたのボーイフレンドを「安全運転」してください。

まず、車の種類を選ばなければいけません。自分に合った車を選ぶことが安全運転の秘訣なのです。

もしもあなたが、ロマンチックな夜の公園のドライブを考えているのに、相手がいっこうにムードのないダンプカーだったり、あなたが一生乗れる「家庭的」な男の子を求めているのに、相手が一夜限りのレンタカーだったりするのじゃ、話になりませんからね。

車の選択には、外観よりも性能をよく考えましょう。外装なんかは、あなたしだいでいくらでもカッコよく「塗りかえる」ことができるものなのです。

スピードを出しすぎないこと

さて選んだ車（ボーイフレンド66型）が走り出したら、スピードを出しすぎないように気をつけましょう。初心者ほどドライブの快適さにつられてスピードを出しすぎるものです。

知りあってから30分もたたないのに、もう手を握りあったり、1時間もたたないうちにもうキスを許したりしているなどというのは、あきらかにスピードの出しすぎです。調子のいい男の子なんてのは、アクセルを踏みさえすればいくらでもスピードを出すものですからね。3段ギア（ローは握手まで、セコンドはキスまで、トップはキス以上）のトップを入れたら暴走になるでしょう。

ブレーキを踏むのはあなたの役目です。新車のうちは、明るい車道を「制限速度」で走ることがカンジンです。

夜は特に危険です。

「月がきれいね」

と言っただけでも、男の子はキスを催促されてるのだとカンちがいしますからね。

駐車違反をしないこと

近ごろの都会には、駐車禁止の場所がいっぱいあります。同伴喫茶やホテル、場末のエロダクション映画館やダンスホール。こんなところにうっかりパーキングでもしようものなら、車はたちまちオーバー・ヒートしてのぼせあがり、目は充血し、口を少しあけて、息荒くあなたにせまってくるかも知れません。

それにおまわりさんだって、目を光らせています。あなたのドライブの「免許証」に、不純異性交遊なんて書きこまれたんじゃ、せっかくの愛情も台なしになってしまうじゃありませんか。

車をたいせつに扱い、長持ちさせようと思ったら、これだけは守ってください。

（未成年お断わりの場所や危険な場所に立ち寄るな）

一時停止を守ること

どんなにしあわせなハイウェイにだって曲り角はあるものです。

曲り角のない人生なんて、あるはずがありません。そんなときには一時停止を守りましょう。

そして先輩のドライバーに相談してみるとか、自分でよく考えてみるとかしましょう。あなたが、どんなにカーマニアだって、一生のうちにそんなに何台もの車を乗り替えるわけにはいかないのです。

道がふたつに分かれていたりしたら、なおさらです。

ノンストップで、行きあたりばったり行くと、通行止めになっていてドライブはおしまい、ってことにもなりかねませんよ。

（曲り角では慎重に）

警笛を鳴らすこと

フランスの詩人ルナアルは「幸福とは幸福をさがすことである」と言いました。あなた自身の幸福も、あなたの「さがしにゆく」道程のなかにあるのだと言っていいでしょう。だから、悪路や山道をこわがってちゃいけません。

思いきって、遠くまでドライブに出てみるのもひとつの行き方なのです。ただし、あぶなくなったら警笛を鳴らすことがカンジンですよ。

ボーイフレンドが、「今夜は一晩中ふっとばそうか」なんて言ったら、

「あたし、オナカがいたくなってきた」

と仮病を使うとか、「またこんどね」とあっさりかわすとか、「今夜のハニーカムズのテレビショーをどうしても見たいの」とダダをこねるのも、警笛のうちでしょう。

ただし、警笛にはユーモアが必要ですよ。いきなり「タスケテエー」と叫ばれたりしたんじゃ、そのボーイフレンドともおしまいになってしまいますからね。

(警笛を鳴らすこと。ただし、それは騒音になりすぎないように、ソフトに)

酔っぱらい運転いねむり運転はしないこと

淑女《レディ》のあなたが、お酒で酔いつぶれることはないでしょう。

第一、飲むことだってありますまい。

(運転中には……)

だけど、気分に酔うってこともありますからね。明るい太陽とすてきなボーイフレンドと、カーラジオから流れてくるベンチャーズの恋のギター!

ついうっとりと目を閉じて……ということになるとたちまち事故が起こってしまうでしょう。

だからあなた方初心者は、半分愛しても半分は醒《さ》めていなければなりません。たとえば、こんな詩のように。

月が雲から半分のぞき
グラスにお酒が半分あるの
酔えばあたまがまっくらで
しあわせな気が半分するの
あたしを半分愛して下さい
全部はいやよ
全部はこわい

信号・標識を無視しないこと

「またセックスの本を読んでるのね。そんな本を読むヒマがあったら、少しは学校の宿題でもしたらどう？」

とか、

「ダンスは早すぎます！
　ふたりでダンスに行くぐらいなら、家へ連れてきてお母さんもいっしょにお話しあいでもしましょう」

とか――大人の言うことって、どうしてこうも理解がないんでしょう。

あなたはそう考えてるんじゃありませんか。わかるような気がします。

大体、ドライブウェイには「禁止」の標識が多すぎるのです。ああするな、こうするなという立札だらけで（その通りにしていたら）ドライブの興味は半減してしまうことでしょう。

だけど――だけどです。

やっぱり信号や標識も一応は守っておいた方がいいのです。保護者の注意は、ドライバーの安全を守るためのものなのですから、無視すると事故のもとになることだってあるのです。

どうしても守りにくい信号だったら、ひとつお母さんとじっくり話しあって「ドライブ交通法」の改正をしてください。

わき見運転をしないこと

だってそうじゃありませんか。むかしから「二兎《と》を追うものは一兎も得ず」って言いますよ。

自分がポルシェのようなスポーティーな車に乗っていながら、向こうから走ってくるベンツばっかり見てるんじゃ、ポルシェは悲しみと嫉妬のあまり電柱にゴッツーン！　とぶつかってしまうことでしょう。

ボーイフレンドだって同じこと。ステディー中の彼と言うものがありながら、ラッパズボンのほかの男や、ロマンスグレーの中年男といっしょに泳ぎに行ったり、映画を見に行ったりするんじゃ、彼は、

「オレはあの子に好かれてるんじゃなくって利用されてるのかも知れんゾ」

と思って、離れて行ってしまうでしょう。

(あるいは車同志で衝突事故ってこともあるしね)

――だからわき見はしないほうがいいのです。ふたりの前方には、ほらあんなに青い海がひろがってるじゃありませんか。

車　検

ときどきは車検が必要です。
といっても彼の体重や身長を調べるということじゃありません。
彼の心の中をそっと打診してみるということです。

車ぎらいになる方法

車の運転がいやでいやで仕様のない子、男の子といっしょにいるだけで顔にジンマシンのできるような子——そんな子のために「車ぎらいになる秘訣」を教えてあげましょう。

(そうすれば、車の方で敬遠してあなたに寄りつかなくなりますからね)
1、まず、化粧しないこと。
2、いつも鼻水をグスグスやってるほうがいい。
3、足は長いスカートでかくし、
4、いつも目はうつろに、口を少し開ける。(よだれをたらすほどまでしなくてもよい)
5、爪は切ってはいけない。
6、もしバストがりっぱだったら、それをさとられぬように、胸のあいた服を着ないようする。
7、話題はいつも人の悪口を……
8、いつも、家庭に不具と病気の弟妹《ていまい》が7〜8人いると言いふらしておく。

これでOK。これでボーイフレンドは遠ざかってくれるでしょう。

(もし、ボーイフレンドがほしくてたまらなかったら、この逆をいくといいと思います。ではおしまい。免許証はあとで取りに来て下さい)

＊さよならの言い方

1　さよならの発音

ぼくはさよならを言うとき、らに一番力を入れて発音する。らを少し長くのばして「さよならあ」となることもある。

なぜなら、離れているときしか、さよならを言わないからである。

船が港を出て、二人のあいだに海が五、六メートルの間隔をもたせたとき、汽車がプラットフォームを離れて、相手の顔が見えなくなりかけたとき「さよならあ」とのばす。

自分では、きっぱりさよなら！　と言い切ったつもりなのに、未練屋の「ら」の音が勝手に名残りを惜しんで、「さよならあ」となるのである。だから、プラットフォームが長くて、わかれがつらいときほど「ら」も長くなって、ときには、

「さよならあああああああああああ」

と、らあだけで五〇メートルものびてしまうことがある。だが、言葉を切るハサ

ミというのはどこにも売っていないから、花でも切り捨てるように「らぁ」を切ってしまうことは出来ないのである。

女の子で「さ」に一番力を入れて発音する人もいる。まるで、ひまわりの花のように「さ」の音は大きくひらいている。だが「よ」は葉のように小さくなり「な」は茎のように細くなり、「ら」は地の中に消えてしまう。「さ」から「ら」までのあいだの、ほんの一、二秒のあいだに、彼女は長かったロマンスのすべてを思い出すのである。

「さよおおおお……なら」と、まん中をのばす人は、思い出すロマンスの長かった人であり、「さよなら」と短く言い切ってしまう人は、思い出したりするのが嫌な人、つまりさっぱりした人ということになるだろう。さよならに標準的発音はない。

あるところに唖の少女がいて、彼女は家庭教師について一日にたった一字だけ言えるようになった。唖だと知られるのがいやだったので長いあいだ片想いだった少年とさようならしようと思って、四日間一字ずつためておいて「さ」「よ」「な」「ら」と言えるようになった。

少女は少年をさそって海へ行った。

海の夕ぐれはオレンジの匂いがした。少女はじっと少年を見た。

ふと、少年がきいた。

「きみ、船は好きかい？」

少女はうなずいた。

また、少年がきいた。

「じゃあ、ぼくのこと好きかい？」

少女は、ついその問いに声を出して、

「好き」

とこたえてしまった。

すると四字のうち、二字使ってしまったので、もう「さよなら」ということが出来なくなってしまったのである。少女は、とても悲しそうな顔になった。そして、あと残った二字でもう一度、

「好き」

とくりかえした。

言い終わると海の方へ走ってゆき、それっきり、帰ってこないのだった。


ジャン・アヌイ風の他愛ないお話である。

2　さよならを言うとき

さよならを何時言うか？

これが問題である。知りあう前にさよならを言うわけにはいかないし、知りあってすぐにさよならを言うわけにもいかない。ぼくとしては、相手に飽きてしまってから「さよなら」を言うのも、嫌である。

かと言って、いまアツアツになったばかりで、キスをしながら「さよなら」「さよなら」とくりかえしていたら、頭がおかしいのではないか、と思われるだろう。

魚にもシュンの季節があるように、「さよなら」にもシュンの時期がある。目の赤くなってしまったさよならや、鮮度のおちたさよなら、加工されたり、冷凍保存されたさよならは喜ばれない。

機を見て、グッドタイミングで言われたさよならだけが二人にたのしい思い出を頒けてくれるのである。

ブリジッド・バルドーの美容法は「さよなら」の言い方にある。という評論家もいる。スマートにさよならを言うたびに、少しずつきれいになってきた……というのである。さよならを深刻に考える人もいるが、わかれない同志では「再会」の感激を味わうことができないではありませんか。

朝のさよならは、舌にのこった煙草の味だ。シーツの皺。モーニング・コーヒーのカップに沈んだ砂糖。そして何となく名残り惜しく、そのくせ少しばかりの自己嫌悪がともなう。

昼のさよならは、笑顔でできる。すぐまた逢えるような気がする。だが、一ばんはっきりと二人をへだてるのは昼のさよならである。涙は日が沈んでからゆっくりとあふれでる。

夕方のさよならは、一匙のココアだ。甘ったるく、そのくせにがい。夜になったら、また二人は結びついてしまうかも知れないので、ひどく心にもないことを言って早くわかれてしまう。夕方のさよならは、お互いの顔を見ないで、たとえば、空を見たりすることがある。

だから夕焼の赤さだけが二人の心にのこるのである。

夜のさよならは、愛と同じくらい重たい。人たちが皆抱きあっている時間に、「さよなら」を言うのはつらいことである。だが、そのつらさが二人をドラマチックな気分にしてくれるのだ。


さよならの時刻表を作ろうかな、と思ってみる。あなたが今まで「さよなら」をしてきたのは、一日のうちのどの時間でしたか？

すぐ思い出せますか？

3　さよならを言う場所

一船二汽車三歩き、四五がなくて六ベッド。と言う。

一ばんさよならがさりげなく出来るのは、船の出る港である。陸にのこる一人と船で出てゆく一人では「さよなら」も止むを得ないからである。

どんなに愛しあっていても、海の水をぜんぶ飲み干して追いかけるというわけにはいかないだろう。二ばんめは汽車の出てゆく駅だ。すべてのメロドラマの中のさよならのシーンは港か駅でさよならをする。

——ねえ、きみ。

と男が言う。

——こんどは何時逢えるだろうか？

女はだまってうつむく。

汽笛がポーッとなりひびく。

——ぼかあ、きみを忘れないよ。

と男が言う。

女の目から涙がこぼれる。これがスタンダード版のわかれ。ミッシェル・ルグランかヘンリー・マンシーニの音楽が流れてくるとそれですべて揃ったというわけだ。三ばんめの歩きながらのわかれ、というのは前記二つほど劇的ではないが、足が地についている。これが一ばん一般的なもので、とくにムードはないが、そのかわりわかれを惜しむ時間はたっぷりある。四ばんめ五ばんめがなくて六ばんめはベッドの中での「さよなら」だというのだが、それについては、また書こう。

さよなら百唇譜といって、いままでわかれるたびに、その相手の唇をノートの上におしつけて貰ってコレクションしている男がいる。

ペーパー・キスマークというやつである。

そして、そのマークの下にわかれた場所について書いてあって、それを百までためるのがこのドン・ファンの悲願なのだそうだ。ぼくは一度見せて貰ったことがあるが、それは口紅のあとのついた、いかにもさみしそうなもので、一寸見ると花のようであった。

さよならの花。その花たちは、どれもほんのすこし唇をひらいていたが、何を言いかけているのかは、ぼくにもわからない。

4　さよならの詩

＊

ジャック・プレヴェールの「朝の食事」

茶碗に
コーヒーをついだ
茶碗のコーヒーに
ミルクをいれた
ミルクコーヒーに
砂糖をいれた
小さなスプンで
かきまわした
ミルクコーヒーを飲んだ
それから茶碗をおいた
ぼくになんにも言わなかった
タバコに
火をつけた
けむりで

環をつくった
灰皿に
灰をおとした
ぼくにはなんにも言わなかった
ぼくの方を見なかった
立ちあがった
帽子をあたまに
かぶった
雨ふりだったから
レインコートを
着た
それから雨のなか
出かけていった
なんにも言わなかった
ぼくの方を見なかった
それからぼくは
ぼくはあたまをかかえた
それから泣いた

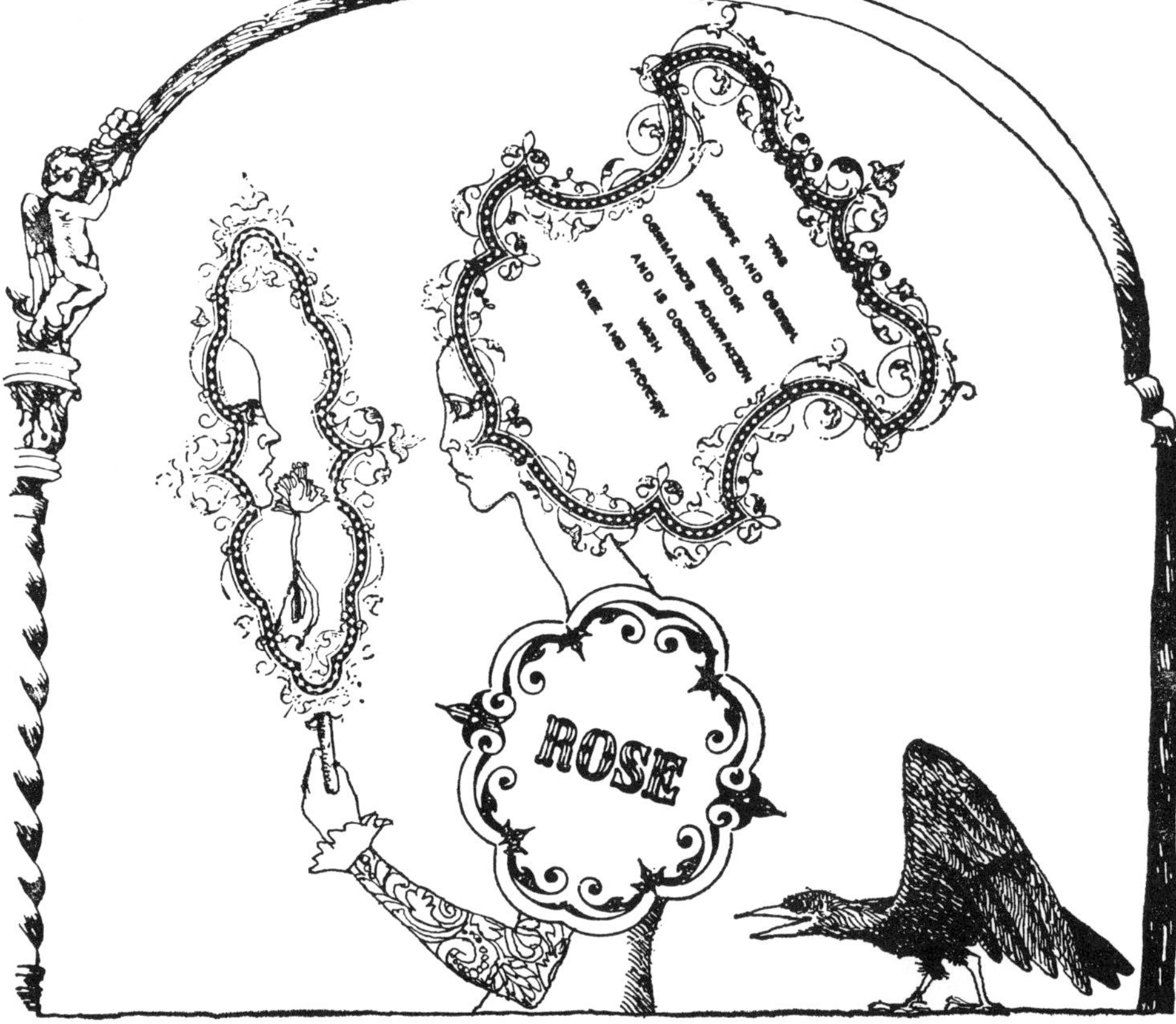

ROMANCE　BALLADE＝樅の木

第一の歌

この世には恋人たちも多いことだろうが、わしたちほど深く
愛しあっているものはおるまい
と思っている王様がいました。
恋人を抱きよせて接吻しながら
鏡に向かって、
「鏡よ、鏡よ」
と話しかけました。
「この世に、わしたちほど愛しあっているものはおるまいな？」
すると鏡はまっ暗になって
何も映さなくなりました。
「いいえ、王様。
この世には王様ほど愛情をもった男は
一〇〇〇〇〇〇〇〇〇〇〇〇人も
おるでしょう」
と、気のいい鳥が言いました。
時は五月。
お城の中ではスペインの
盲目の音楽師が
水のしたたるような
マドリガルを唄っていました。

第二の歌

「そんなら一つ、
恋くらべをしようではないか！」
と王様はテーブルの地平線に頬杖をついて言いました。
王様が手をたたくと
一〇人の侍従と
一〇羽の鳥と
一〇匹のシャム猫とが集まってきました。
王様はダンディな髭をちょっとひねって
名案について演説しました。
「むかし、この国には
長距離ピアノ演奏者というのがおった
ある月の夜からピアノを弾きはじめ
食事もせず、用も足さず
ただピアノを弾きつづけ
七日七夜のあいだ弾きつづけて
見事、ベスト・ピアニストの栄光にかがやいて
「王様の鰐の勲章」を手に入れたのだ。
ひとつ、最高の恋人たちをえらび出すために、わしも
長距離抱擁者のコンテストというのをやってやろう。

抱きあったまま(むろん、キスをしたままで)、食事もとらず、用も足さず
一睡もせず
もっとも長く愛しつづけることのできる二人を国一ばんの恋人とするのだ。
いいかね?
愛の耐久レースだ
マラソンをもじって、ラブソンと名づけることにしよう」
早速、一〇〇頭の早ロバが町にとび
「恋人参加」の募集広告が
町じゅうのすべての壁に貼られたのでした。

第三の歌

さてさて、ここでジプシーの唄を一曲。
ガルシア・ロルカが血で書いた
時期おくれのロマンス!
「わたしの小さな妹が歌っている
地球は一つのオレンジなのよ、と。
月は泣きながら言っている
わたしはオレンジになりたい、と。
お月さま、お月さま

それはできない相談だ、相談だ」
――やがて、ありとあらゆる恋人たちが、自分たちの愛こそこの世で一ばん！
とばかりに集まってきました。
靴屋と花売娘の恋人たち
ガラス職人と掃除娘の恋人たち
運転手と女優の恋人たち
プロレスラーと看護婦の恋人たち
画家と未亡人の恋人たち
動物園の園丁と少女の恋人たち
学生とモデルの恋人たち
騎手と人妻の恋人たち
料理人と美容師の恋人たち
刑事と女学生の恋人たち
フットボール選手とダンサーの恋人たち
広場が恋人でいっぱいになると
王様は、可愛いい踊り子の恋人をしたがえてバルコニーにあらわれて
「さあ、ラブソンをはじめよう。
抱きあった二人が離れたら失格だ。
どれだけ長く愛しあっていられるか
どれだけ長く一体になっていられるか
裁くのはお月さまだ。

いいかね？
音楽と共に、いざ抱け！
恋人を！」

第四の歌

広場じゅうの恋人たちは一斉に抱きあいました。
月はびっくりして城の塔にかくれ
広場はまっくらになりました。
音楽師たちは、世界中の恋唄をすべて奏でまくりました。
そして長い時間がたちました。

「わたしの可愛いいい恋人が歌っている
愛は一つのオレンジなのよ、と。

月は泣きながら言っている
わたしもオレンジになりたい、と。

お月さま、お月さま
それはできない相談だ、相談だ」

——はじめに失格したのは老彫刻家とその若いモデルでした。

モデルはまだまだキスしていられたのに
老彫刻家が呼吸困難になってしまったのです。
鱶にやられた地中海の船長のように
老彫刻家は口から泡をふいて倒れました。
それははじまってから
一時間目だったようです。
やがてぞくぞくと失格者が出はじめました。
どうしても用を足したくなったり
キスがはげしすぎて唇が痛くなったり
キスしながらいねむりしている相手を見て莫迦らしくなったり
くしゃみが我慢できなくなったり
いろんな理由から
失格して広場から出てゆく恋人たちがふえました。とうとう三時間後には
王様も失格し
五時間後には参加者が半分にへり
夜があける頃には十分の一になってしまっていました。

第五の歌

翌日も翌翌日も
ラブソンはつづけられました。
広場にはわずか三組の恋人たちだけが残り、まるで立ったまま死んだように

いつまでも愛しあっていました。

三日目は雨でした。
写真家が来てその三組の恋人たちを撮してゆきました。
子供がさわっても
ゆすぶってもその恋人たちはびくともしませんでした。
十日目になって
とうとう二組は失格しました。
離れたとたんに、まっ青になって倒れた恋人たちを
救急車が来て連れてゆきました。

一ケ月たっても
二ケ月たっても
三ケ月たっても
四ケ月たっても
残った一組の恋人たちは離れませんでした。
そして
はじめのうちは広場にその恋人たちを見に来た人たちも
まったく話題にしなくなり
王様もラブソンのことなどすっかり忘れて
カモシカ狩りに熱中するようになってしまいました。

第六の歌

秋がすぎて
冬が来ました。
抱きあった最後の一組の恋人たちは
立ったまま同じ夢を見ました。
だんだん、足の方から地に根ざして
もう歩けなくなってゆくのがわかるような気がしました。
抱きあった二人の足もとには
雪がつもり
二人は膝まで雪に埋もれているのがわかりました。
日曜日のたび
さみしいお婆さんが来てシャベルで
その雪を片付けて行きましたが
やがてその雪もひとりでにとけて
春が来て
夏になりました。
帽子には鳥が巣をつくり
抱きあった二人の腕からは小さな芽が出はじめました。
そして二人のまわりを
子供たちが腕をつないでまわりながら
ロンドン・ブリッジをして遊ぶようになりました。

新しい秋が来るころ
二人はすっかり木になってしまっていたのです。

「樅の木だ!」

　と観光客が言いました。

「まるで、抱きあった人間みたいだが、樅の木なのです」

　と観光案内人が言いました。

「別名を、恋人の木とも言います」

第七の歌

だが、この話は嘘なのです。

ひとりぼっちのみずえが、一本の樅の木を見ながら思っていた空想なのです。

もしも、そんなに永遠の愛があったら、すてきなのに!

とみずえは思いました。

だが、みずえには恋人はありませんでした。

なぜなら、みずえが去ったあと
樅の木にはみずえの名前だけしか彫りのこされて
いなかったからです。

センチメンタル・ジャニー＝ぼく自身のための生活

♥

これは，あとがき風の自己紹介である。

ぼくの生活の周辺の出来事であると言ってもよい。

もし，できれば

この小文はジョン・ルイスのレコード「ロドリーゴ・アランフェス協奏曲」（C'oncerto de Aranjuez）を聴きながら

よんでいただけると幸甚である。

これはしずかなモダン・ジャズだが，ぼくの大好きな曲で，ここにおさめたエッセイは

ほとんどこれを聴きながら書いたものだからである。

＊風

灯台に風吹き雲は時追えりあこがれ来しはこの海ならず

これはぼくが十九才の時の歌である。

海辺の町で生まれたぼくにとって、風は何かを「動かす」ものであった。

たとえば風は木の枝を「動かし」雲を「動かし」あてのない大学生のぼくの心を「動かし」た。

海が La Mer で女性名詞だと知ったとき、ぼくは海の中に何か年上の女のようなやさしさを感じたものだったが、——それならば風はたぶん少女だろう、と思ったものだ。

その頃のぼくは、こうした「海」や「風」を自然からひきはがすことに少年時代特有の官能的なあこがれをもっていた。

そして日本海を、理科実験用のフラスコに汲みとってきて「自分の海」だと思いこみ、暗い下宿屋の畳の上で、一日眺めて暮らすようなことに、密会のよろこびを感じたりしていた。

それは、ぼくをとりまく大学の日々が「歴史」に敏感になりすぎて、世界のすみずみの出来事に目を配りすぎ、そのために、目前の風景には目を曇らせてしまっていたからでもあった。

同級生たちがキューバのカストロ支援のために地球儀の印刷の「海」を見つめていたとき、ぼくはフラスコの中の、青さの失せた、「自分の海」を偏愛していた。

しかし、今から思えば「フラスコの中の海」などは、印刷された海よりも、もっと現実感のないものだったように思われる。

なぜなら、「愛される」海などはつまらないもので、「おそれられる」海だけが、海の実相を伝えるものだったからである。（真におそれられる海だったら、それは「海」だけで世界史全部を覆すに足るものだったにちがいない）

去年の夏、軽井沢から帰ってきた従妹が大きな帽子入れの箱を出して「軽井沢のお土産よ」

と言った。

「何だね？」

ときくと「軽井沢の、すずしい風をもってきてあげた……」と言うのである。

蓋をあけると中は空っぽで、高原の風は底からも吹きはしなかった。

ぼくは、ひと夏を書斎ですごしていた分別くさいぼくへの従妹のアイロニーだと知って「涼しい、涼しい」と言いながら（浦島太郎が味わったように）一瞬にして老けこんでゆくような感慨にとらわれた。

そして、来年の夏は書斎を出て、風のあるところへ行かなきゃな、と思ったものである。

Le Vent（風）――風が男性名詞であるということを知ったのは、つい最近の話だ。

風がどうして男なのかは、ぼくにもわからない。

* Ngaje Nagi

ヘミングウェイの「キリマンジャロの雪」の冒頭にこんなエピグラムがある。

アフリカ大陸の最高峰のキリマンジャロ、高さ一九七一〇フィートの雪のなかにひからびて凍りついた豹の死体が横たわっている。

「こんな高みにまで豹が何を求めてやってきたのか、誰も説明できるものはいない」

というのである。

この有名なエピグラムに、誰かかって回答を試みたものがあったろうか。


「そんなことは無駄だ」

と男は言った。

「登りたいからよ、べつに理由はないと思うわ」

と女は言った。

ぼくは言った。

「理由がない訳はない」

「豹はもっと飢えたかったんだ、なにかに」

「山はほかにだってあるぜ」

「一番高い場所で飢えたかったんだ」

「豹には想像力がないんだな」

とぼくは言った。

「おれなんかこうしてアパート暮らしをしている、毎日キリマンジャロよりも高い山に登攀しているんだ」

一杯の紅茶をのみながら、にがい心のなかでロッククライミングをくりかえしている。おかげでほら、

「おれの心のなかはハーケンの傷でずたずただ」

男はぼくを見た。

ほんとに蔑みをこめた眼差しだ。

「きみたちは……」

とぼくは言った。

「目に見えない山を登ったことはないんだな。目に見える山しか識らないんだな」

とぼくは言った。

「登山者は遭難するためにのぼるのだ。そして誰もが遭難を夢見ながら、自分の夢に裏切られて帰ってくる。

……しかし目に見えない山での遭難者は死んでも救助されないものなのだ」

とぼくは言った。

男はぽつんと言った。

「きみは豹にはなれない」

そして男は帰っていった。

登山家の彼の後姿がドアをしめて出ていったあと、ふいにわたしはひとりになった。

目に見えない山！

ほんとうにそんなものがあるのか。観念のなかだけではなくて幻のようにぼくの生いたちの年のなかにそびえているのか。

ぼくはひとりで紅茶にレモンをうかべてゆっくりとそう思いかえしてみた。

多分、ぼくは間違ってはいないだろう。

だが、もしかして……

とぼくは思った。

ぼくは目に見えない山で遭難した目に見える男なら、目に見える山で遭難した目に見えない死者だって存在しうるはずではなかったか。

目に見えない遭難の死者たち、勇者たち、魂たち……彼らはいまもわたしのちかくに立っていて、しきりに何かに飢えつづけているだろうか？　フィジックなものには、もう手のとどかない遠くにいて、フィジックなものの値打ちについて夢見つづけているだろうか。

にがいにがい、なんてにがい紅茶だ。

ぼくは男の帰りしなにいったことばを思い出した。

「きみは豹にはなれない」

そうだろうか、ほんとうに。

ぼくは窓をあけた。
都会の夜は交響楽のように孤独に点滅する。点滅はまさに闇だ。
都会の夜には「山」はない。あすはぼんやり旅にでてみようか。
そう思いながらぼくはリュックサックをとり出した。

＊運のわるい女

運のわるい女がきらいである。

何をやってもツイていないという女とは恋をしてもたのしくない。

ぼくは競馬が好きで、女の子の誕生日のナンバーで馬券を買ってみるのが楽しみの一つである。たとえば、五月七日生まれの新しい女友だちが出来た場合には、その週の競馬の馬券を（縁起をかついで）五月七日の五―七と買ってみる。それであたった場合には、配当金でプレゼントを買ってあげる。（もし外れたら、電話で「おやすみ」と言って、逢わずに帰る）

こんなことを書くと、馬と女の子とを一緒に考えるなんて、何てひどい男だろう！　と怒る人がいるかも知れない。

ぼくは怒りっぽい女というのもきらいである。（大体、運のわるい女と怒りっぽい女とは共通しているところがある）

それは、どっちも一緒にいてくたびれるということである。どんなにツイてないときでもにこにこしている女、たとえば『日曜はダメよ』という映画の女主人公の娼婦のような女をぼくは愛する。

さらに、「理屈っぽい女」というのもきらいである。

——世の中で、なにが一ばん怖いと思う？　と聞かれて
——平和を脅やかすようなアメリカのベトナム政策！

とこたえる女を、ぼくは好きになれない。

——世の中で、なにが一ばん怖いと思う？

と聞かれたら
——お化け！

とこたえてくれる女の子の方がぼくは好きなのである。恥ずかしがらない女も、好きになれない。

——月がきれいだね。

と言ったら、ゲラゲラ笑い出し、キスをしようとしたらまたゲラゲラ笑い出す……

…という無知な女もいささか気味がわるい。

ぼくは「おとめごころ」というものを、大切にしたいと思っているので、何事につけて合理主義で割りきってしまうムードのない近代女性と言うのには、どうしてもなじめないのだ。

八方美人、というのもにが手である。

ぼくと食事をしながら、向こうのテーブルにいる他の男と大きな声で、

——こないだは、どうも！　とってもたのしかったわあ！

などとやられたんじゃ、こっちが三枚目になってしまうからである。たとえば、シモーヌ・ド・ボーヴォワールなどは、性的魅力がないからきらいである。ジャンヌ・ダルクなどもきらいである。不潔すぎる女。下手な嘘をつく女。泥酔する女。音楽のきらいな女。可愛気のない女。何を着ても似合わない女。小説を書く女。社会

運動に熱中する女。ケチな女。空想力のない女。こうした女たちは皆きらいである。

だが、きらいな女と言うのは少ないもので、つきあってみると、どの女にも「きらいな部分」よりも「好きな部分」の方が多いことを発見するものである。だからぼくはすぐ女の子を見ると、好きになってしまうのかも知れない。

ギー・シャルル・クロスはこんな風に自分の女を唄っている。

彼女が他の男のために私をすてた時、最後に唇をさし出しながら
何となくさびしげな彼女の声が私にささやいた。
この不思議なさうしてやさしい名をつけて下さった時、
「過ぎし日の音楽」といふこの名。
「あの時すでにあなたは私が別れてゆくと知っていたのでせう」

ぼくの好きな女もまた、音楽のような女ということになるのかも知れない。

＊ピアニストを射つ家

自分が住まない「住宅」というものについて考えるのは愉快なことではない。だから、未来の住宅などと言われても、ぼくは、なかなか名案がうかんでこないのである。

(だが――もしもぼくが百才まで生きたとして、メフィストに魂を売り渡したとして、自分の百年後の「住宅」を考えると言うのなら、また話はべつである)

ぼくは先ず自分の住むべき家から「近代」を放逐し、「科学」を追放したいと思う。

べつの言葉で言えば、科学の枠をこらして原始を創造したいと思うのだ。

たとえば、五坪ほどの無人島を応接間につくる。そこにはルームクーラー大の猛獣(ゴリラまたはライオン)を飼っておく。

そしてぼくは、テレビもみず新聞もよまない生活を(その部屋では)たのしむことにする。

テーブルの上に荒野をつくる。

タイルの上に草原を可能ならしむる。

もちろん、書斎などは要らない。ピアニストも不要である。(西部アメリカでは、開拓時代の殺しあいはなやかな頃に、「ピアニストを射つと町がさみしくなるから、ピアニストだけは射たないで下さい」という貼紙をしてあったそうだが、ぼくの理想は、ピアニストなしでも楽しめるという住宅である)

べつの部屋は昇降式にしておいて、その日瞑想にふけりたいと思ったら空中高く昇らせ、秘事をたのしもうとしたら地下百メートルまで降下させる。(もちろん、逆でもよい)

歩いても歩いても二階に辿りつけない階段をつくり、また入ったらもう出ることのできない女客用の応接間をつくる。

ぼくはガウンをまとって、野蛮と本能に奉仕してくれる科学に感謝しながら、アフリカテレビのモーニングショウ、象料理の作り方でもみて、朝食をたのしむことになる。

ぼくは「表札」など出さない。

そして、この素晴らしい自宅と、閉じこめられた女客たちのハーレムは、断じて週刊誌などには紹介させないつもりである。

どうです?

こんな部屋でぼくと一緒に暮らしてみませんか?

＊ジルの話

ぼくのアルバムには幾人かの友人たちの写真と一緒に幾匹かの動物の写真が貼ってあります。

それは、とうとうぼくに馴れないままで逃げ去ったカナリアから、軽井沢で偶然にぼくの自動車のシートの下にもぐりこんで来たリスまで、それぞれに思い出深いものばかりです。

テネシー・ウイリアムズの「ガラスの動物園」の少女のように、ぼくもまた、こうした動物たちの写真と「会話」することで、時の経つのを忘れてしまうことがあるのです。

その中で、とりわけ忘れられないのは、ジルのことです。

ジルは一匹の仔犬でした。

丁度、ブリジッド・バルドーの「私生活」という映画を観たあとで、友人が帽子の中に入れてもって来てくれました。コッカスパニエール系の雑種でしたが、なかなか野性的なのでジルとつけたのです。

（ジルというのは「私生活」のなかのバルドーの演じた少女の名です。ですから勿

論、ジルも牝でした)

そのジルは、丸二年間ぼくと同棲しました。新聞もテレビも見ないので退屈なのではないかと心配しましたが、なかなかのアイデアの持主で、いつも悪戯ばかりしていました。新しいクッションは大抵、ジルに「手術」されて、はらわたのパンヤをつかみだされてしまうのでした。

ジョーン・バエズのレコードを食べようとして口にくわえてバリバリとやった時にはぼくも吃驚《びっくり》しました。

――ジル!

とぼくは叱りつけました。

――少しは、ビクターの犬を見ならったらどうだ。

あいつはおとなしく蓄音器を聴いてるぞ。

(ジルはあくびばかりするようになりました)

そこで、自動車にのっけて我孫子までドライブに連れていってやりました。

ぼくは、手賀沼の近くに車をとめて、夏めいている沼の水で顔を洗いにいきました。

帰ってくると、車の中にジルが見あたりません。

おどろいたぼくは、川の葦ぞいにジルをさがしてゆきました。

すると、葦のかげのバスケットの蓋をあけて、ジルが他人の弁当のサンドイッチを食べているのです。

ぼくは思わずジルの首根っコをおさえつけて、その持主を見ました。

持主は若い恋人同士でしたが、二人とも抱擁の最中なので、ちっとも気づくふうがないのです。

ぼくは、ジルを引き摺るように連れもどし、自動車の中まで帰ってから、ジルにききました。

「いくつ食べたんだ？　ジル」

すると、ジルはみえすいた嘘をつきました。

「ワン、ワン。（一つ、一つ）！」

そのジルがヒラリアで死んだのは、ぼくにとって忘れられない悲しみの一つです。

ジルが入院してから三日目に、動物病院から電話で、

「手術の経過がいいから、面会に来てくれ」

というのです。

ぼくが行くとジルは（いつものくせで）何となくバツがわるそうに横目で見ていましたが、やがて嬉しそうに尻尾をふりました。

「いいんですか？」

と聞くと、先生は、

「いまのところ何とか」

と言ってくれました。ぼくは先生に見えないようにジルをゴツン！　とひと打ちして帰ってきました。

帰って来たら、またサンドイッチでも作ってやろうと思っていたのですが、その夜急激にヒラリアが悪化して、ジルは死にました。

病院から連れもどしたとき、ジルはもう硬直して重くなっていました。

ぼくはそれを庭に埋めて、上に向日葵の種子をまきました。

犬の屍は、あとかたもなくなってしまうと言われたので、何か記念碑をと思った

のです。

ぼくはその向日葵に「ジル」と名をつけました。

動物から植物になったジルは、いま丁度四枚の葉を土から出したところです。

たぶん、この向日葵がことしの夏のぼくの話相手になることでしょう。

＊四つの夏の詩

1

山手線沿線の鰯雲

ねじのゆるんだコーヒー挽き機械を、カラカラと挽いていると、アパートの部屋一杯に古い生活が匂ってくる。

(だがもう、夏は終わりなのだ)

私は今年になって始めて、夏が人たちの中でべつべつに終わる！　ということを知った。

女は買物籠を提げて出かけていって、それきり帰って来なかった。

私はそれから数日あとで、にがいコーヒー豆を挽きながら、私の夏の終わりを味わった。

夏は一つの約束でさえなかった。私は夏にたった一つのことばさえ彫りこむことが出来なかった。

二人で暮らしたこのアパートの、窓からは山手線の線路が見えた。

空には鰯雲が茜色にひろがっていた。

遠くの線路で遊んでいる子供たちが、山手電車の去ったあとで、大きな声で叫ぶのがここまで聞こえてきた。

「夏の遠ざかってゆく音が聞こえるよ、線路に耳をつけて聞いてごらん！」

2

ホテルのプール・サイド

去年の夏に失くしたものを、見出せぬままで今年の夏も終わってしまった。

一体、あれは何だったのだろう。

ホテルのプール・サイドにはもう誰もいなくなって、水面には木の葉が泛かんでいる。

私は一人でそれを見下ろしながら、思い出そうとする。

(失くしたものは、一体何だったのだろう)

イギリス人の老夫婦がやってきて、プール・サイドで立ったままで珈琲を飲んでいたが、やがてふざけて小突きあったりし始める。その笑顔にさしこんでいる午後の陽ざしには、どこか疲れたものがある。

高い空では、うろこ雲がゆっくり走っているのに、地上では翳が早く過ぎる。

ひろいプール・サイドから芝生の方へ歩き出しながら、私は考えていた。

(この夏に見出せなかったものを、また来年の夏まで待って探そうとするのか?)

ホテルに新しい泊り客が着いたらしい。さわやかな秋の声がきこえている。

3

銀座通り

ある洋装店にて――。過ぎ去った夏。

私たちは、終わった夏をもう一度ためしてみることは出来ない。もっと怖ろしい事は、終わった自分の夏を誰とも頒ちあうことが出来ない、ということである。

（これは私の脱ぎ捨てた夏服を、どこの洋装店のウィンドにも飾る訳にはいかない、というのと同じことだ）


夏は終わるけれども、物語は終わらない、と考えていたことの愚かしさが、今になるとよくわかる。夏は頒ちあえないままに限りなく分在し、人はやがてそれを捨てて、立去ってゆくのである。

（まるで、洋装店の客のように）

そして、誰かが死んで一つの物語が終わると残された人たちで、その終わったところからまた新しく夏を数えはじめる。しかも、数えても数えても夏は尽きないのだ。

（私はいままで数えた夏を、全部投げ出して、たった一つの物語を買いたい！）

そう思いながら、私は洋装店の鏡にうつる秋の気配をぼんやりと見つめている。

4

隅田川べり

夏休みが終わると
みんないなくなってしまった

雲の翳が、音もなく地上を過ぎてゆき、あとの陽なたには、醒めきった私が一人だけとり残された。

それはまるで、夏という一つの思想が、少年のなかで死んでゆくときのような、にがいにがい後悔に似ていた。

隅田川べりで、去年も、その前の年も、私は一人の犬を連れた老人と逢った。

私は、その老人と逢うたびに「ああ、ことしも夏が去ってゆくな」と思ったものである。

去ってゆく夏は、言わば一人の老人であった。

だから今年のように、いつもの老人に逢わなくなると、突然私は、こんな風に考えたりするのだ。

「夏は、終わったのではなくて死んでしまったのではないだろうか？」

＊読まなくてもいいあとがき

さて、これでおしまいです。
人は誰でも、お酒を飲んだあとはダンスをするとか、談笑をするとかします。喧嘩したあとには仲直りをする。スポーツをしたあとではシャワーを浴びる。競馬をしたあとは、馬券を破き捨てるし、手を洗ったあとではスープか一皿の料理にありつけます。

だが、本を読んだあとでは何をするか？
何もすることがありません。そこで、この本に限って、一つパーティーでもやりたいな、と思っています。人形劇があったり、音楽があったり、思いがけない恋があったり、裏切りがあったり、トランプやゲームがあったりするようなパーティー。デザイナーの宇野亜喜良さんとそんなプランを話しあっているところですが、実現するかどうか。

この本は「ひとりぼっちのあなたに」の姉妹篇です。新書館の内藤三津子さんと、宇野亜喜良さんとのトリオで、相談しながら作りました。もし、まだまだ読みたいという人があれば、このあともつづけて、同じトリオで姉妹篇を作るかも知れません。

では、グッバイ、さよなら、アストロウイゴー、アディユ、チャオ、アリデベルチ、ソーロング、サイチェン、アスタマニアーナ、アディアス、あばよ！

＊寺山修司についての小辞典

一九三六年一月十日生まれ（ただしそれは戸籍上のことであってほんとは一九三五年の十二月十日に生まれたのである）。星は人馬宮、射手座である。

＊

早稲田大学を中退して詩人となる。著書は女の子のためのもの散文詩集「われに五月を」（作品社、絶版）、散文詩集「はだしの恋唄」（的場書房、絶版）、詩と物語の本「ひとりぼっちのあなたに」（新書館）

＊

馬の切手を集めている。ドイツのブラウンリボンにはじまってザール、オーストラリア、ポーランド、一〇〇種以上のコレクションがある。競馬ファンである。競馬についてのエッセイを書くほか、馬にも友だちがいる。この夏、ミオソチス（忘れなぐさ）という名の馬に逢いに下河辺牧場まで行ってきた。アドレスも下馬町である。

＊

一九六四年詩劇「犬神の女」にて久保田万太郎賞受賞。一九六四年叙事詩「山姥」にてイタリア賞グランプリ受賞。一九六五年「大礼服」にて芸術祭奨励賞。そのほか民放祭の大賞、短歌研究新人賞、放送記者クラブ年間最優秀賞などがある。

＊

音楽が好きである。湯川れい子と共同で、「ジャズをたのしむ本」（久保書店）を出したこともある。日生劇場では毎年、子供のためのミュージカルを書き、今年も「ミュージカル・イワンの馬鹿」を執筆、いずみたく音楽、浅利慶太演出で上演中である。

＊

人形劇、オペラ、ミュージカル、競馬評論、戯曲、叙事詩、映画評論、テレビ、ラジオの台本、恋愛論などを書いてきた。これからは映画演出、歌舞伎台本、ドラマ、レコード、競馬オーナー、恋愛などの仕事を手が ◀

◀けたいと思っている。

＊

主要著書　歌集「血と麦」（白玉書房）歌集「空には本」（的場書房）歌集「田園に死す」（白玉書房）戯曲集「血は立ったまま眠っている」（思潮社）評論集「戦後詩」（紀伊国屋書店）「遊撃とその誇り」（三一書房）スポーツエッセイ集「みんなを怒らせろ」（新書館）長編小説「ああ荒野」（現代評論社）

＊

現住所　東京都世田谷区下馬町二ー二

*宇野亜喜良についての小辞典
21本の赤い薔薇が机の上にある日の覚え書き

病んだラジオは、しゃがれた声で「ラビアン・ローゼ」を歌っているが、しかし、机の上の21本の赤い薔薇への失恋を自覚しているはずである。ぼくが生まれたのは一九三四年の三月十三日である。

*

ちなみに誕生石はイギリス式ではブラッドストーンあるいはアクアマリン。フランス式ではルビー、日本ではさんごである。さんごのねむそうな年増っぽい色は嫌いであるが、けしの花のオレンジ色は少女だけが所有する倦怠をただよわせていて好きである。けしの花を眺めながらバロック音楽を聞くのも、なんとなく好きである。

*

現実感覚と空想地帯。典雅な倦怠感と、飾りたてることへの狂気が、今、イラストレーションに関してぼくが考えているテーマだ。たとえば、ぼくの職種の一つであるイラストレーターについては、飾画家という古風ないい方のほうが、むしろ、ぴったりした気分を持っている。

*

――我をして、芸術を、王とも偶像とも見し、この情熱的なる迷い――ミケランジェロ

*

ロマンチックとか、センチメンタルとか、メランコリックという名の感情は、一般的には不健康で非建設的であるということで、専ら嘲笑だけを買っているのだけれど、ぼくは、これらの涙を含んだ感情がたまらなく好きだ。これらの感情にたっぷり浸ることは、真夜中の水浴のように爽快なのだ。

今年の夏は服を着たまま、夜のプールへ飛びこんだ。夜の水は月を染めていた。

*

――どんなに立派な心よりも、わたしはお前たちのほうが好きだ。滅んだ心よ。昔の心よ。

――レミ・ドゥ・グルモン

◀

◀映画が作りたい。大衆のものなどでは断じてない、たったひとり、自分だけの映画。

＊

爵位を買う制度がほしい。

＊

主なイラストレーションは「海の小娘」（朝日出版）「オンディーヌ」（幻光社）「日本民話グラフィック」（美術出版社）「あの子」（理論社）。プロのカメラマンを助手に頼み、写真集を作ることを考えている。タイトルは「メタモルフォロジィ」。ぼくは、すべてのメカニズムに弱い。

現住所　東京都中野区白鷺三―十二―六

検印
省略

さよならの城

1966年10月1日＊初版発行©

定価＊350円

著者＊寺山修司

装・挿画＊宇野亜喜良

発行者＊坂本洋子

発行所 株式会社 新書館

東京都千代田区神田錦町2－7＊三洋ビル

電話＊291－1149　振替＊東京53723

飯島印刷＊村上製本　落丁乱丁の際はお取替いたします

*あなたにおくる
噂のフォア・レディース・シリーズ

（A5変型美麗本 各350円）

ひとりぼっちのあなたに……寺山修司／著 宇野亜喜良／画

恋人はいるのに、幸せなはずなのに、ときどき心が空っぽになることはありませんか？ そんなとき、幸福のかわりに、この本を机の上に置いて下さい。寺山修司、宇野亜喜良のコンビによる詩や物語の世界が、恋人よりも親しくあなたに話しかけることでしょう。

ベストドレッサーの秘密……細野久／著 川村みづえ／画

美しさは、何よりもまず心の問題。そして次に〈おしゃれ〉の問題です。個性的なおしゃれ、知的な装い、優雅な着こなし、可憐な服装、さまざまなおしゃれの秘訣をいっぱい詰めこんだこの本が、あなたをきっとベストドレッサーにしてしまうでしょう。

フランスの女流作家たち……松尾邦之助／著 松本はるみ／画

サガン、ボーボワール、コレットなど、フランスのすぐれた女流作家たちの愛と人生の結晶をさぐり、そこから生みだされた作品を通じて、女性の生き方を考える本――文学について、人生について語るユニークな女性論です。

愛の教室――ギリシャ神話……高橋睦郎／著 宇野亜喜良／画

〈愛の教室〉には、優等生も劣等生もありません。あるものは、真剣に愛する人とそうでない人の区別だけです。あなたは、ギリシャ神話というゆたかな泉から、思慕、怖れ、あやまち、嫉妬など、愛のもつさまざまな姿をくみとることでしょう。

恋する魔女……立原えりか／著　宇野亜喜良／画

わたしは魔女、裏ぎられた恋に復讐する娘。わたしが彼らをどんなに心をこめて殺したか、どれほどやさしく締めつけたか……わたしの恋の殺人物語をあなたに捧げます。立原えりかがつづった、ロマンティックで、残酷な恋のメルヘンです。

女流詩人……諏訪　優／著　横尾忠則／画

エミリィ・ディキンスンをはじめとするアメリカの女流詩人の詩を中心に、各国の愛の詩を紹介。もしもあなたがいま、詩を読んでいるなら、詩の味わい方を、もしもあなたが明日、詩を書こうと思っているなら、この本は、やさしく道をひらいてくれるでしょう。

さよならの城……寺山修司／著　宇野亜喜良／画

さよならは、舌にのこった煙草の味、甘くて苦い一匙のココア、二人の心に映った夕焼の色。……この本はさよならしたことのある人のための本です。生まれてからまだ一度もさよならしたことのない人は、この本を読む前に誰かにさよならしてきて下さい。

かわいい魔女……新川和江・筒井康隆・白石かずこ、佐野　洋・立原えりか／著　水森亜土／画

あなたの心に棲んでいる恋愛事件を夢みるかわいい魔女。ちいさな翼がはばたけば、胸は動悸をうつでしょう。愛を求めて飛びたつときは、あなたは気がとおくなってしまっているでしょう。5人の作者による、愉快でかなしい魔女のメルヘン集。

さよならの城〈思い出復刻版〉

二〇〇四年五月二十五日　初版第一刷発行
二〇二四年十月二十五日　　第三刷

著者　寺山修司

装幀・挿画　宇野亞喜良

発行　株式会社　新書館
　一一三−〇〇二四　東京都文京区西片二−一九−一八
　電話　〇三（三八一一）二九六六
（営業）一七四−〇〇四三　東京都板橋区坂下一−二二−一四
　電話　〇三（五九七〇）三八四〇
　ＦＡＸ〇三（五九七〇）三八四七

印刷　平文社・方英社

製本　若林製本

（3冊セット　分売不可）

Printed in Japan ISBN978-4-403-15101-9

懐しい"For Ladies"について書くと言っても、あまりにも昔のことなので、いったい思い出せるものだろうか。——今回復刻が決まった思い出深い三冊を眼の前にして私はしばし思案しました。ところが眺めているうち、

追憶の For Ladies

内藤三津子（復刻版編集責任者）

私にとってこのシリーズは、長い編集者人生のなかでもとりわけ忘れられない時期のものであるせいか、ある部分の記憶が、まるで昨日のことのように鮮明に甦ってくるのでした。

"For Ladies"というシリーズ名とテーマを会社から与えられて、私が最初に考えたのは、寺山修司さんと宇野亜喜良さんを、このシリーズの中心に取り込もう、ということでした。

寺山さんは、その数年前から、若い女性たちの憧れの詩人であり、その頃の女性誌に頻繁に登場し、TVでもあの独特の話し方と表情で人気のある著名人でした。宇野さんのイラストレーションもしかり、女性にとってカリスマ的存在でした。

そんな寺山さんと宇野さんにどうアプローチするか。当時はまだ出版社としては若く小さな新書館でしたが、嬉しいことにお二方とも快く応じてくださったのは幸運でした。

初めて寺山さんにお目にかかったのは、寺山さんのご指定により、新宿歌舞伎町の喫茶店「蘭」。店のドアもインテリアも白っぽく、大型の四角なマッチも白いラベルに黒ひと文字で「蘭」とあるだけ。当時、作家・芸術家が利用するので有名な店でした。時間も真昼の午後一時で明るく、寺山さんが白っぽいセーターをお召しになっていたせいか、私にとってあの出会いの風景は〝白〟の印象です。多分私の頭の中も真っ白だったのでしょう。

その一角で、私は寺山修司その人と初めてお話しをしたのです。胸は昂奮で高なっていましたが、女の子向けのシャレた綺麗な本を作りたい。詩の本あり、小説あり、教養本あ

り、ファッション本あり、シリーズにはいろいろ入れたいのです。その一冊目に寺山さんのご本を、とそんな風にお願いしたように記憶しています。……思えばまだ寺山さんもお若く、きらきら輝いているようでした。話は寺山さんがうまくフォローしてくださったせいでしょう、実にとんとん拍子に進み、アートディレクターに宇野さんを、という意見も寺山さんと一致しました。

　寺山さんは、ご自身あちこちに書き散らした文章のスクラップがあるから、それを自宅に取りにくるようにとおっしゃり、日時を決めてくださった上で「とにかく、宇野亜喜良を掴まえなくちゃダメよ」とおっしゃったのが印象に残っています。

　というわけで、次の私の大仕事は、宇野さんをくどくことでした。ちょうどその頃宇野さんは、日本デザインセンターを離れ、横尾忠則さん、原田維夫さんとご一緒に〝イルフイル〟という新しい事務所をお作りになったばかりでした。

　銀座一丁目のビルの三階、細長い部屋で、壁に向かってデスクが三つ並び、そのまん中が宇野さんの席でした。お伺いした時、宇野さんが、あの繊細な絵を左手で描いていらっしゃるのを拝見して、何かひどく感動したものです。「左利きだなんて、素敵！」

　宇野さんも寺山さん同様、シリーズの意図に共鳴してくださって、もう順風満帆の船出といった気持でした。

　宇野さんのご承諾を得たことを報告するや、寺山さんのご新婚当時の永福町のお住まいにスクラップを見せていただきに伺う。大雑把な構成の打ち合せをし、さらにスクラップを拝借して帰り、構成に従って取捨選択の作業。その一方、宇野さんとシリーズ全体の打ち合せ、そして一冊目の『ひとりぼっちのあなたに』の挿画、装幀を仕上げていただく。

　——あの頃、若い編集者としての毎日の、なんと楽しく充実していたこと！

　寺山さんは次第に“For Ladies”に入れ込んでくださるようになり、ご自身のもののみならず、お知り合いの新進の芸術家を推薦してくださったり紹介してくださったりしました。のちに、シリーズの重要な書き手となった竹内健さんも、ある日寺山さんからご紹介を受けたのです。新宿の「風月堂」。この喫茶店も、芸術家やその卵たちが集まる店として知られていました。

「この人は天才なの。いまに何をやり出すかわからないよ」

竹内さんを紹介してくださる時は、そんなおっしゃり方だったと思います。寺山さんにそう言われても、当の竹内さんは、別に照れるでもなく、微笑むでもなく、といって尊大な印象もなく、静かにコーヒーを召し上がっていらした。その時の竹内さんが白いトックリのセーター姿だったのを覚えていますが、のちに同じ風月堂で、唐十郎さんを紹介していただいた時、唐さんもまた白のトックリだったのが、単なる偶然とはいえ、いまでも何か不思議な気がしています。

ご紹介をいただくと言えば、宇野亜喜良さんからも高橋睦郎さんを紹介していただきました。高橋さんにはのちに、ギリシア神話に基づく『愛の教室』を書いていただくことになります。

編集者というのは、こうして、お付き合いいただく著作家たちによって、どんどん世界が広がっていくという、まことに幸せな職業です。そのなかで、自らさらに勉強もし、志を高め、次なる仕事の目標、企画を探していくわけなのですね。

さて、シリーズ第一冊目の『ひとりぼっちのあなたに』は嬉しいことに好評でした。そこで寺山さん・宇野さんコンビでの第二弾『さよならの城』の本づくりに取りかかりました。仕事は慣れも手伝って一冊目の時よりぐっとスムーズに進み、仕事中いろいろな余談も出ました。寺山さんが「あとがき」に書いていらっしゃる「パーティ」の件では大いに盛り上がりました。

そしてこのパーティは実現しました。
若い女性たちが喜びそうな素敵なパーティ。場所はどんなところにするか。ホテルや会館などじゃあ、つまらない。——私は場所探しに熱中しました。それで決めたのが、当時お茶ノ水の文化学院近くにあった「コペンハーゲン」というビアガーデンです。そこは、一軒の庭つきの古い洋館を利用したお店で、荒れた感じの庭が美しく、館内にはシャレた小部屋がいくつもあり、まさに寺山さんの「人形劇があったり、音楽があったり……」といったイメージにぴったりでした。場所は決まった。次はプログラムです。
寺山さんや宇野さんとお話しする部屋、白石かずこさんの魔女の部屋、音楽室、それから人形劇の上演。高橋睦郎さんのオリジナル脚本で「滅んでしまった私の心」というお話。

美術は宇野さんで、ペーパードールを動かすのは劇団プーク、といった豪華版です。

当日はまあ、大入り満員……というのも、愛読者カードによって参加者をつのったところ、予約なしで遠方から来てくださる方々、招待客が同伴で見えたり……でごった返しました。ですから、参加者一人一人に楽しんでいただけたかという意味では、ちょっと失敗だったかもしれません。

パーティは薄ら寒い晩秋のことで、ある小部屋には、お店の方に無理を言って暖炉をつけていただいたり、雰囲気は抜群だったのですが……。

私はと言えば、あまりの騒ぎで体調を崩してしまったほどでした。コンピ第三弾『はだしの恋唄』の編集にもとりかかっていたのですが、そんなわけでこちらの進行はすっかり遅れてしまったのでした。

パーティを開催した頃には“For Ladies”はもう十冊ほど刊行されており、若い女性の間に大分浸透するようになっていたようです。それからしばらくして、ある女性週刊誌だったかに「若い女性の待ち合わせ場所に、新宿紀伊國屋書店の“For Ladies”の売場の前で、というのが流行」と紹介されたりもしました。

むろんこれについては会社の営業部の方々の努力を賞讃すべきでしょうね。
――思い出話は尽きません。でも“For Ladies”にたくさんの本を書いてくださった寺山修司さんはお亡くなりになり、もう二十年も経ちます。こうして思い出を綴っていると、あの頃の寺山さんが眼の前に現われてきそうな気がしますけれど、やはりもはや追憶の彼方です。
今回、思いがけなく、この「思い出復刻版」が刊行されることになって、私はすっかり感激しています。コンピュータ時代がくるずっと以前の活版の本が、いまデジタル技術によって、こんなにも美しく再誕生したことを、別の星の住人になられた寺山さんに捧げることができて、これほど嬉しいことはありません。

〈お断り〉
・本書中の引用訳詩の中には、本来の訳詩原文と多少違っているものもあります。それについては、復刻版でもあり、そのままにしましたが、お許しを乞う次第です。
・また、初版を元に復刻しましたので、著者の住所や作の一部とお考えいただき、故・寺山修司の創シリーズの定価などは、現在のものではありません。
・なお、初版の間違いを修正したため、一部活字が不揃いの部分がありますことをお詫びいたします。
・本書に使われている差別用語については、復刻であるため、あえて当時のままにしてあります。著作者の死により改訂できなかったことをお詫びいたします。

新書館

ひとりぼっちのあなたに

寺山修司◆著

＊ひどく短いまえがき

この本は幸福そのものではありません。
幸福のかわりに机の上に置いて下さい。

■

ひとりぼっちのあなたに――目次

■

＊表紙デザイン・イラストレーション＊宇野亜喜良

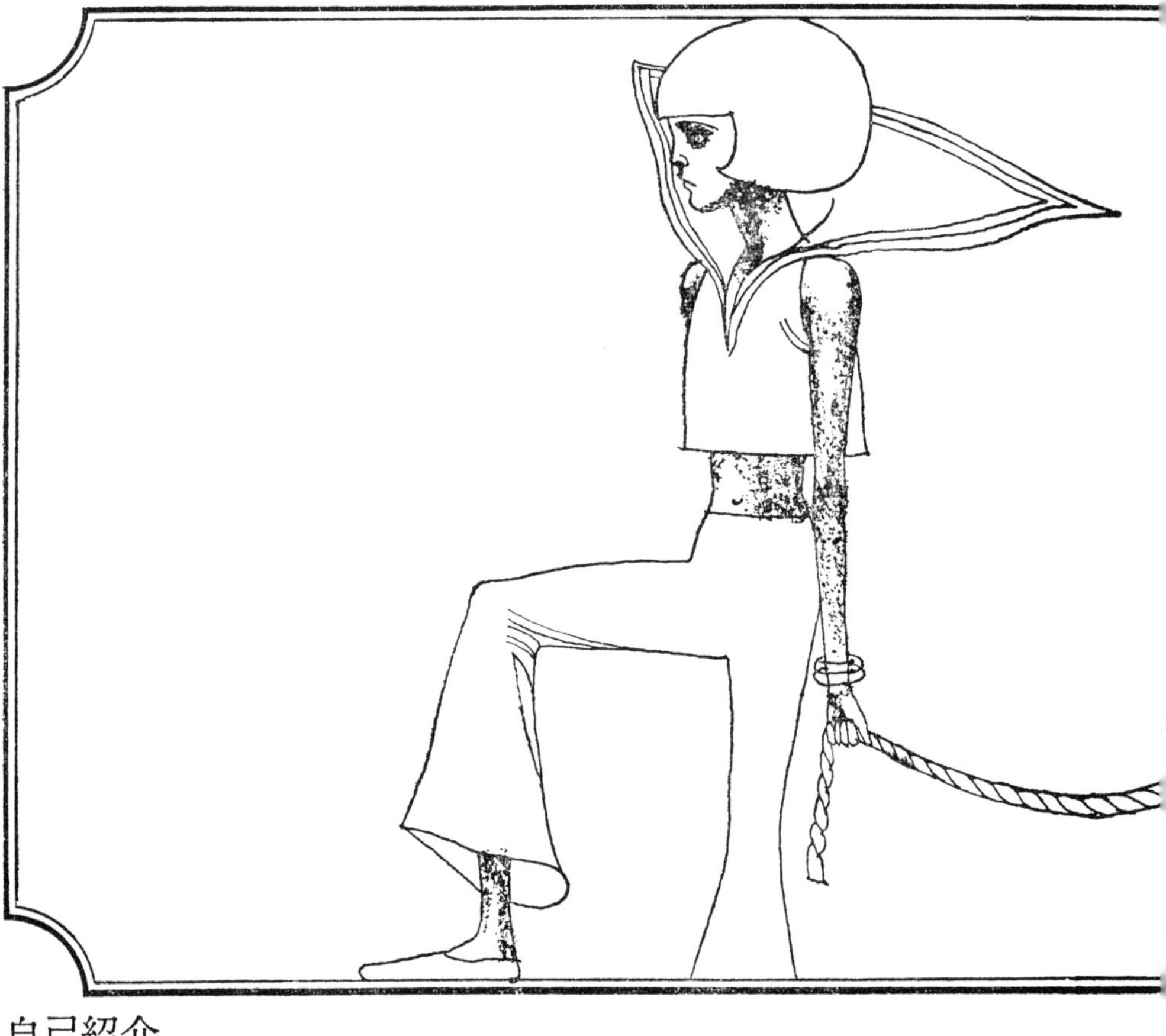

自己紹介

＊海について

十七才

海を知らぬ少女の前に麦藁帽のわれは両手をひろげていたり

これは、ぼくが十七才の時の歌である。

海辺の町で生まれたぼくが、自転車旅行で出会った山峡の少女に、海のひろさについて説明するために両手をひろげて見せていたのもいまでは、くやしい思い出になってしまった。

当時のぼくは、自分の両手で説明出来ない世界などがあろうとは、思っても見なかったのである。

少女はぼくの「両手いっぱいの海」を、まるで新鮮な果実でも想像するように、目を輝かして肯なった。この時が、他人に、海について語ったぼくの最初の記憶である。

十八才

海が La Mer で、女性名詞であることを知った時、ぼくは高等学校の三年生になっていた。あの雄大なユリシーズの海が、なぜ女性なのか、ぼくには理解出来なかった。ただ、海が女性である以上、易すく自分の裸を見せることは、ぼくの自恃が許さなくなった。そしてぼくは泳ぐ、ということに疑問を持ちはじめた。

海が女ならば、水泳は自分がその女に弄ばれる一方的な愛撫にすぎないではないか。ぼくは、あの青い素晴らしい海が、どちらかと言えば母親型の海であることを惜しんだ。そしてドビュッシーの「海」という曲などは、海のエゴイズムを知らない曲である、と思った。

ある日、ぼくは海を、小さなフラスコに汲みとってきた。

下宿屋の暗い畳の上におかれたフラスコの中の海は、もう青くはなかった。そして、その従順な海とぼくとは、まるで密会でもするように一日黙って見つめあっていた。

十九才

もう、ぼくは海が恋しくはなくなっていた。ぼくは大学のある都市へ出たのである。

ぼくは一篇の詩を書いた。

「ぼくの失った言葉を
遠い町で
見知らぬ誰かが見出すのは
こんな夜だろう

海がしずかに火を焚いている」

二十才

一人の女の部屋で、寝台の下にスリッパを揃えて脱ぎ、その女の肉体の中で「海」にふたたびめぐり逢った時、ぼくはもう二十才になっていた。ぼくは、その女の肉の水平線に耳をおしあてて海を聴いた。

みすぼらしい淫売宿の二階で、学問に疲れきった二十才のぼくが、海とこんな出会い方をするとは思いがけないことであった。

しかし、ぼくはめぐり逢った海に憩うことは出来ても、それへ向って泳ぎ出してゆくことは出来なかった。ぼくはもう、海について語るために両手をひろげることもないだろう。

青春というのは、幻滅の甘やかさを知るために準備された一つの暗い橋なのだ。

二十一才

ぼくは地球儀の海を黒く塗りつぶした。

浴槽に、かわりの海をいっぱい充たしたぼくは自分の体を洗った。エリュアールの「花ばな」という句が思い出された。

「ぼくは手で、自分をつかんでみる。

過ぎたむかしの方から、くらべもののない静寂が立ちのぼる」

二十二才

生まれた町へ帰って、ぼくは夜、一人で寝るときに、月夜の海へ向って、ほんの少しだけドアをあけておいた。
誰が入ってくると言うのでもない。
ただ、夢ははてしなく青い海原に、幻のヨットが無数に浮かび、漂っているのであった。
ぼくは怒濤の洗礼に、はじめてあこがれた。それは官能のうずきのように、ぼくの男の血をかきたてた。(そして、ぼくは寝落ちてゆきながら、真夏の海の潮鳴りを求めつづけていた)
ぼくの中で海が死ぬとき、
ぼくは始めて人を愛することができるだろう。

二十七才

だが結局、すべては徒労であった。ぼくは酒場へ行き、オレンジを剝き、女と寝た。

それをくりかえし、年を経て、なおもいま、ぼくの目の前には荒々しい真夏の海が、まるでぼくの理想のように洋々と広がってある。

ぼくは海に自殺を強いられつづけてきた、自分の不幸な二十年をかえりみる。

ぼくはもしかして、これから海よりも魅惑的な一人の女に出逢うことはあるだろう。

だが、その女さえも、ぼくの哲学をくつがえすことはできないのではなかろうか。なぜなら……

物語りは終っても

海は終らない。と思われるからである。

＊十八才の日記

×月×日

その夜帰ってくると机の上に山田からの手紙がおかれてあった。

外は雨が降っていた。

「ああ！　何故彼女でなくて、ほかの女ではいけないのか。　（ボーマルシェ）

昨夜は失敬した。慰んでいたのは君のところにいるうちだけだった。チェホフが『家で』と言う小品で、いろいろいさめても直らない喫煙を、おとぎ話をして自発的に直させるということをかいている。併し、とチェホフは言う。このような形式でひとを納得させるのは正当ではない。それは欺瞞だ。手品だ。そんなことで我々は慰められない、と言う。

僕だって同じだ。結局Aさんに好かれる以外のことで僕は慰められはしない。

学校の公孫樹の落葉が道を散らかしている。一週間ほど前、銅像の下のベンチにいて気付いた時は葉の落ち方もまだ、まばらだった。今日見ると樹の周りのコンクリートが一面に黄色い。

一週間前に気付き、今日気付き、その間毎日学校にやって来ていて公孫樹に気がとまらなかった。若さだと言ってしまえばそれまでだが季節に目が向かぬほどみなぎった若さが自分にないことを知っている。

もっとも、ひとりの女のためにこれほどこころが空虚になる、と言うのも考えてみれば一種の若さかもしれない。

一週間前。その公孫樹に気付いたベンチで僕は彼女と、いた」

僕は昨夜を思い出した。

昨夜もやっぱり雨だった。同級生で、大学の劇団「自由劇場」の女優のAさんへの恋を山田が告白したのはほんの一週間ほど前のことにすぎない。

その頃「自由劇場」ではチェホフの『桜の園』をやっていてAさんはその主役のラネーフスカヤ夫人を演っていた。

最初のAさんに関する山田の感想は、ラネーフスカヤ夫人の台詞で「鰐を食べましたわ」というところがいかにもAさんらしいと、いうことだった。

昨夜はその恋ごころが次第に本ものになってきたことを白状した。

彼は言った。

ジュンは時々微笑する。

——誰だいジュンてのは？　僕が言った。

——僕だよ。

——じゃ君は時々微笑するんだね。

――時々しか微笑しないって言う意味さ。

――照れなくたっていいよ。

僕は彼の恋がうまくいけばいいと思った。窓をあけると蛾が入ってきた。よく見ると濡れていない。僕は雨の中を濡れないでとぶことのできる蛾をしばらく見ていた。

×月×日

三日ほど僕は学校を休んだ。

蟬がなきはじめていた。息をつめてジイジイとなく蟬の声は僕の汗を音ではげましているみたいで何とも暑くるしい。

僕は詩をかいていた。葉書が来た。山田からであった。


「昨日僕たちの心を動かした魅力的な身ぶりを心に再生するとき、その経過は根本的に異なる。昨日僕の愛情を挑発したのは身ぶりであった。愛情は自然な発露であるとは言え、全く思いがけない現象としてあらわれた。ところがこれに反して今日の愛情はのっけから差こそあれ露わな仕方で目的としてあらわれる。それで反省的知識が感情そのものに先行し感情は反省的な形でとらえられる。その上対象物はまさにまさにその感情を挑発するように再生される。従ってAさんは愛らしいもの、恋しいものとしてしか僕の心に再生しない。僕は仮に憎もうとして思い出をたどっても知識が先行するので不可能である。」


翌日、僕は学校へ行った。川原先生の授業があった。

先生はアフリカの蟹の話をした。アフリカの蟹のなかには自分のなかに巣喰う寄生虫を食って生きているのがあるというのである。

階段の下り口で山田とひょっこり逢った。二、三日のうちにずい分日焼けして見えた。

——休んでいたね。と彼が言った。

——ジイドの『地の糧』を読んでいたんだ。

——「ナタナエルよ、書を捨てよ。外へ出よう」ってやつか。

——だから書を捨てて学校へ出てきた。

わかれるとき山田は「出すつもりだった」手紙を僕に渡した。僕は次の授業まで時間があったのでそれを芝生で読んだ。


「知っている通り『自由劇場』は左翼の劇団だ。党員も幾人かは居る。Aさんももしかしたら党員かもしれないんだ。

そしてもっと大きな事は、Aさんに恋人がいて彼もまた左翼だということだ」

僕はいくどかそれを読み返した。僕たちはまさか、そんなきっかけから「思想」に出あうとは思っていなかった。

しかしAさんにほかに恋人がいたこと、もし彼を相手どるとすればAさんの持っている一つの思想も同時に相手にしなければいけない、という事実は決定的だった。

×月×日
夏休みに入るので学校の構内は静かだった。僕はズボンに芝草をつけたまま帰った。下宿へかえって灯りをつけてからそれに気づいて手ではらった。

「今日涼しくなった夕刻に湯河原へ帰る。することとなすことの虚しさが基底にあるような気持だ。

正直言って今一番逢いたいのは君だ。「僕はフラレタんだ」と思うと屈辱感と孤独感でなんとも言えない気分になる。それは君の知ったことじゃない。しかしこうしたとき友達の言わば「友情の証文」みたいなものが欲しいね。どんなつまらぬものでも、それを買えと言われてそれを黙って買うなんてそう言う信用と言うようなもの。だから今の僕はこの間のフランス語の動詞表を買えと言ったように東京都の電話帳を買えなんて言いたくなる。

走れメロス、と言ったところさ」

この手紙を僕が受けとったときはもう夏休みに入っていた。

僕は歌をつくっていた。


雲雀の血すこしにじみしわがシャツに時経てもなほさみしき凱歌

すぐ軌む木のわがベッドあはむけに記憶を生かす鰯雲あり

失なひし言葉かへさむ青空のつめたき小鳥撃ち落とすごと

山田の恋の障害としてあらわれたマルキシスムに対して、はじめの内僕は無関心だった。しかし彼にとっては一つの思想と対決することなしにはこの恋の成就は不可能に近い。彼は湯河原から山の匂いのする手紙をくれた。

「このところ同じような夢を見る。同じような夢——夢というよりは一種の感じ。それはたとえば歩いている時にでもいきなりやってくるから。それは遠い津波のようなものだ。僕はそれを見ている。突然気付いた時には摑まるところもなにもなくて、もがかばこそ急流の中で意識も間遠くなってしまっている。比喩ではない。街でなら僕は立ち止まってしまっている。

『革命思想』と『現実社会の不正義』と言ったようなものに毎日毎日強請られているような気持でまたやせてきた。ことわっておくがマルキシスムや共産党の前で悩んでいるのではない。ここで自分をごまかしたら文学もなにもない、と思っている。とにかく寂しい。マルキシスムの決定論にいきなり身をまかしているような奴等は総じて元気だ。しかしていかにも安っぽい。あの安っぽさに僕は慣れないだろう。

とにかくここのところずい分本を真剣になって読んだ。例えば小林秀雄の本を開くときは小林秀雄がそこにいるような錯覚さえ起きた。『だから僕は——』などと思わず声を立てて読んだ。

そして一種の確信めいたものをつかんだつもりでもAさんの前に立つと恐らく駄目なのだ。

なる程、人は告白する相手がない時だけ『ありのままな自分』と言う言葉に思い患うのだろう」

×月×日

夏になるとシャツがよごれやすくなるので僕の洗濯する数も多くなった。

僕はシャツのままで近くの店へ幾度か切手を買いにいかねばならなかった。

僕は山田にAさんなんかよしてしまえ、というような手紙をかいた。ルカーチュやエレンブルグでなくとも読む本は沢山あるのだ。

「たくさん蒔いた種子からの方が一つの種子よりもいい花を咲かすだろう」というスタンダールを引用した。

すぐ返事が来た。「わたしが未練がましい真似をするなどと思わないで下さい。わたしは仇を討つのだ」というシラーの詩句がかいてあった。

×月×日

ひどく疲れやすいので休暇中の学校へ行って診察して貰った。

あきらかに「病気」である。

公孫樹の下のベンチにぼんやり腰かけていると、自治会の連中が僕の前を通りすぎながら言った。

「病気だというのに、きみはよく笑っていられるねえ」

何を言う。笑うのが辛いかね。ぼやくのが辛いかね、って聞きたい位だ。

今夜はバアというものに行ってみよう。

×月×日

ふりかえってみて、この二、三日の僕の生活はあきらかに安きについたものだった。僕の放蕩はなるほど僕の気分にはぴったりだが、僕はいまこうした気分よりももっと大切な何かがある筈だった。

病気は僕にとっていい試練の筈なのだ。こうした追いつめられたときにこそ僕は自分の内心の声を自分の理想にしたがわせようとするべきなのである。

こうした僕の内心の声——いってみれば僕のなかのどうにもならないもうひとりの自分は明るくじめじめしていた。僕はそいつをあんまり甘やかしすぎたため、そいつはいつのまにか僕の身内を凌いでしまおうとしている。

僕は下宿をきちんと片づけて入院した。病院は近代建築で庭には棕櫚の葉が青かった。

僕の病名はネフローゼというのである。

×月×日

山田からの葉書が来た。

僕が入院してから最初の便りである。

夏休みで山田は湯河原へ帰っていた。彼にとっていま、Aさんとの恋愛が彼をひきこんだ社会運動の世界が何よりも大きな事件になっていた。


「エレンブルグ『雪どけ』を読み了えたところ。

日常をとり入れた『雪どけ』の世界は今の僕にはサルトル『汚れた手』より、より興味深いものがあった。

『われわれは人間の片面に多くかかわってきたが、もう一方の面は未完成のまま残っている。その結果がくさいものに蓋といった具合になるのだ』

手もとにあるなら、読んで感想を聞かせて欲しい。じゃさようなら」


こうした手紙を前にして僕は、自分の病気をなげいてばかりはいられなかった。

僕はしだいに社会小説という放蕩のふかみにおちてゆく山田のまわりで、病気のためか醒めつづけていた。

しかし体力のせいで彼に読書量がはるかに及ばなかったし手紙にしても力ないものになりがちだった。僕はかいた。

「手紙ありがとう。

君はそれについての反応を僕にためしている。事実、君の変貌ぶりは僕をおどろかすに充分だった。変貌がそのまま成長だとは思わないが君の勉強ぶりは僕をはるかにしのいでいた。しかしふいに僕は何か途方もないところにいる君を感じることがある。

君はメルロ・ポンチのいうように『立場の転倒』に気づいていないのではないだろうか。

君はAさんが目をくらまされている、といい、引き出してやる、といいながらいつのまにかその逆に引きこまれそうなのだ。

僕はマルキシスムを嫌だなどとは決して思わないが、そういう論理に安心して身をまかせている連中の自己欺瞞はやりきれない。しかしその論理を破壊すべくまた一つの論理を採用し、もしそれに君がたやすく身をまかせているのだったら——そんなことはないだろうね。

Aさんなんか、と僕は思う」

×月×日

山田から返事が来た。会話体である。

「僕は彼女が好きだからね」と彼は言った、

「彼女は女としても社会現象としても僕に興味をおこさせるんだ」

「へえ、だわ」と彼女は言った。

「あなたは、〝教授〟みたいな学のある口をきくのね」

「自分の無学を威張るもんじゃないよ」

「人間って社会現象と一緒に寝るものかしら?」

「つまらないことを言うなよ」と彼はドアの外を見ながら言った。

「作家は何でも知らなければならないんだ。作家は自分の経験をブルジョア的基準に適応するものとして限定することはできない」

しばらくAさんとは逢っていない。しかし僕は断じてよそのつまらない子なんぞ好きにならないよ。もう少し僕の〝放蕩〟をほっといてくれ。

×月×日

山田の葉書には「車中にて」とかいていた。

ながい間ベッドをおりないでいると、僕はこうした自然の描写のある手紙がたまらなくたのしく思われた。

「元気になったら車で一諸に郊外へ行こうと言う君の手紙が、帰京する混雑な汽車の中で幾度もうかんだ。

沿線は空を残して夜だ。

近景は主として田圃で、水のない季節だから広々と暗い。時折、川がある。小川はいなづまのように突然田を裂く。残照が鋭く反射する。汽車の音が瞬間高くなる。また闇になる。大きな河では反射の冷たい感じが月のそれを思わせる。しかし、月のより暗い。

残照はすでに色を失くしている。

『君と郊外へタクシーをとばしたい、と考えている』と言う君の手紙を思い出す。書きながら君の頭にあった郊外は恐らくいっぱい陽のあたった、例えば小金井のグリーンパークのような風景だったに相違ない。

近く逢えるね、じゃ」

×月×日

山田が見舞いにきてくれた。僕は病状が思わしくないため個室の方へうつったことを話した。

看護婦が言った。

「あんまり長いお話は……」

山田は大岡昇平の『酸素』の話をした。『酸素』は僕もたのしくよんだ小説だった。

彼はいきいきとしていた。僕は「古いウイスキイのように保守的」なのがいい、という趣味的な感想をそのころもっていた。僕は山田のかえったあと不安になった。

中原中也が「ああすべきか、こうするべきか、べきかべきか、という生活に倦いた。思うように生成的な生活をしてみたい」と日記にかいているが、しかしそれはうそだった。

僕にはきびしい「べきか、べきか」が必要になっていた。

僕は彼に手紙をかいた。

「あるいは君が話しながらちぎって捨てたのかもしれない。君の帰ったあと一本の枝のきれはしが落ちていた。よくみるとかすかに青い。――猫柳だろうか。まさか。いまはもう秋ではないか。

しかし僕にはその匂いがどんなにかなつかしかったことだろう。

『酸素』で良吉に頼子を思わせたのは『政治的理由』だという。良吉は頼子を尊敬なんかしていない。君をマルキシスムの批判へ向かわせたのだってAさんのせいではなく君の想像力のせいだと思われる。〈恋を恋する〉ことの内的政治力が君にAさん＝マルキシスムという方程式を与えたのだ。

しかし想像力のあとにやってくる存在はどのみち想像力とともに衰えてしまうのではないだろうか。

このやうな日をあとで　僕は
おもひ出してはいけない。

しづかに別れるがいい。

忘れるがいい。

立原道造『火山灰』」

＊映子をみつめる

■

林檎の木伐り倒し家建てるべしきみの地平をつくらんために

ある日、映子《えいこ》が私にきいた。

「ねえ、地平線って誰がきめるの。誰の立っているところから見えるのがほんとの地平線なの？」

私はそのとき林檎を食べていた。

ほんとの地平線なんてあるものか。……

あれは要するに地球が丸いということなのさ。

「うそつきね」

と映子が言った。

私はほんの少し戸惑いながら、この場合必要なのは多分、そんな現実的なこたえではないのだろう、と考えた。

「誰でも一本ずつ地平線をもっているんだ」

そう私は言った。

「ね、そうだろ？

だから誰の立っているところからでも地平線は見えるんだ」

「みんなにせものよ」

と映子が言った。

「ほんとの地平線は一つしかないの」

「あれかい？」

と私は指さした。

遠い田園の果てに陽はようやく沈みかけていた。空と地上がわかれるところ定かではないために何か未知を感じさせるところ、それが地平線なのだ。

映子は黙ってうなずいた。一人で見るのは、ほんとの地平線ではないというのだろうか。

私は明日は晴れだろう、と思った。

映子は多分、新しく建てたい家のことでも思っているらしかった。

■

きみが歌うクロッカスの歌も新しき家具の一つに数えんとする

映子がテレビの仕事へ出かけてしまって留守だった。ノックしても返事がない。

牛乳箱をあけると鍵と紙片が入っていて紙片には走り書きで「冷蔵庫にトマトあり、

十時8チャンネル、ボクシングあり」とかいてあった。

苦笑して私は中へ入った。

外は雨が降っていた。私はたびたびの訪問でなじみになったソファに腰を下ろして部屋の中を見まわした。

映子はいろいろのものを持っている。映子のもっているものを数えてみるのは多分たのしいことにちがいない。映子が帰ってくるまでにこのソファに寝ころんでいくつ数えあげることができるだろうか。

映子はまず若さをもっている。キング・コールのLPをもっている。健康な二人の妹をもっている。歌劇の踊り子の経歴をもっている。わがままをもっている。高村光太郎の詩集とレイモン・ペイネの画集をもっている。幸運をもっている。映子はまた夢をもっている。スラックスを少なくとも十本以上もっている。明朗快活をもっている。マラカスをもっている。恋人ももっている。きれいな沼のある故郷ももっている。アポロデシアの香水とロンソンのライターをもっている。ちっぽけな虚栄心もまたもっている。小さい家計簿をもっている。天婦羅をあげる技術ももっている。空想のなかに殺人計画のトリックをいっぱいもっている。乙女心もまたもっている。

それから……

それから……

映子が帰ってきたのを私は知らなかった。多分、ソファの上に横になったまま、いつのまにか眠ってしまったにちがいない。

ふいに声がした。

「紅茶が入ったわよ」

■

パンとなる小麦の粒の緑またぎ跳びそこより夢のめぐるわが土地

「あたし思うの」

「何をだね」

「買いかぶられるのはいいことじゃないわ」

「おや、突然何を言いだすのかと思った」

「あんまり過大評価してるとあとでがっくりくるわよ」

「それはお互いさまだよ」

では、私は映子の失敗ぶりをいくつかあげることにしよう。

その一は二人で映画「スパルタカス」を観にいったときのことである。

剣豪スパルタカスが野営の陣で、空を見あげて、

「星がきれいだ」というような台詞を言う場面があった。

すると隣席の映子が私を小突いた。

「スパルタカスの定理って、この伝説から来たのね」

私はそのとき吹きだしたかどうしたかはよく覚えていない。だが、映子がスパルタカスとピタゴラスの定理を間違えたことだけはたしかに思い出すことができる。

その二はある夕べ。

私たちは「ポニー」でスパゲッティを食べていた。映子が言った。

「こんどアモールという人の戯曲を四季がやるわよ」

「アモール？」

「そう。『ベケット、或いは神の栄光』って言うの」

「アヌイだろう」

「アモールよ」

そこで彼女は、貰ってきたちらしを出した。すると、たしかに大きくアモール、と書いてはあったがそれは広告で、美肌栄養クリームの名なのである。早とちり、天衣無縫とは言わないが、そのくせ得意満面なのだから吹きださないわけにはゆかない。

「何かいているのよ」

といま、これをかいていると映子が覗きこんで言った。私は急いでかくして、

「きみの失敗談だ」と答える。

すると映子はわかったようににらみつけて、

「ライスカレーに塩をいれ忘れたときのことでしょう」

と言うのであった。

■

齢きて娶るにあらず林檎の木しずかにおのが言葉を燃やす

映子の手紙には実に！マークが多い。つまり彼女の文章はスポーティでぶつぶつ切れて、すべて！マークのようにはしゃいだ感じがする。このことは手紙の文章だけではなくて彼女の生活にもあてはまっているようである。

要するに行動的でスポーツ万能、青いキャベツのように生意気でクロッカスのようにはにかみ、フリージァのように意気消沈することもある。

彼女は小麦色に日焼けしてきて、大事件のような口ぶりで何でもないことをしゃべる。

「ヴィルジニーは、家族のものによくこんなことを言いました。

『もうお昼ですよ、バナナの木の蔭がなくなりましたから』

とか『日がくれますよ、ラボウシの葉がとじましたから』とか。

近所の友だちから『いつ遊びにきてくれますの』ときかれると『サトウキビのとれる時分に』と答えました。

若いふたりにとって、世間なみに金持になったり物しりになったりする必要が、どこにあったでしょうか」（サンピエール『ポールとヴィルジニー』）

私は映子が映画女優をやめたのは、いいことだと思う。それはしかし、映画に限らないことになるだろう。「もう一つの人生」を演じなければカタルシスのないのは不幸な人にちがいないのだから映子にはそんなものはいらなくなるのだ。なぜなら一つの生活をうつくしく作りあげることこそ、何よりの素朴な名演技を必要とするに決まっているからである。

私が映子と一緒に仕事をしたのは、五六年の芸術祭の東京放送テレビの「Q」と五八年春のニッポン放送のドキュメンタリー・スタイルのドラマ『いつも裏口で歌った』の二つであった。

とりわけ二つめの方は私が台詞をかかずシチュエーションをきめておいて、あとはアドリブでやってもらったものだがうまかったと思う。

このときは私も出演していて相手役になり、二人共下町の最底辺の職工と女工だったものだが、共にアドリブで、「言葉を創る」ことのたのしみが映子にもわかってもらえたようでうれしかった。そして私はふと思ったものだ。

「俳優人格の完璧性とは実人生と劇人生との区分をよく知ることでもなく、またその意識的結合をはかることでもない。

二つの人生がいつも内部矛盾をはらまぬ幸福をめざすことではないだろうか。俳優の場合、自我の問題、その葛藤はむしろあいまいさの中にしか意味を見出すことはできないのだ。

幸福な俳優になるか、実人生を超えるか、その選択が何よりも第一義の問題なのだ」

■

寝台の上にやさしき沈黙と眠いレモンを置く夜ながし

映子は私の服飾顧問である。彼女は洋服屋のドアをあけて入った途端に独裁者になりかわり、私に命令して立たせたり、坐らせたり両手をひろげさせたり、洋服屋に私の腰のまわりに手を触れさせたりする。

また映子は私の体操の家庭教師でもある。私は彼女から支給されたグリッピング・ハンドを毎日にぎらねばならず、それも別に帝拳ジムへ入門するためでもないのに縄とびをさせられたりする。私の仕事では運動不足だというのである。

そのうちに、栄養顧問と金融顧問にもなる筈で、次第に私は自分の領域を失ってゆくのかもしれない。

そのかわりではないが彼女は私のためにボクシング見物をつきあったり、モダン・ジャズをつきあう。二人が領域を不分明にしてゆく。それはあるときにはたのしい侵略である。

芝生に寝ころんでいると雲がちぎれてゆくのがはっきりと見えた。

空には不思議なことがいっぱいある。

「ねえ」

と映子が言う。

「二人で並んで、こうやって目をとじて一緒に居眠りしても……同じ夢を見れないなんて変なことね」

「ふむ」

と私は微笑する。

「どうしてかしらね」

私は一寸考えて言った。

「それは、目をあいたときにいつも同じ夢を見ているからだよ」

空は初夏——。

鳥の影が芝生を掠めてとびすぎる。まるで時のようなすばやさで。

感傷的な四つの恋の物語

＊霧に全部話した

とりわけて大きな風にさからい　僕は書くが　風をはらんだ帆に
ほかならない人たちのごきげんを損じませんように

ルイ・アラゴン

■

目ざめたら霧が深かった。

葉子はベッドにすわって窓から街を見た。ほとんど屋根裏みたいなこの部屋の窓から、いつもは出かけていく風船売りや牛乳屋の少年が見下ろせるのだったが今朝は霧で何も見えない。

夏休みの終りの日なのでゆっくり眠っていたのだが、もしかしたらもう正午に近いのではなかろうか。

葉子は急いで着がえると街の大時計が見える二階のヴェランダまで駈け下りてきた。窓ガラスの霧を手のひらで縦に拭く。

そして葉子は思わず
「あら」と呟いた。

ないのだ。街の大時計の針が消えているのだ。

どうしてこんなことになったのかしら。葉子は階段をゆっくり上りながら考えた。大時計が床屋へいって針を剃り落とすことなんてあるのかしら。それともこれは深い霧のせいなのかしら。

隣りのドアをノックするといつものように無愛想な小鳥屋の老婆が顔を出した。

「何だね」

「変なのよ。街の大時計の針が消えているのよ」

「ああ、その事なら」と老婆は驚きもせずに言った。

「家のにもないんだよ」

そしてドアを柱時計の見える位まであけてくれた。部屋は小鳥たちで一杯だった。小さな鳩時計は、なるほど針が消えて時間を失っていた。

「いつからこうなの」

「いつからってあんた」と老婆は怒るように言った。

「時間のない街でいつからなんて言葉が通用するもんかね」

そして老婆は小鳥たちが逃げださないようにあわててドアをしめてしまった。（部屋じゅう一杯の小鳥たち、それがまるで時の単位みたいなものだわ）

部屋へ帰ってみるとこの何か或る奇蹟が本当にはじまってしまったことが葉子にはよくわかった。

カレンダーの数字がすっかり消えていた。

日記の日附けも、そして葉子の名まえさえも。葉子は思わずたのしくなって笑いだした。

■

同じ頃。

霧にびしょぬれのスケッチブックをかかえて一人の名もない男が橋の上から川を眺めていた。

川には菜屑やよどんだごみの沈澱物と一緒に何かとり返しのつかないものが彼のなかから脱けだして流れてゆくような気がした。

男は似顔絵かきだった。彼はどんな顔でもうまくかけた。羽根つけた帽子の顔、水夫の顔、うらぎられた母親の顔、酒樽みたいな顔、忘れられた女の顔、カナリアに逃げられた少女の顔、算数がきらいな男の子の顔。

「おれは」

と男は思った。

「他人の顔ばかりかいているうちに自分の顔を失ってしまった。一枚の鏡も日あたりの水たまりも、香水瓶の破片もおれの顔をうつさなくなってしまった」

ひとりアパートで鍵をしめて鏡をのぞきこんだときでさえ鏡のなかは夜の青空のように冴えて何もうつしやしなかった。スケッチブックにあてずっぽうの自画像をかき、あくる朝目ざめてひらいてみるとスケッチブックから顔は消えていた。顔がない。数千の顔の中に自分のそれを見失ってしまったおれ。


ふしあわせはどんな顔をしているか　おれは知らない

たとえば黒いソフトをかぶり
星の宛名をさがしてあるく？
たとえば朝のホテルのバスで
ちょっぴりさみしく
髭を剃る
それがまことにおれの顔！

何て感傷的なんだ。と男は思った。

これもこの灰色の霧のせいにちがいない。いつもはこんなことはなかったし、おれも笑顔で計算器みたいに正確に顔をかいている筈だった。

「もしもし」と後ろで声がした。

「郵便です」

「おれにかい」と男はびっくりしてききかえした。配達夫は微笑して「恋の手紙です」といい宛名もつげずに一枚の葉書を渡した。

男はスケッチブックをずりおちそうにかかえて立ったまま葉書をよんだ。

「あなたをさがしています。あなたが誰だかしりませんけど、でもあなたにまちがいありません。

一ときも早くわたしをさがして下さい」

男はいそいで裏返してみたが宛先も差出人もかいていなかった。

配達夫は灰色の霧を遠ざかってしまいただ口笛だけが橋の上にとりのこされていた。

このながい灰色の霧が人たちの思い出を奪いさり、あらゆる数字を消してしまってから街ではおかしなことがいくつか起こった。

ある母親はわが子を見て羞らい、顔をあからめてもの言うようになった。配達される朝刊はどれもがこれから起こることをかいていたが、ただ人たちは気づかないだけだった。

■

数学の時間の子供たちは数字を玩具のように扱い、数字で画をかいたりしたし、ある天才的な子は7×15が鮫だとか3＋6が小鳥だとかいう答を出した。

町では思い出屋が繁昌し、名を失った人たちは自分の思い出を配給してもらっては人ごとのように過去をたのしんだ。

当然ながら船出していった水夫のことなど人たちはすぐ忘れ、あらゆる恋物語はその日一日で終った。

■

街へ行こう。

そう葉子は思った。

何かいいことがあるかも知れない。この深い霧がたちこめている間は何をしたって許されるのだもの。

葉子は一人で合点すると屋根裏部屋を片づけ、夏休みがあけるとすぐはじまるフランス語の単語カードなどをピーナッツやハンカチと一緒に籠にいれると、その籠をまるで麦藁帽子か何かのように大きくふりまわしながら階段を駈け下りていった。

エンジュニイ。葉子は霧のなかで自分ごとのように単語を暗誦した。

意味は純情、白、自由。

この霧はエンジュニィって感じがする。その上機嫌な葉子をよびとめた男があった。

背後からである。

「もしもし」

「あたしのこと？」

するとその男はまるで本でもよむようにこう言った。

「この霧は宛名のない空でつくられた灰色の霧です。恋をすることも、どんな桎梏からも自由になることもできるでしょう。だが」

「だが？」と葉子はききかえした。

「思い出してはいけない。たとえそれが一分前のことでも思い出したら女は鳥になってしまうのです。」

男は言い終ると急ぎ足で立ち去っていった。

だれかしら。葉子はこのふしぎな法則、思い出をなくさないものは鳥になってしまうということばを反芻しながら、

「天使の町の気まぐれな気象台観測員かもしれないわ」

と呟いた。

似顔絵かきの黒いセーターを着た男が葉子と逢ったのはやはり橋の上だった。

煙草の火がどうしても霧のためにつかないので、しめったマッチで彼は霧に顔をかいていた。

するとその顔がいつのまにか本物の葉子の顔になって霧のなかからあらわれた。

「だれ、あなた」

さきに葉子がきいた。

「まだ名前がないんだ」

「あたしがつけてあげるわ」と葉子は言い、さっきのフランス語の単語をふと思いうかべると、

「エンジュニイがいいわ」

男はさみしく微笑した。

「エンジュニイ」

「そしてあたしは葉子。葉は木の葉という字よ」

「きみならプラタナスの葉」

「いいえ、眠草か、もしかしたら草夾竹桃かもしれないわ」

「何しにきたの」

「何かがどこかで起こりそうな気がしたので」

「おれもだれかを待っていたんだ。

それがだれだかしらないけど——もしかしたらきみかもしれないけど、おれはそのひとをさがさなきゃいけないんだ」

「あたしがなってあげるわ。あたしでいいなら」

一つの霧の季節に一つの恋が終り、またつぎの霧の季節がやってくるまではなればなれの恋人たちのことを、男はふと思いだした。

「それじゃきみ、おれに顔をかかしてくれないか」

葉子はとくいげに胸をはって言った。

「うまくかいてくれなきゃいやよ」

■

霧はやはり同じ濃さで街を覆っていた。すべてが灰色だった。

いつまでもが朝のように思われたし、またたそがれのようでもあった。霧が入りこんでしまった家ではスープのお碗さえも思い出とむすびつけない。

ある部屋では老婆が日附けのない厚い日記帖から「今日」をさがすのに熱中していたし、孤児たちは、もう「孤児」という意味に気づくことがないほど他人と結びついていた。

霧にびしょぬれな風船屋
おちぶれたことを忘れた老歌手
そしてその彼女のうたう愛の歌
灰色の塵芥車

恋人たち。

そんななかをほとんどはずむように葉子は帰ってきた。帰るというよりこの街ではむしろ新しい事件に向かって「進む」といった方がいい。

葉子は絵かきのために部屋においてあった牛乳とパンをもってきてやろう、と思いついたのだった。

しかし階段を駈け上がりながら街の大時計をふと見ると、なぜだか彼女はいまの絵かきの名や顔を忘れてしまったのだ。

女だけの不幸の業。この霧のなかでは思い出を失くさないものは鳥になってしまう。だが葉子はたったいまのくちびるのほてり、はじめてのキスのことまで忘れてしまうことはできなかったので、そのヴェランダに立ったたまもの思いにふけりはじめた。

(だれだったろう、そしてあたしに何をしたのだろう、あたしをこんなにやさしくもやしてくれるなんて)

彼女はまるで習慣のようにフランス語の単語をくり返しはじめた。

リスケ　冒険する　賭ける

エンテスタ　遺言せずに死んだ人

(ああ何だか霧がうすれていくみたいだわ)ラヴロ　小兎

マテヴィ　大根役者　おちた誇り

エンジュニイ

(こんな感じだったわ)

エンジュニイ

（そうだ思い出した。目のきれいな人、霧の橋の上の似顔絵かき！）気がつくよりさきに葉子は鳥になっていた。ヴェランダで霧にぬれ、とぶことの下手な小鳥。

――彼女は十姉妹になったのである。

■

「パンと牛乳をとりにいったにしてはずい分遅いじゃないか」

そう、男は思った。

ずい分霧が晴れてきた。すっかり霧が消えてしまったらもう恋も自由もないだろう。汗ばんだ日常がよびかえしにやってくる。彼はさっきいた道すじをたずねて、彼女のアパートの下までやってきた。

霧が消えないうちに、と彼は思った。

一気に駈け上がると隣のドアを叩いた。

「何だね」と老婆がのぞいて言った。

「葉子さんを知りませんか」

すると老婆は怒ったように言った。

「知るもんかね。この霧の街では愛以外で他人を見張らないから何でもできるじゃないか」

もし、男が、すべての鳥は思い出に憑かれた女の変身だという法則がのみこめていたなら、そのとき彼の肩にとまったとび方の下手な小鳥について少しは疑問をはさんだにちがいない。

だが彼はわけもなくいそいでいた。

霧のなかからぬれた日輪がぼんやりとあらわれはじめると男は大声で叫んだ。

「帰ってきてくれ。

おれの名はエンジュニイ、自由、純粋だ」

夜が終り朝がはじまるまでのながい霧のときはもう終りだった。男の肩にたちまち朝の日がさしはじめた。石造のアパートたちは正確さを取り戻し、労働者たちは口笛吹いてでかけていきはじめた。

(おれにおれの顔が帰ってくる)

■

日が昇りきると、もう、男はすっかり何もかも霧の記憶を忘れはてていた。

橋の上で彼は人たちに、

「似顔はいかが」とよびかけていた。

ふとスケッチブックをひらくと、自分で気づかないうつくしい少女の顔が木の葉に彩られてかきこんであった。

「だれだろう、この顔は」

そう、男は思った。

「こんなにうつくしい人なら、きっとおれは好きになれたにちがいない」

どこかで小鳥たちの目ざめる時間であった。

＊二重奏

時はいま空しくその砂を失います
雪の中に　冬の夜中に　ジョルジュ・ガボリイ

×月×日　彼の日記

鍵穴に鍵をさしこみ、それから扉をあけて中へ入った。

郵便物は来ていなかった。

水道の蛇口をひねって水をはげしくだして手を洗った。

帽子を壁の帽子掛けにかけて窓をあけた。

僕は何も言わなかった。

窓も何にも訊かなかった。

アパートの夕暮れはいつだって無口なものだからな。

僕は立ったまま牛乳を一息にのんだ。

そしてその空瓶を廊下へ出してまた扉をしめた。

僕は叫びたかった。プッペ、プッペ、プッペ。

だが僕は何にも言わなかった。日記をひらいて例によって事務的に事柄だけをゆっくりかきはじめた。

「詩劇稽古二日目。
少女の配役決まる。俳優座養成所×期生、尾崎道子通称プッペ。
詩の朗読をさせたがうまくなかった。
五時に稽古打ち切り。地下鉄で帰宅」
それから僕は少し考えてかき足した。
「僕はどうやらこの子に恋したものと思われる」
思われる、は余計だな。その部分だけ消しゴムで消して僕は日記を閉じた。
恋をしたのはたしかなことなのだ。

扉をノックする音にわけもなく胸おどって出ていったらそれは新聞集金人だった。

×月×日　彼女の日記

ある夜お城で一枚の皿がぬすまれました。
少年はだまって泣きました。
その夜お月様が二つ出たのです。

プッペはなぜ詩をよむのが下手なのだろう。それはあの人が私を見すぎるから。
鳥がピアノの上をあるく不協和音みたいに私のなかで悪いワルツが鳴りはじめる。

×月×日　彼の日記

乾パンと砂糖水だけで夕食はがまんした。一枚の千円札はあすの土曜日のためにとっておいた。

今夜は釦を修繕すること。

プッぺがさがしていた白秋の「たんぽぽ」をかき写すこと。

どうして白秋の詩などが好きなのだろう。

　あかき血しおはたんぽぽの
　夢の小径にしたたるや
　君がかなしき釣台は
　ひとり入日にゆられゆく

これは同級生が自殺したときの詩のかき出しの一小節である。

僕は雨の街へ出て気はずかしい思いでクリームを買った。あすは顔を剃るために早起きしよう。

　帰って来たら地方の詩誌が三、四冊と葉書が一枚来ていた。新人賞に惜しくも洩れた小説をかく友人からのものだった。

「こんなときはいわば友だちの『友情の証文』みたいなものが欲しいね。どんなつまらないものでも、それを買えと言われてそれ黙って買う信用みたいなもの。だから今の僕はこの間のフランス語の動詞表を買えと言ったように東京都の電話帳を買えなんて言いたくなる。

走れメロス、と言ったところさ」

×月×日　彼女の日記

火がなくなったの。

マッチをすっても火がつかないのでふしぎに思って窓から見たら火山もけむりをあげていない。鍛冶屋さんは休業中でふしぎふしぎ、町のどこにも火がなくなった。

だれか火のあるところを知りませんか。


でもこれは嘘。プッペのつくり話。

火はいつでもくらいみずうみの底にあります。たとえばあの人の目。

あの人の目の中の火をぬすむ盗賊になるゆめをみたいプッペなのです。

いくつかの海のソネット書きためて君に知られぬ日も思いおり
みずいろの水平線に君のせてヨットは遠い記憶を馳らす

プッペ、こんな歌をつくりました。

×月×日　彼の日記

スパゲッティ、スパゲッティ。

彼女はスパゲッティだけが好物であった。

雨だったのでコートの襟を立て僕らはスパゲッティのうまい店をさがして歩いた。

橋の下のチョコレート・ショップという店で僕らは黙ってスパゲッティを食べた。

プッペは恋愛に興味がないような話をした。僕はおこったように一人で飛行場へ行くのがたのしい、と言った。

「飛行機がとびたつときはいいからな。

プロペラの風で草がみんな逆さになびく。

遠くに街の灯が見える。声を奪われて僕はわけもなく手を振る。

とぶやつはなんていいんだろう」

プッペは大きな目で僕を見た。

雨のなかをアパートへ一人帰って僕は鏡を見た。（威厳が必要なんだな、恋をするには）
僕は髭をはやすべきである、と思った。
それから机に向かって胸をはり「中世日本の相聞歌に於けるダイアローグ性の研究論文」をかきはじめた。

×月×日　彼女の日記

喧嘩しました。

十一月の雨。不機嫌な蝙蝠傘。不機嫌なショーウィンドウ。不機嫌な花屋のおばさん。不機嫌な私のコート。不機嫌な水たまり。ぐじゃぐじゃの煙草の吸殻。私の涙。不機嫌な郵便ポスト。不機嫌な波止場。けむっている沖。

「僕はときどきひとりでうたう」
「私もよ」
「真似するな」
「あら真似じゃないわ」
「女はいつだって真似が美徳だってさ」
「そんなことありません」
「って本にかいてあったんだ」
「あやまりなさい」
「あやまるもんか」

鳥のいぬ鳥の巣ひとつ木の枝に日あたりながら忘られており

×月×日　彼の日記

はじめてのキス。

プッペは背がひくいので僕はすこししゃがまねばならなかった。石段を下りながら僕たちはプレヴェールの歌をうたっていた。

ロバと
王様とあたし
あしたみんな死ぬ
ロバは病気で
王様は退屈で
あたしは
恋で

——時は五月。

僕はそのプッペをいそいで抱きしめ、仔鹿が水でものむようにかるいくちづけをしたのだった。

僕は——僕は今でも動悸がする。机に頰杖をしたまま僕は不幸と幸福の意味について少し考えている。僕は立ち上がって本棚から幾冊かの本をひきだし、その有名な恋の出逢いのところだけ読んだ。

——僕の恋人

——あたしの恋人
——さあ物語がはじまるよ
——あたし少しこわいわ……あなたはいい人？　悪い人？　お名前は？
——オルフェ、君は？
——ユリディス。

（ジャン・アヌイ「ユリディス」）

オンデーヌ　きれいな人！
オギュスト　何をいう、あつかましい。
オンデーヌ　きれいな人！
オギュスト　娘でございます。しつけがしてございませんので。
オンデーヌ　男の人ってこんなにきれいなものなのね。うれしいわ……心臓がとまりそう。
オギュスト　おだまり。
オンデーヌ　身ぶるいがする。
オギュスト　まだ十五でございます。おゆるしのほどを……
オンデーヌ　きっと何かわけがあると思っていたわ、娘でいることに。
オギュスト　お客さまが迷惑なさるぞ
オンデーヌ　迷惑してないわ……あたしが好きなんだわ……ほらあんなにあたしを見つめている。お名前は？

オギュスト　そんな口を利くものではない、ひどい子だ。
オンデーヌ　きれいだわ！　父さんごらん、この耳まるで貝殻そっくり。この耳にょそよそしい口が利ける？……お耳ちゃんお前は誰のもの？　この人の名前は？
騎士　名前はハンス
オンデーヌ　そういうお名前だったのね、やっぱり楽しいとき口を開くと出るわ、ハンス……
騎士　ハンス・フォン・ヴィッテンシュタイン。
オンデーヌ　霧のおりた朝、胸をいっぱいにふくらましていきをはくと思わず口に出るわ、ハンス……
騎士　フォン・ヴィッテンシュタイン・ツウ・ヴィッテンシュタイン。
（ジャン・ジロドオ「オンデーヌ」）

それから僕はひとりでに頬が燃えて来て早目に眠ってしまったらしい。

×月×日　彼女の日記

かなしみは青き葡萄の一房のくもりのごとしわが目のなかに
青空に指もてかきし君の名はやさしき鳥となりて飛び去る
太陽のなかにみどりの種子をまくくちづけのあとひとりになりて

プッペが泣いたのをだれが知っているでしょう。

×月×日　彼の日記

買物予定。洗濯石鹸、靴下、鵞ペンと赤インク。

詩劇舞台稽古、二場迄。

来信三通、及び原稿料。


樹村が自殺したそうだ。

×月×日　彼女の日記

赤い花が咲いているところには必ず死体がうめてあるとかいた詩人がおりました。血が樹をながれてきて花ひらく。何とはなやいださみしい独断でしょう。

プッペはでもちがいます。

もしもプッペが死んだらどうか青い花が咲きますように。私は海はいらない。私の血はたぶんおどろくほど真青で、私の歌はそのなかを泳ぐさかなになるでしょう。幸福はいつでも青で、不幸もまたいつでも青なのです。

×月×日　彼の日記

どのレコードにしようかと随分迷った。はじめはジョン・ルイスのM・J・Qの「たそがれのヴェニス」のつもりだったが、そのうちジョージ・シアリングの「サマー・タイム」でもいいような気がしてきた。

盲目のピアニストの恋の曲はいい。ことに雨の夜などは……。

今日はプッペの誕生日。

熱いポタージュ・スープをわかしてレコードをきく日。黙って空を見る日。二人のほかに世界は休養。

バルザックも「愛について語るのは愛することだ」とかいている。僕たちは今日は愛について語るのは止そう。

「どっちにするんです」

と言われてふとわれに返ったら、レコード屋の主人が不機嫌に僕を見ていた。

×月×日　彼女の日記

誕生日。一緒にお食事してレコードをきき、それから町へ出て橋の上でわかれました。

あの人はこの頃私のためにいいお仕事ができなくなったのではないかと心配です。

蟹のなかには自分に食いついているその寄生虫を食べて生きているやつもある。という芝居の台詞《せりふ》が思い出されます。

夜、夢を見ました。

ある不幸なことからプッペは一日おきに鳥になってしまったのです。

鳥のことばを知らないのであの人は私が鳥になった日には私を愛してくださらないのでした。

プッペ、とべない鳥。家庭教師のついた鳥。アルファベットの下手な鳥。

「君は一日おきにいなくなるんだね」

とあの人が私に言いました。私はしかたなしに一日おきに鳥になってしまうのだ、と打ちあけました。

「でも、一日たてばまた逢えるんだもの」

と私はなぐさめて言いました。

あの人はだまってきいていました。

ところが、一日たって私がやって来てもあの人はいつもの公園に来ていませんでした。

ベンチの上には帽子をかむった鳥が一羽。

私はそのときはじめて気がついたのです。

(あの人もお祈りして一日おきに鳥になったにちがいないわ。そうすれば毎日逢えると思ったんだわ。……でもまちがえて一日目がずれたので私が鳥の日はあの人が詩人。あの人が鳥の日は私が少女)

なんてふしあわせな夢でしょう。

×月×日　彼の日記

鍵穴に鍵をさしこみ、それから扉をあけて中へ入った。

郵便物は来ていなかった。

水道の蛇口をひねって水をはげしく出して手を洗った。

帽子を壁の帽子掛けにかけて窓をあけた。

僕は口笛を吹いた。

窓が訊ねた。

「何があったの？」

僕はこたえず口笛を吹きながら小さな旅行鞄をとりだして冬のセーターをしまいこみはじめた。

僕は夢なんかみない。町はすっかり夕ぐれていた。

もう駅にプッペは来ているだろう。

山へ行ったら、と僕は思った。

傑作をかいてこよう。

＊煙草の益について

はじめて煙草の味を覚えたときのことですか？　それは、たしか十六才のときじゃなかったかと思います。

ええ。それはまったく忌々しい思い出でした。

そのときのことを言いはじめるとなると、ぼくにはどうしても、あの人のこと言わなければならないのですよ。

■

——おい！

と野口が言った。

上級生の寝室には、甘酸っぱい汗の匂いが充満していた。

煙草が野口の手の上に一本、くしゃくしゃになってころがっていた。

ぼくは気はずかしい思いで、その煙草を受け取り、野口の顔を見た。

野口は上半身、裸だった。ぼくはうつむいた。

——さあ、喫めよ。

と彼は私を促した。私はわけもなく気が挫けはじめた。何て空が青いんだ、ここでは何をしても見張られているようなものじゃないか。

——暗くなきゃいやだ。

と私が言った。野口の裸の肩が日ざしのなかで肉充ちて美しく見えた。

——そうか、情ない奴だ。

野口は後ろ向きになって唾をぺっと草の葉の上に吐いた。

しかしどうしてもこの陰気な儀式をあきらめきれないらしい彼は、こんどははげしさえこめて言うのだった。

——よし、じゃ旧校舎へ行こうじゃないか。あすこならきっと暗いだろう。

■

雑草が廊下のところどころに生えていた。五年前に新校舎が建ってからこの旧校舎はとりこわしを予定されながら放置されていたのである。

木のドアを押すと軋む音がたかくした。

内はまっ暗だった。ゆすらうめや巴旦杏の匂いが闇のなかで熟れていた。

まるで窓が死んだみたいだと私は思った。

教室の跡にしてはすこしせまい部屋だった。

煙草を口にくわえると野口がマッチをすってくれる。そのつかのまのあかりに私ははっと息をつめた。

——女の人がいる。

野口がすぐに打ち消した。

――ばかだな、ただの画だよ。ここはアトリエの跡なんだ。

私はこんどは自分でマッチをすった。それはやはり女の肖像だった。かなしみがどことなくあるその顔は三十二、三才でもあろうか。「真那夫人の像」としてあった。

――どうだ、煙草の味は。

と野口がきいた。

――わるくないな。私は気のない返事をしながら、内心は闇に消えてしまったその肖像画を思いつづけていた。古くなった油絵、そのなかに閉じこめられている一つの顔。

（真那夫人とは誰のことだろう）

私はにがい煙草を呆けるように喫みつづけながら、そのことばかり思いつづけた。

恋をしてしまったのだ。

■

君のため一つの声とわれならむ失いし日を歌わむために
海見ればかならず燃ゆる頬なりき君の肖像恋しはじめき
画のまえにさかさに薔薇をさげ持ちてわれあり夜は唇熱く

こうした歌をつくっては私は渉学院中学の校友会誌「未踏」に「M夫人に捧ぐ」として発表した。教務主任に学生としてあるまじき歌として忠告されたこともあったが、私はそんな事には構わなかった。

私は度々煙草をかくしもっては旧校舎へ一人でいき、夫人の肖像と密会するたのしみを覚えた。

煙草を吸っている間だけは夫人は私に語りかけてくれたし、内気な私も饒舌になれたのである。ときには私は暗闇でこの夫人の肖像に自分の裸体を見せたりもした。またときにはうろ覚えのギターをもっていって自分の詩をひきがたりで聞かせたりもしたのだった。

無論私の学業の成績は芳しくない方に向かってはいたが……。

そんな日日、私は思いがけず真那夫人について知ることを得たのだった。語ってくれたのは寮の老舎監である。

「あの人は華族の若奥様でした。五年程前からよく学校へ見えられましてな。実を言うと及木十一という画の先生と仲が良かったらしかったんですが、この先生は実はひどく気の弱い人でして、二人はいつもほとんど暗くなるまでアトリエで何やら話しあっておりました。

その及木さんに三年前召集令状が来て、及木さんは行きたくない、行きたくない、と毎日思いつめていましたがとうとう真那夫人と二人で心中してしまったんですよ」

——心中だって。

と私は咎めるように言った。

——二人で海へとびこんだのですよ。

朝、死体になって上がりましてね、学校中大さわぎでしたよ。

——海のやつめ。と私は思った。

——海が嫉妬して呼びよせたのにちがいない。

シャツににじんだ雲雀の血とそのにがい思い出をのこして私は卒業し、無事大学へ入った。チャップリンの来日やトーキー映画進出のため弁士楽隊が廃業したことなどが新聞をにぎわしていた。

「機械文明進出」。朝のコーヒーをのみながら人たちは新聞の意味をにがにがしく拾い読みしなければならなかった。

■

三年生になった夏休み、二十才になった私は思いついて短い旅に出た。高原電車のなかで私は久しく忘れていた巴旦杏の匂いを思い出すことができた。こころよく揺れながら私は一本の煙草に火をつけようとしてふと手を休んだ。

いやいや、そんなことはない。ある筈はないのだ。

だがしかし、やっぱりそこには真那夫人がいたのだった。私は驚きながらすこし羞じた。死後の世界へかかる山坂をいま車輪は馳せているのだろうか。それとも舎監の話は嘘だったのだろうか。

何にしても私は話しかけねばなるまい。そのくせ未知の恋人に、しかも年上の彼女に話しかけるきっかけを私は知らなかった。

彼女は死んだのではなかったのだろうか。

しかし私は中学時代に真那夫人の墓標まで見せて貰っていたのだ。

——名をきくのが一番だ。私は電車にまぎれこんできた夏蝶の飛ぶのをみながらそう思った。次ぎの駅をすぎたらきこう。（そう思ったのがいけなかったのだ）なぜなら最初の停車場で彼女は降りてしまったのである。

その年の暮れ、野口が一枚の葉書をくれた。

「旧校舎で火事があった。ラグビー部の煙草の火の不仕末らしい。とにかくきれいな火事だった。

きみの好きな画も焼けてしまったそうだ」

■

ながい戦争があった。

かざすとき香水瓶に日曇るわれに失くさぬまだ何かあれ

一九四五年、大戦のあとで子爵だった私の父が脳血栓で死に、北小路家は滅亡寸前になっていた。私は三十三才になっていたがまだ独身で美学会という研究団体の機関誌「アポロ」の編集を手伝っていた。しかしどちらかといえばその性向のようにうつむきがちな仕事振りで時流受けはしなかったようである。

桐の木のある庭と広い家に、もう老いた母と二人で亡んでゆく父祖からの血に耐えてゆくことは私にはとうていできにくいことだったので、私は賭事にこるようになった。

私は競馬が好きになった。

それも馬を見ないで馬券だけを買うというあの職業的な賭事師のやり方ではなく、いつでもバドックまでいっては馬を見るのを愉しんだ。

私には過去の戦績などどうでもよかったし騎手の技術なども大して問題にはならなかった。

私はただ馬を見て決めた。

美しい馬、好きな数字。それが全てだったのである。

無論勝つことは稀で、私はうす汚れたシャツを着て群衆のなかに新聞紙のようにもみくちゃにされながらそれでもその中に「在り」つづけた。

ある日、見事な程まっ黒い馬に賭けた。ナンバアは十一、予想では何のマークもついていないがその美しさは他の馬の戦歴をしずかに超えるものをもっていた。駈けだすと、しかしその馬はスタートから数メートルおくれていた。私は柵に胸がいたくなる程おしつけて見守ったがそれはとうとうしまいまで一頭も抜けずに終った。

私は口惜しさから次ぎのレースでも十一を買い、そして敗れた。次ぎもまた次ぎも私は負けながら十一を買いつづけた。

最終レースがはじまったとき、私にはもう一銭ものこっていなかった。

空には鰯雲がひろがっていた。

十一は栗毛だったが出足がよく、最初のコーナーでトップに躍り出た。私はほとんど声を出して帽子を振った。

――頑張れ
そしてふと、さっきから私の前にやはり十一にばかり声援している女がいることに気づいたのである。その女は後ろ向きだが二十三、四のように思われた。

彼女も十一番にハンケチをふりつづけていた。

しかしこのレースもホームストレッチにかかると差足のいい他の数頭に並ばれてしまったのである。

——どうしたんだ。

私は思わず声を出した。「しっかりしろ」 その声で女がふりかえったとき、私は思わずはっとして息をのんだ。

それは真那夫人であった。

歓呼と怒声のうちに三頭は十一番を中に同着でゴールインした。

私ははげしく動悸した。そういえば彼女の恋人は及木十一という名ではなかったか。

しかし何よりも不思議なことは彼女の若さであった。私はもう三十三才で、あれから十六年もたっている。だが、彼女はどう見ても二十三、四でしかなかった。

(死者は逆に年をとるのだろうか)

私が微笑すると真那夫人も微笑をかえしてくれた。

(まちがいない。これは真那だ。

彼女は次第に逆に年をとって思い出の方に生きてゆくしかないのだ)

私は群衆にもまれながら一人でそう思いこむしかなかったのである。

■

私は自分のなかに真那夫人の肖像画を一枚もったまま年をとってしまった。四十七才とかきこまれた旅券を見ながら私はひとりでそう思った。

とうとう結婚もしなかった。

野口は田舎で市会議員とスポーツ振興会長をやっているという。

私もすこし白髪がまじっていまではフランス語を教えるため大学へ勤めていた。

恐竜から私まで、ソフォクレスからルネ・シャールまで、砂時計のきざむ「時」のように一粒ずつに詩は何か虚しいものを刻みつづけていた。

夏休み、久しぶりの航海なので、私は甲板から沖を見つづけていた。

このフランス行が多分私の最後の旅だ。

甲板では幾人かの少女と船員がテニスをしていた。いい風であった。


怒濤よりあるいははやくめぐりこむ恋におくれしわが真夏の死

——おじさま、ボールを拾ってちょうだい。

そう女の子に言われて私は身をかがめ、そのやわらかいボールを拾ってわたそうとしたら、真那だった。

しかももう十五才位であろうか。逆に年をとるというあの死者の法則はやはり守られていたのだ。

——お嬢ちゃん、名まえは?

すると少女、真那は笑って、

——おじさま、こわい。

と言った。ボールを受けとるとその子が駈け去ってしまう。残されて私はゆっくりと煙草を吸った。灰を海に落としながら。

（知ってはいないだろう。昔のことなどは、あの暗い旧校舎での密会のことなどはとっくに忘れてしまっているだろう）だが、次ぎに逢うときのことを思うと私はやはり怖れない訳にはいかないのだ。

私はモンマルトルの町はずれで五才位になった真那と逢うことになるだろうか。だが、そのときでもいい、そのときこそは私の永い三十年のあいだの初恋のことを打ちあけてやろう。そしてその子にせめてくちづけてやろう。

ああ青い海だな。私はわけもなく疲れて煙草を吸っていた。

――おじさま。と声がした。顔をあげると真那だった。

――こっちへ来てテニスへお入りになりませんこと？

これは僕の故郷の旧家である元貴族北小路淳介氏の手帖の写しである。

桜の実がはなやかに熟れたこの石塀つづきの家もいまは廃れてしまい、文中の「私」こと北小路氏は巴里へいったまま帰らない。

人の噂によると先年の夏、彼はやさしく発狂して果てたということであった。

僕は歌を一首作った。

わが夏をあこがれのみが駆け去れり海のスケッチブック閉じむ

これが、ぼくのはじめて吸った煙草の味の感想です。

どうもあんまり美味いとは言えたもんじゃないが、一本いかがですか？

＊思い出盗まれた

■

「今までも何か盗まれたことがあったのですか」

と舎監がきいた。

「いいえ」

と弓子は元気なく頭を振った。「はじめての事ですわ」

「困った事ね」

と舎監が眼鏡の曇りを拭きながら呟《つぶや》いた。

「たしかに昨日迄はあったのです」

「気がついたのはいつなの？」

「朝でした」

「でも鉛筆か何かが盗まれたのなら強制捜査もできるけど」と舎監はとうとう立ち上がって言った。「思い出じゃさがしようがありません」

「わかりました」

と弓子は礼をした。

「部屋へ下がります」

「そうね、一眠りしたら忘れた場所を思いだすかもしれないしね」

舎監の声を背後にきいて弓子はドアの把手をにぎっていた。

(だれにもわかってもらえないんだわ) 樫の木製のドアの錆びた把手をみつめながら弓子は思った。誰も信じてくれなくともこれはたしかなことだった。

何者かが私の思い出を盗んだのだ。

弓子の女学校の寄宿舎は、浦島草の咲いている断崖のふちにあった。彼女たちは、そこから歩いて女学校まで通うのである。昼はラテン語の動詞変化などを学んで夜は早めに消燈になるとわれがちに争って夢を見ながら眠った。彼女たちにとって「夢くらべ」は大切な日課の一つだったのだ。

朝の短い時間に彼女たちは前夜の夢を競い、敗けた者はその日一日鳥のようにうずくまってすごすしかないのである。

「私ねえ」とマヨが言った。

「兎の夢を見ちゃった」

「平凡ね」と灰子が遠くで靴下をはきながら言った。

「でもとぶ兎なのよ」

「たぶん鳥のまちがいよ」と年少のリリが貶しめるように修正した。

「空をとぶのは鳥だもの」

「そこが〈夢〉じゃないの」

マヨは力をこめて言った。

「私がねえ、教室へ帽子を忘れてきて、夜ひとりでさがしに行ったの。とても月のきれいな夜だったわ。机の上を見たら帽子が動いてるの。私、そっと近よって帽子を拾ったら中に兎がいるの」

「大した事ないわね」

「その兎と話をしたわ。兎が言うには、人間の言葉をおぼえたらけものはみんな鳥にならなきゃいけない宿命なんだって。だから鳥はみんな一つ位人間の言葉を知っているそうよ」

「結局、鳥のことよ」とリリが言った。

「あたし、兎が空をとぶのを見たわ」とマヨが言った。

「これからは鳥撃ちは止めにしましょう」

「なあんだ」と灰子が近づいてきて言った。

「ほかにないの」

「私」とあけみが言った。

「空を買った夢よ」

「いくら?」とリリ。

「だれに払うの」と夏子。

「お金じゃないの。だってお金なら銀貨を舟一杯つんだって空は買えないんですって」

「空買って何するの」

「一人でもってたって仕様ないわ」

あけみは構わずに言った。

「空を買うにはお金じゃだめなの。支払いはやさしいことばでするのよ」

そんなある朝の夢ごっこのひとときに、弓子はうっかり自分の思い出をみんなに語ってしまったのである。

つきよのうみに
いちまいの
てがみをながして
やりました

つきのひかりに
てらされて
てがみはあおく
なるでしょう

こいしいひとの
まくらもと
うみがしずかに
なるように

ひとがさかなと
よぶものは
みんなだれかの
てがみです

■

弓子の思い出というのは、取返しのつかないロマンスである。

彼女は十五才の時に毎日のように若いピアニストと一緒に、海へ泳ぎに行ったのだ。

彼は右手が不自由だったので、ラヴェルの「左手のためのピアノ・コンチェルト」しか弾けず、そのために楽壇にもデビューすることができなかった。

彼と弓子とのロマンスはいわば、「まだ鳥の足あとのつかない楽譜用紙」のように新鮮だった。だから、彼がその秋に自殺するまでの弓子の思い出というのは、ただ二人で月夜の海で泳いだということでしかなかったのである。

——と、弓子はそんなふうに皆に話した。

「初恋の思い出なんて大切にとっておいても、小さな古いレモンのようにだんだんひなびていってしまうわ」

弓子が思い出を盗まれたことに気づいたのは、皆にその話をした翌日の朝だった。

女学校の大食堂でパンにママレードを塗りながらふと自分がどうしてここにいるのかさえ彼女は忘れかけていた。

何か変だわ。体が軽くなったような気がする。

そこで急いで部屋に帰り手鏡に顔をうつしてみたら鏡のなかの顔がほんものよりも少し年とっているのだ。

弓子はふと鏡のなかの顔だけがずんずんとほんものの自分をこえて年老いてゆく幻想につかれた。鏡なんて裂けてしまえばいい。

そしてその手鏡をみずうみのように置いて立ち上がってからふいに思い出をぬすまれたことに気づいたのである。

私の一番大切なものをこんなときに思い出せないなんてことがあったかしら……。弓子は呆《ほう》けたようにうたうしかないのに気づいて思わず何かを怖れた。

夜がやってくると毛布をかけて寄宿舎の少女たちは思い思いに一人になった。

わたしが歌を一つおぼえるたび海にお魚が一匹づつふえるんだわ、と思っている不幸な上級生の洋子はたぶん魚の夢をみていた。

灰子は赤錆びた帆船の水夫の、錨形の胸毛の夢。弓子はぬすまれた思い出を蝶のように追いかける夢。

夏子は黒人ジョーと母の情事のフィルムを消しゴムで消す夢。

マヨは自分が空とぶトランペットで風吹くたびにうたう夢。

そしてリリは？

■

弓子の思い出を盗んだのは実はリリだったのだ。

そばかすだらけの一番年下の子。貧しいリリは恋がどんなものかはむろん知らなかったし、未だ熟れない果実のような青春前期のほとんどを病弱ですごしていた。

「母さん、ソネットを食べたい」

などと言って家族にかなしい笑いをよんでいたころから彼女は訳とかそのものの意味とは無関係のところで他人のものを欲しがった。

盗む。たとえば彼女は十五才のときにフランスの詩人ジョルジュ・ロバンの花詩集をそっくり盗作して絶望的な快感に酔ったし、隣室の少年が海でうつくしい夫人からおくられたという貝殻を、夏休みの終りの日にぬすんできて庭の三和土の上で粉々にふみくだいた。

そして十五才の終り頃からは一冊のノートに盗んできた思い出などを記載しておいて、まるで牛の反芻《はんすう》のようにあとでひとりでたのしむような習癖を身につけたのだった。

眠ったふりをしながら、彼女はあたりが寝しずまるまで待ち、それからひとの思い出にひたるのがたのしみだったのである。

■

その夜、みんなが寝しずまってから寄宿舎を抜けだしたリリは、一つ町をこえた海岸まで車をとばして行って、月夜の海で泳いだ。

弓子がベッドの中で途方にくれているころもリリは元気だった。

目をつむって泳いでいると、まるで自分が弓子になって、すぐ目の前に左手のピアニストがいるような気さえするのだ。

夜泳ぐのは何てロマンチックなのだろう。リリはいつまでもいつまでも幸福そうに泳ぎ、——とうとう風邪をひいてしまったそうである。

■

勿論、そんなことは誰ひとりとして知らなかったことである。

そして弓子の盗まれた思い出というのが、実は弓子の大切なつくり話にすぎなかったということも。

ポケットに入るくらいの小さな恋愛論

＊もし、恋をしていたら

■

恋の無駄づかい

レイモン・ペイネという漫画家は、いつでも恋の漫画ばかりをかきます。たとえば公園のベンチで語りあっていた恋人たちが去ったあとで、掃除のおばさんがやって来て、ベンチの下に一杯散らばった花片を見て、

「無駄づかいをするもんだ！」

と呟いている漫画があります。

しかし、よく見ると、その花片だと思えたものは、実は♥、こんなかたちをしたハートであり、二人は、長い間ベンチの上で、花でもむしるようにお互いのこころをちぎりあっていたのだ……ということがわかるのです。

僕がペイネの漫画をはじめて知ったのは、大学の一年生の頃でした。「心でかく詩人」などという題の漫画で、詩人がペンではなくて♥こんなハートの先のとんがったところにインクをつけて詩をかいているのを見て、

「いまどき、こんな可愛らしい話がまたとあるだろうか」

などとあきれ返って何となく不愉快になったのもいまでは懐しい話になりました。

ところで、このペイネの漫画には、実に、無数の恋人たちが登場しますが、僕にいちばん興味あるところは、その年齢でした。よく見ると、ペイネの恋人たちは、すべて、男が二十才ぐらいで女は十七、八才なのです。

一体、それはなぜだろうか。ペイネのように純愛を信じる人にとってはその年齢でしか恋は成立たないものなのだろうか。そう考えてゆくと、僕は何となく気が焦《あせ》って、いまのうちに早いところ恋人を作ってしまわねば手おくれになるかも知れんぞ、と思いこみ、友人にその事を打ちあけると、

「バカだなあ、ペイネは自分じゃ、あれで老若男女をかいてるつもりなんだが、画がマンネリで、みんな同じ位の年に見えるだけなんだ。何もおれたちがあせるこたァ、ないよ」

といって大笑いされたものでした。

しかし、「恋人の年齢」「恋人の資格」と言うことが、実は問題であります。いま、女の一生を平均六十五年として、そのうち、恋人の資格をもつことができると思われているのは、何年あるでしょうか。

小学生、中学生の時代に、淡い初恋を経験することはあるとしても、月夜、目のさめるようなキスの思い出を持つ……ということはなかなか考えられませんので、六十五年から、中学校卒業までの十三年間を資格外として抜くことにします。さらに、四十五才以後は更年期障害とか、サロンパスの厄介になるとか、中将湯、白髪染、といった恋愛と関係ないものの世話になりやすいので、これも除外します。すると十四才から四十四

才までの三十年が残ります。

ところで、女の一生のうち、約半分の三十年間は恋人の資格を持っているにもかかわらず、現状では結婚すると、他の男との恋愛は一応法律違反になりますので、結婚の平均年齢を二十五才としてその分を引くと残りは十年になってしまいます。その上、高校に入ったとすると、高校生時代は、充分に恋愛はできにくいので四年引くと残りは六年。

人生六十五年のうち、恋人になり得る期間というのは、大雑把に言うと、たった六年しか許されていない……というような計算が成り立つという訳なのです。

ベンチ掃除のおばさんが「無駄づかいをするもんだ」と驚くほどハートの濫費をするのも無理からぬところです。

恋には邪魔が必要です

そこで、この人生の十分の一を効果的に自分の〈冒険〉に打ちこむ恋人たちと、法則を認めずに、人生全部を恋に打ちこむ人たちの二つが問題になります。しかしフランスの「アール」紙が一九五七年に、フランスの青年男女におこなったアンケートによりますと、彼等の大部分は、

「ぼくは自由恋愛には反対だ」(左翼青年)「放縦は自己満足にすぎない」(高等林産学校

生）と言い、恋愛から結婚につながる線をのぞんでいる……という結果が得られたようです。

その大部分は、「結婚生活における貞潔は、安定した幸福の第一条件である」という青年の意見に要約されているようですから、人生全部を恋の季節と思いこんでいるボヴァリー夫人型は特例ということになるらしい。（もっとも、『貞潔は、情熱を怠けることである』ということばもある位ですから、この是非については、いま、断を下そうというつもりは毛頭ありません。がしかし、一応、ここでは、人生の十分の一の期間の、恋愛のモラルということにしぼって考えてもいいのではないか……と僕は考える訳であります）

僕の考えでは、恋は精神の冒険であります。恋は広義の愛にはふくまれますが、しかし、愛の一般的性格とはかなりずれる部分をもっています。

つまり、愛は、他人から見ても美しいものが多いが、恋はそうとも言えません。仲の良い兄弟、母子、師弟、友人同士、といったものは美談になりますが、仲の良い恋人たちは美談にはなりません。

それどころか、僕の友人のように、「他人のキスを想像するくらい不愉快なことはない」という意見だって生まれてくるわけなのです。

大抵の場合、恋は、冒険であるために障害が多いものです。というよりは、障害が多いから、それをのりこえようとして恋が生まれる、と言った方がいいかも知れません。

そして冒険に殉じ、死んでいったものは、文学の中には、お染・半九郎（鳥辺山心中）や、おはつ・徳兵衛（曾根崎心中）のような歌舞伎の心中ものからミュージカルの「ウエスト・サイド・ストーリー」まで数えきれぬ程であります。

そのどれをとっても、封建的家族制度の障害とか、階級の差による障害、あるいは配偶者がいるという障害など、「邪魔なやつ」がいるものであります。

しかし、恋の障害という奴は、一たび裏返して考えてみると、世間的常識を味方にひきこんだものが多い。

たとえば、菊田一夫の「あの橋の畔で」というメロドラマでは、葉子というヒロインと若い建築技師の恋が、多くの障害とのたたかいの中で、お互いの変らぬ恋ごころをたしかめあってゆく……という風に劇は進行していますが、これを一たび葉子の夫の視点から眺めると、

「私という夫がいるのに、葉子はほかの男と姦通している。私は被害者なのに、世間はみんな私を敵視する。これは何と不当な話であろうか」

ということになるものであります。さいわいに葉子の夫は、性格的に多くの欠陥をもっているので、世間は葉子に味方をしていますが、葉子の夫がもしも善良なサラリーマンだった場合、この恋は決して美談とはなり得ません……しかし、美談でもないし、スキャンダルでもない、ごくありきたりのことが劇として多くの人の共鳴を得るのは、二人の青年男女の邪魔なやつを乗りこえようとする精神の冒険に、大衆が「自分もそうでありたい。あんな風にたたかいたい」という心で接するからだと僕は考えるのです。

恋は月賦で買えません

多くの女性が「なんだかわからないけれど、なんとなく退屈している。これといった理由もないのに、なんとなく空しい」

と考えるのが、現代の特色です。

日の沈む前の広い公園のベンチに、女の人がぼんやりと腰かけていたり、日蝕のように空が翳るのを期待して昼休みのビルにBGが一人日向ぼっこをしていたり……あるいはボーイフレンドと並んで散歩しながら女の人が「何か面白いことはないか」

とまだずっと先の夏のことを想いうかべていたりする……といった風景を、最近、僕はよく見ききします。しかしこうした女の人は、もっと恋するということを冒険として考えてみてもよい。大抵の女性は、心では、岡松枝さんのように、

おとめたちは待っている

鷲のように自分をさらってゆく

逞ましい男の

来るのを期待して

……と考えているくせに、恋人の条件として「結婚してくれる人、しかも仕事熱心で誠実な人」というのを自分に規制しがちです。そして、恋を持続に耐えるものにしようとしすぎるあまり、結局退屈な毎日のくりかえしを認めてしまうことになるのです。

たとえば女性は自分の貞操を、月賦ばらいの愛で売ろうとする傾向があります。現物を先わたししてくれますが、あとは永久に愛の支払を要求する。これは、生活の知恵としてはなかなか巧妙ですが、恋そのものを全く理解していない、ということであるように思われます。

大体、冒険はすぐ終るのに、人生はなかなか終らない。そこで、冒険を人生の長さにまでひきのばそうとして、恋から愛への転移が試みられる。というのが現代女性気質なのかも知れません。

ミケランジェロ・アントニオーニという監督の「太陽はひとりぼっち」などは、恋人たちが、恋を愛に移植させようとして陥った倦怠感をえがいた傑作ですが、僕の考えでは、恋は恋のままでも素晴らしいではないか。愛は六十五年の人生のうち、一切禁じられる期間はないのですが、恋は有資格たった六年足らずなのです。つまり、もっと大胆な〈精神の冒険〉に乗り出してもよいではないか。

……と言うことになるのです。

■

「月がきれいだわ」というキスの催促

およばぬことと
あきらめました
だけど恋しい

あのひとよ

これは「雨に咲く花」という歌謡曲の詞です。僕らの少年時代には恋人をゆずる、とか、身を引く……という考え方が美徳とされていたことがあります。たとえば自分は貧乏だが、彼女の新しい婚約者は金持だ。将来のことを考えると、彼女の幸福のためには僕より金持の方がよい。

だから身を引こう。

という考え方です。

しかし、これは本当は、「自分は冒険に出かける自信がない」という精神臆病症の表明であって、恋人としての資格を自ら捨てた、ということにほかならない。大体、ほんとに恋したい、と思う人なら、男も女もともに、

「いま、あの人はだれかと交際しているらしいが、私がプロポーズして、もしも私と一緒にいるときの方を、より楽しいと思うならばその方が、あの人にとっても幸福なわけだ。選ぶチャンスを与えてやろう」

と考えるはずです。誰だって（むろん、僕もそうですが）、どんな人からだってプロポーズされて不愉快なはずはありません。結婚式場で他の異性からプロポーズされたって、内心は胸躍らせるのが普通であります。

そこで自分の言いたいことを要約すると、こうなります。**一、恋を、日常生活の中で糧とは考えるな。**恋は日常生活をひっくりかえす。少なくとも、いままでとものの考え方を逆転させるようなショックがなかったら、それはほんとうの恋ではない。**二、恋に遠慮は無駄である。**といっても、礼儀を欠け、ということではありません。つまらぬ他

人への見栄や、コンプレックスなど三文の値打ちもない。**三、恋は冒険である。合理的に考えてゆくと冒険のスリルは半減する。**つまり、サルトルは「情熱ほど無駄なものはない」と言っていますが無駄に徹しない限り恋はできません。**四、恋は二人にしか見えない世界を見ることだ。**そして、二人が見えないものを見るためには、二人とも夢中になる必要があります。

「月がきれいだわ」

という何でもないことばが、キスの催促になってきこえるのも、恋していればこそです。

恋するためには、皆、もっと小市民的なほのぼのとしたムードをかなぐり捨てて、一生のうちに「たった数回のチャンスに」体当たりしてゆく必要があります。

*もし、キスしたいと思っていたら

第一課

概論／はじめに

最初に断わっておくが、ぼくは決して接吻学の権威ではありません。

またカサノヴァの「百唇録」の主人公のように、キスするたびにその女の子の唇のマークを白紙に捺してもらって、百唇のコレクションをしようというキス狩りのハンターでもないのです。

ですから、これからかくのはきわめて無責任な、思いつき講義であり、何ら学問的保証のないことばかりであります。

第一、キスなどというのは論じるものではなくて体験するものであり、研究するものではなくて味わうものです。訳知り顔をした文体で「キスの前には、仁丹を食べるか、歯をみがくかしておきましょう」などとかいているのを読むと、ムードがこわれてしまうばかりではなくて、かいている者までが莫迦に見えてきます。だから、ぼくはキスに関する手引き書などは断じてかくまいと思っています。

この文章も、いわば読者諸姉へのラブレターであり、キスの申し込み状であると思って読んで下さい。つまり、実技実習は個人指導というわけです。

まず手はじめに、キスの定義について、大英百科事典のKの項を引いてみると、こうなっています。


キス……（名・自）相手のくちびる・手・または他の部分に、自分のくちびるを押しあてたり、また吸ったりすること。ベーゼ（仏）

Kiss and be friend.

第二課
When／いつ

いつキスをするべきか。

これがまず問題です。H・Gヨハンセンの「First Kiss」（白水社版・木須志内訳）には、文学にあらわれた接吻場面の統計表が出ており、その表1によると時間的には夜が圧倒的に多いそうです。また期間的には、知りあってから一年以内というのが六十七パーセントということになっていますが、この表が作られたのはいまから九年も前であり、資料も古いものばかりですから、あてにはなりません。

いまではおそらく、知りあってから一週間以内が六十パーセントというのが正確なところでしょう。

ところで、この章の when というのは、最初の接吻の潮時についての when です。

たとえば、今日ぼくが歯医者に虫歯の治療に行ったとして、待合室で退屈まぎれに「週刊××」でもペラペラめくっていたとします。すると、同じ待合室に、シソウノウロウを治療しに来ていた女の子がいたとして、ぼくの見ていた「週刊××」を覗きこんだとするのです。

それからぼくたちは顔を見あわせて（たとえばニッコリと笑いあって）何となく親しみを感じあったとします。

そのときすぐにぼくがその女の子を、どんなに気に入ったとしても、いきなりキスをしようとしたら、たぶんうまくは行かないでしょう。会ってからすぐでは、いかにも早すぎるし、それに（いくら愛がなくてもキスはできる）としても……機が熟さないうちに求めるキスは、不自然でムードもないと思われるからです。もっとも、リルケの「ブローニュ讃歌」（人文書院版・今田一人訳）に出てくる恋人たちのようにはじめての接吻に大きな期待をかけすぎるあまり、

「今日は月が出てないから駄目！」とか、

「今日は湿度が多すぎて駄目！」

「今日は夜露が多すぎるから駄目！」とか、

「今日はニンニクを食べたから駄目！」

と言って、なかなか条件が折あわずに徒に日を送り、はじめてキスを交わしたときには、ともに白髪だらけだった……というのでも、遅すぎて滑稽だということになるのです。

したがって、はじめての接吻の機会というのについては、恋人たちは大いに敏感になるべきですが、これには一般的な日数とか機会作りの法則などというのは、あり得るはずがないのです。

ダフニスとクローエが出会ってからキスするまでの期間と、お夏と清十郎が出会ってからキスをする日まででは、おのずと日数もちがうし、時代もちがいます。

だから恋人同士は、互いにその when に歩みよるためには、まずそうしたムードを作り出すのが一番なのです。もしも、機が熟し、時が到っているのに、彼のほうがいっこうにキスしようとしなかったなら、あなたのほうから、進んで、一般的にキスのことを話題にすればよいでしょう。たとえば、

「こないだのアンソニィ・パーキンスとリズのキス・シーン素敵だったわねえ！」という具合にです。

ショーペンハウエルの「抑制について」（岩波書店版・出雲求女訳）に、

「キスについて語ることこそ、キスのはじまりである」とかいてあることも、重要な真実なのです。

第三課

Where／どこで

どこでキスをするか？　ということは思想的な大問題です。とりわけ、生まれてはじめてのキスをした場所などは、お互いに生涯忘れないものですから、いいところでするにこしたことはありません。

男は、「今日あたり、あの子とキスをすべきだ！」と思ったら場所についてメンミツな考慮を払っておくべきであって、たとえ、外見は衝動的な接吻と見えたにしても、その実は研究の成果である、というのがのぞましいようです。

たとえば、ロメオとジュリエットはどこで最初のキスをしたか？　貫一とお宮はどこで最初のキスをしたか？

と、いろいろとデータをとって調べる。というようなことはしなくともよいが、「自分たちの最初のキスにふさわしい場所」を選ぶくらいの手間はかけてほしいのです。

最近、皇居前広場は立入禁止になりましたがそれでもまだ日比谷公園や神宮外苑を土曜日の夕方に散歩すると、キスをしている恋人たちを五〇〇組や一〇〇〇組は簡単に見ることができます。

一メートルおきに、芝生の上で横になってキスをしている恋人たちを見ていると、「キス特価品大安売り」といった印象をうけ、マス・プロ化したキスの大量生産化の悲劇をまざまざと見せつけられる思いがします。

恋人たちは、それぞれにちがった出会い方をし、ちがったドラマをもっているのに、なぜキスだけは同じ場所でしなければならないのだろうか？

それがぼくの第一の不満です。

恋人を、デパートのオーダー・メードで買うことができないように、キスだって、「ぶら下がりの既製服」のように、同じときに、同じ場所で味わうことはできないはずなのです。一か所に、恋人たちが群れあつまっているのはいかにも個性の喪失を思わせ、インスタントな人生観を思わせて、嫌なものです。

もっと自分たちだけの場所で、たとえば雨のどしゃ降りの小麦畑の中でも、工場のスクラップ置場の暗闇でも、どこでもいいから、自分たちの恋の思い出を強烈にする工夫があってもいいのではないでしょうか。

「キスについてもまた各自はデザインし演出する。そのためにこそ、舞台装置は重要な役目をはたすのである」(「ローレンス・オリヴィエ自叙伝」光文社版・遂仁志太訳)

第四課

Whom／だれと

だれとキスをするかについては、どの辞典にもかいてない。大英百科では、「相手のくちびるに……」となっており、世界大百科では「他人のくちびるに……」となっています。

しかし「相手」とか「他人」とかでは、いっこうにわからないし説明にもなりません。その上、ソビエトのように男同士が挨拶がわりにキスをしたりする国もあるし、母親が赤ちゃんにするキスだって、問題外というわけにはゆかないようです。となると、なかなか **whom** の問題は難問であります。

はじめてのキスは、大抵は恋人とする、と思っていても、あなたにとっては並んで歩いている男が単なるボーイ・フレンドなのか恋人なのか区別がつきかねる場合だってあるでしょう。

だから、真の愛情とキスとを切りはなすという考え方も、出てくる訳なのです。キスをして、それから恋が芽生えるという場合だってあり得るのです。

(そうなると、はじめてのキスということが、ものすごく重要な気がしてくるが、「はじめての」……というのを、何度も使うことだってできる。つまりAとは、はじめてのキスだが通算すると自分にとっては七回目のキスだ、というふうにである)

一人の相手につき一回は「はじめてのキス」ができるという考え方でいけば五人のボーイ・フレンド（または恋人をもった場合は）五回、はじめてのキスをすることができます。そして、それはそれぞれに新鮮な味がするかも知れません。しかし、物事に馴れきった女の子というのは、何事につけ、キスにつけても、魅力がないものです。

はじめてのという言葉のひびきには、ショックや恍惚や不安が伴うべきものだが、馴れきっている女の子にはそれがありません。だから、はじめてでなくても、はじめてのような新鮮さを保てる女の子は魅力的だし（たとえ偽装でも）……はじめてでも、ちっとも驚かない女の子は魅力がないということになります。

独断的に言えば、何人とキスをしても、つねにはじめてのような感受性をもてる女の子がのぞましい。D・H・ロレンスの「愛からの逃避」（小山書店版・有屋梨矢訳）には「百人の女の唇の味を知っている蕩児よりも、一人の女の百の唇の味を知っている恋人のほうが、はるかにキス通であると言える」

とかかれてあります。

第五課

How／いかに

いかに？　というのはかきにくい問題です。いくらかいてもかきつくせるものではないからです。how というのはあくまで、実際の問題であるので省略することにしましょう。

ただし、ここに how について一つだけかくことのできる問題は、衛生学的な見地に立ったものです。

すなわち「接吻は口中の細菌によって病気を感染させるおそれがある」（恋愛医学辞典・ガリマール書店版）ので、気をつけて下さい。

第六課
追補／おわりに

ぼくのキスオロジー（KISSOROGY）は以上のとおりです。キスの頻度は、上流社会にいくほど多いそうですから、お金がなくても「上流」ムードに浸りたかったらせめて、キスを数多くするのがよいのかも知れません。言うは行なうよりも易く……という諺があるが、どうやらキスに関してはあたらないというのが、ぼくの結論です。

（なお、文中引用した本の名と、訳者の名は架空のものであり、すべてはぼくの空想になるものであることをお断わりしておきます）

＊もし、ママになろうとしていたら

ママはわが家のなかのもっとも美しく、そしてもっとも何でもない部分です。ママは毎朝フライパンで太陽を炒めます。ママは歌が大好き。ママのなかにはいつでもドアが一枚あって、風の日でも雨の日でもひらいているのです。

泣かされてきた男の子がそのドアのなかへはいってゆき、嘘をついている女の子もそのドアのなかへはいってゆき、裸にされて笑いながら出てくる。ママは夜、わが家で一ばんさいごに、お休みのお祈りをする人です。

ママは種子をまくのが大好き。花の種子よりも翼のある種子を子どもたちのなかへいっぱいまきちらす。男の子のなかには大臣の種子やフットボールの種子。風の種子。髭の種子。飛行機の種子。女の子のなかには恋の種子。バレリーナの赤い靴の種子。歌の種子。誕生日のひまわりの種子。海べの小さな星の種子。

どの種子もが大きくなって、男の子や女の子のなかで逞ましい木になるよう、ママはいつでもお祈りしてます。

ママは開かれた本でもあります。歌をうたう本であり、何でも答えてくれる本でもあります。どうして木の枝から魚が採れないのか。小鳥が水のなかを泳いだらきれいなのに、なぜそうしないのか。帽子は空をとぶことはできないか。それらの答がみんなかいてあるママという本を、子どもたちはだれでも持っているのです。

ママの好きなもの。眠っているときの男の子の顔。歌。お料理。ひまわり。パパ。よく泡のでる石けん。こっそりするお化粧。みつ豆。よそのママとのおしゃべり。青空。お昼寝。日曜日。

ママの嫌いなもの。カエル。酔っぱらって帰ってきた日のパパ。雨ふり。泣く子。ヘビ。足のうらのきたない子。八百屋のブルドッグ。

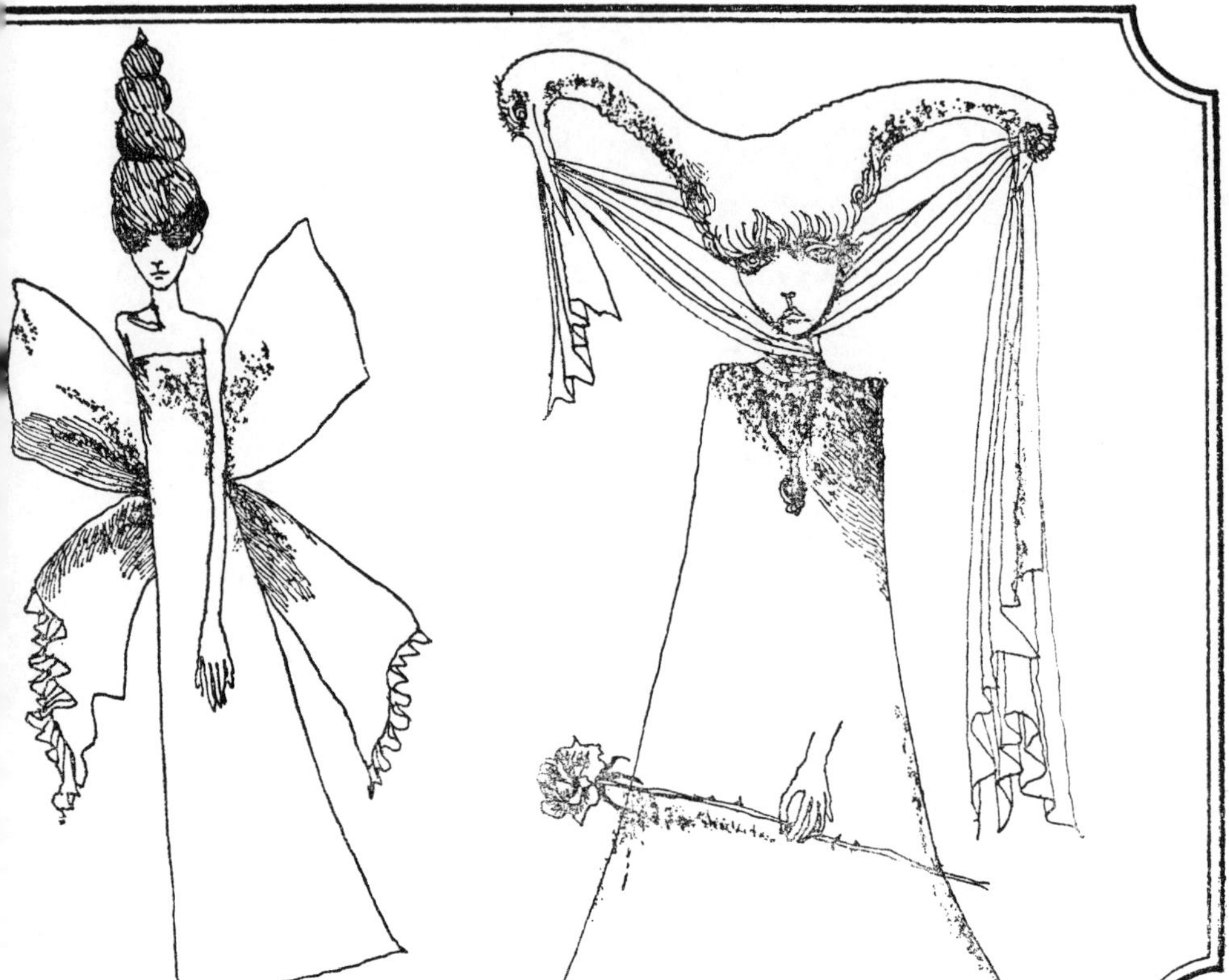

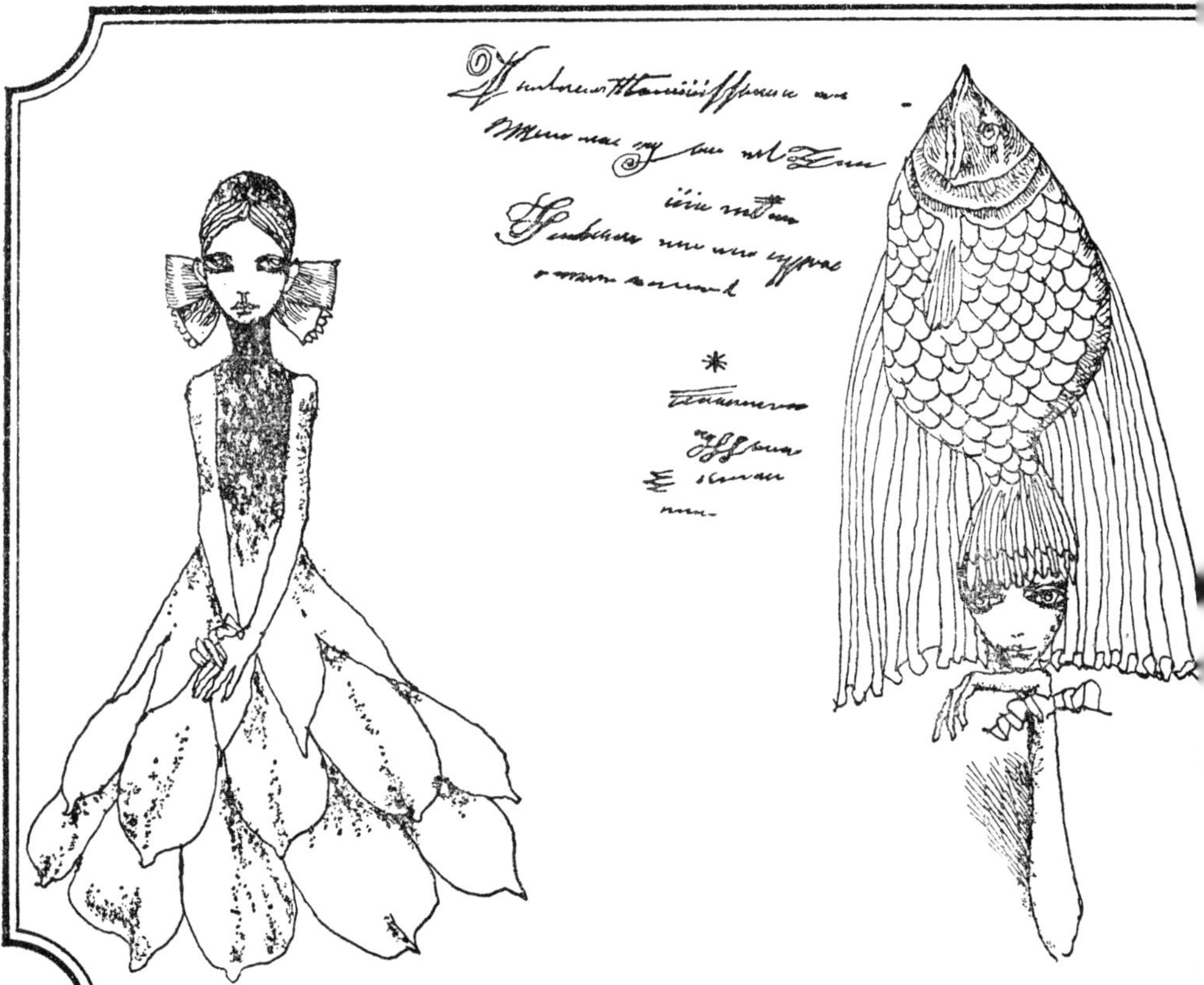

幸福についての七つの詩

＊幸福についての七つの詩

1

幸福という名の家具は
どこに置いたらいいのでしょうか？

小さな古いスプーンのように
戸棚の隅にしまってしまうわけにも
いかないし
電気冷蔵庫のように
台所の奥に片付けてしまうわけにも
いかないし……
（第一　私は
幸福という名の家具の
掃除の仕方も知らないのです）

2

幸福の重さについて
考えてみたことがありますか？
たとえ二羽の小鳥ぐらいの
ささやかな幸福にでも
それなりの重さがあるのだということを

だから、どうか
悲しむのは止めて下さい
（人生が幸福より重すぎたって
それはあたりまえのことなのです）

3

二人で同じ桜んぼを食べることはできる
二人で同じモーツアルトを聴くこともできる
二人で同じホテルで海を見たあとで
二人で同じベッドに眠ることもできる

だが　なぜだろう
二人で同じ夢を見ることはできない
(同じ幸福が二つないとは
何という　神の吝!)

4

あなたが
あたらしい歌を一つ覚えるたびに
どこかで誰かが
木の匙やお友だちを
失くすとしたら?

あなたが
もし幸福を手に入れたら
どこかで誰かが　病気になるとしたら?

それでもあなたは

私を愛すと言いますか？

5

幸福を買いにゆくのに
買物籠なんかいりませんよ
幸福は
素手で持ってくるに限る！

6

ポケットを探したって駄目です
空を見上げたって
涙ぐんで手紙を書いたって
駄目です

郵便局に日曜日があるように
幸福にだって休暇があるのですから

7

幸福の話をすることのできるのは
幸福な人ばかりです
あの一匹の
年老った犬に幸福のことを訊いてごらんなさい?

たぶん　ほら
黙って向うへ行ってしまうでしょう

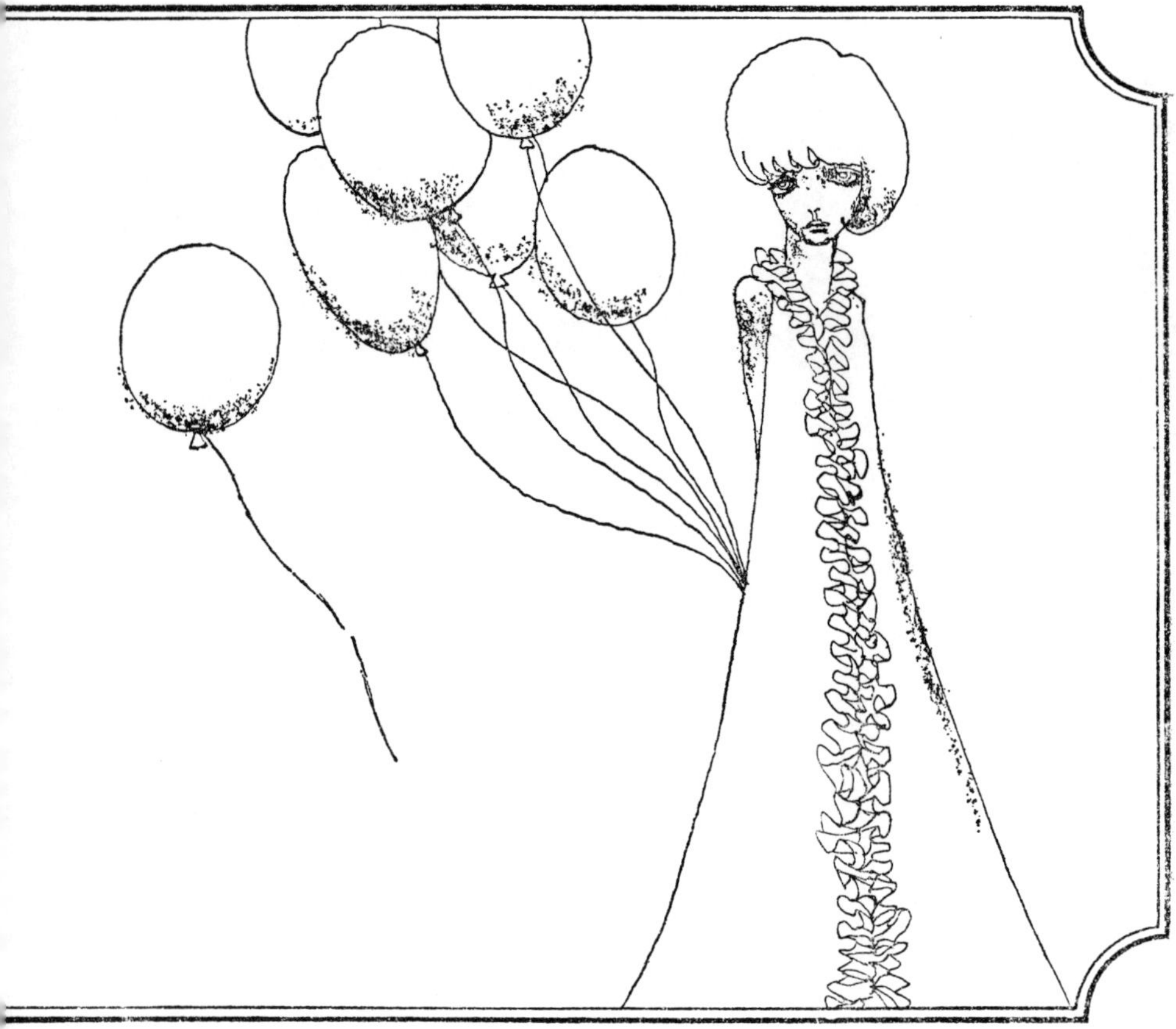

町の散文詩■あなたが風船をとばすとき

I

お月さまが死んでいる、死んでいる。けれども、春にはよみがえる

というスペインの小唄を口ずさみながら、家具付きアパートの屋根裏で、弓子はコーヒー挽き機械をまわしていた。

ねじのゆるんだコーヒー挽き機械の、ガラガラ、ガラガラという音は、憂欝で退屈な、彼女の生活の伴奏音楽だ。

（なにか、素晴らしいことはないかしら）

そう、彼女は思った。

彼女は、恋ごころを持っていたが、恋人がいないのである。友だちに言わせると、「そんな莫迦なことってあるかしら！いい男性を見てから、♡がポーッとなって恋ごころが生れるのが普通じゃないの！」

ということになるのだが、弓子は本当に「恋ごころがあり」、本当に「恋人がいない」のであった。


弓子は洋裁学校へ通っていて、十九才と十一ヵ月二十九日であった。つまり、あした二十才の誕生日を迎える、という訳である。

(二十才にもなって、恋人がいないなんて、そんな事ってあるかしら！)

そう思うと♡が、魚のように濡れて、息づいてきて、「どうしようもない」ほど、そわそわしてくるのであった。

弓子は鏡を見た。

ニキビは三つ半あった。

半というのは、ゆうべ、オデッタのレコードを聞きながら潰したはずのが、半分のこっているからである。あとの三つは、首のうしろすじのところにある。小鳥がついばみそうな小さなもので、潰したくっても手がとどかないものであった。

彼女の本箱には恋愛論がいっぱい積んであり、「貞淑とは、情熱の怠惰である」などというロシュフコオの、物騒な格言まで、ノートに写しとられてあった。

屋根裏なので、窓がなく、そのために閉じこもっていると弓子は、鬱屈してきて、いらいらした気分になることもあった。彼女の夢みた恋が♡のかたちになって、部屋じゅうに散らばっていて、まるで紙屑みたいに♡♡♡が散らばっている……という感じさえした。

彼女は♡で顔を洗い、♡を食べ、♡をガスのかわりに使い、♡を着ている。そんな気がすることがあった。

こんなにいっぱい♡があるのに、恋人がいない、なんてことがあるかしら。

そう、彼女は思った。

もう、十年もたったら、したくっても恋なんか出来なくなっちゃうんだ。いまのうちに恋人狩りをしなくっちゃね。

「お野菜には、一年に一回ずつシュンの季節があるけれど、女の子には一生に一回しかシュンの季節はないんだぞ！」

そう彼女の♡が独り言を言っていた。全くその通りだわ。

でも、その通りだけど、チャンスがなくっちゃ、どうしようもないじゃないの。

気をまぎらすために弓子はベストセラーの小説をひらく。『江分利満氏の優雅な生活』、ペラペラッとめくると、

「新派を見に行ったら隣にいた女性が言った。『京塚昌子って股ずれしないかしら』」

と書いてあった。

弓子は顔を赤らめた。「あたしは、そんなにふとっていないわ」

お月さまが死んでいる、死んでいる。けれども、春にはよみがえる

でも、もう春も終りです。

弓子はコーヒーをのんだ。深夜放送の「素敵なあなた」が始まった。彼女の♡たちはそろそろ眠くなってきたらしい。

今日も、鷲のようにあたしをさらってくれる男性はあらわれなかったわ。

彼女はそう思い、立ちあがり、いまのんだコーヒー茶碗を洗いはじめた。

寺山修司の『恋愛論』によると「――、恋を日常の糧とは考えるな」とあった。つまり、

恋をあんまり必需品と思っちゃいけないってことね。

軽い気持で恋をしなさい、ってことなのね。

そう思いながら弓子は「もちろん、あたしだって深刻なプラトニック・ラブだけが、恋だとは思ってないし、

美容のために恋をしようとも思ってないわ」

と答にもならぬことばをムキになって問わず語りで呟やいた。鳩時計が十二時を打った。

ああ、とうとう二十才になってしまった。

弓子はベッドに入った。

二十才になったからには、もはや猶予はならない。♡たちにも申し訳ないもの。

なんとしても恋人を作るべきだわ。

そこでまた、寺山修司の『恋愛論』をひらくと……

二、恋に遠慮は無駄である。

(といって礼儀に欠けるということではありません。つまらぬ他人への見栄や、コンプレックスなど、三文の値打ちもないということです)

三、恋は冒険である。合理的に考えてゆくと冒険のスリルは半減する。

(すこし、無茶をしてごらんなさい)

四、恋は二人にしか見えない世界を見ることだ。

そうだ。

と弓子はバタンと本を閉じた。

いい考えがあるわ。一つ、冒険をしてみよう。弓子は、寝呆けたようにムックリと起き上がった。それから立ち上がって戸棚をあけて、古いしぼんだ風船を十個とり出した。そして、それを一つずつ息をこめてふくらまし、それに結びつけるべき手紙を書きはじめた。

(弓子にとっては、生れてはじめてのラブレターであった。……相手の顔を思いうかべずに書くラブレターなんて、なんとも物足りず空しい気がしたが、弓子はそれでも、♡をほてらせて、書いた)

前略。

はじめてお便りします。

これはラブレターです。あたしは今日で二十才の洋裁学校の生徒です。とてもロマンチックで、ちょっぴりエロチックです。桜んぼとジャズが好きです。あたしの恋人になろうと思ったら、今日の○時○分に新宿公園のブランコの前に来てね。

それから、○時○分の中に、時差をつけて、七時から三十分間隔に数字を書きこみ、それを、十個の風船に一つずつ、くくりつけて屋根裏部屋のドアをあけて、そっと深夜の空にとばしてやった。
一つ、二つ、三つ……と、ラブレター・バルーンは深夜の空にとびあがっていった。
今夜はきっと、面白いことが起こるにちがいない。
お月さまが死んでいる、死んでいる。けれども、春にはよみがえる
ほんとうに、よみがえるといいなあ。と、弓子は思った。

Ⅱ

十個の風船につけた、宛名のないラブレターは、それぞれ、どこへ飛んでいったかしら。

と弓子は思った。

翌日は、すばらしくいい天気だったのである。あたしの薄色の♡が、今日こそはポポポポと燃えることが出来るかしら！

弓子は屋根裏部屋の窓をあけてそう思った。

お月さまが死んでいる、死んでいる。けれども、春にはよみがえる

この詩人は、きっと私のこころを歌ってくれたんだわ。

(二十才の誕生日だから、せめて朝はパンとコーヒーのほかに昨日八百屋さんで買って来たセロリに塩をかけてサラダにして食べなくっちゃ！)

それに、食べたら五分間、美容体操もしなくっちゃね。……だが、何をしてみても♡はそぞろで落ちつかないのであった。

私が昨夜出した、十人分の風船のラブレターは一体誰が受け取ったか？

という重大な問題が解決しないからである。

しかし、受け取ったのがたとえ誰だとしても、私はデイトしなければいけない！ そう思うと、弓子は緊張感にも襲われた。デイトするためには、まず、きれいになっておく必要があるからである。

（第一、ラブレターにも「ちょっぴりエロチック」と自己宣伝したではないか！）

弓子は、寺山修司の「恋愛論」を小脇にかかえて、午前の美容院に行った。いつもより少し奮発して、五十円高い二丁目先のジュリエット美容院に、セットをするためにである。

待合室では二人の女の人が、サツマイモは美容にいいか悪いか、について議論していた。また、べつの一人は流行歌謡集をぼんやりひらいていた。

橋幸夫の「いつでも夢を」のページである。

星よりひそかに
雨よりやさしく
…………
お持ちなさいな
いつでもゆめを
いつでもゆめを

（この歌は夢の内容が何なのか、教えてくれないからつまんないんだわ）

と弓子は思った。

弓子は美容院のおカマ（ドライアー）を頭からすっぽりかぶり、目を閉じた。そして閉じた目の暗闇の中で、十個の風船ラブレターの行方を空想してみた。

素晴らしく晴れわたった空を、自分の手紙をむすんだ風船がゆっくりと飛んでゆくのを思いうかべるのは、何とたのしいことだろう。

ドライアーの中での三十分間、弓子は十個の風船がとどく先を次のような人たちではなかろうか、と希望的観測をした。

そう思うと♡が爆発しそうになるほど興奮が高まってきた。

最初の風船　（アラン・ドロン氏）
第二の風船　（石原裕次郎さん）
第三の風船　（ピエール・カルダン先生）
第四の風船　（大鵬幸喜氏）
第五の風船　（仲代達矢さん）
第六の風船　（堀江謙一クン）
第七の風船　（フランク・シナトラ氏）
第八の風船　（王貞治選手）
第九の風船　（指揮者カラヤン氏）
最後の風船　（カストロ首相）

（どの人たちもみんな、私にキスを要求するかしら？）

キスするときって、鼻が邪魔にならないものかしら）

そう考えあぐねていると、ついに弓子は、自分が途方もない素晴らしい女になったような気がしてくるのであった。

私は、その一人ずつに何て言おうかしら。フランソワーズ・サガンの小説の女主人公は夏休みの恋人に、

「この告白は馬鹿げていると思うけど、私はあなたを愛しているわ」

と言ったけど、私なら絶対に「この告白は馬鹿げていると思うけど」なんて言わないわ！


お月さまが死んでいる、死んでいる。けれども、春にはよみがえる

さて、七時である。第一の風船の恋人のやってくる時刻である。

弓子は新宿公園のブランコの前に、立っていた。彼女は「恋は二人にしか見えない世界を見ることだ」と教えてくれた寺山修司の「恋愛論」を片手に、桜んぼをしゃぶりながらじっと目をこらして、（期待に♡をワクワクさせて）……立っていた。

すると、七時に五分前頃、向うから一人のサラリーマン風の背広の着こなしのいい、一人の青年がやってくるではないか！

（あれだわ！）

と弓子は思った。

♡は高鳴ったが、しかし、声をかけてみるには、まだ早かった。第一の風船の主な

ら、大切に扱わなければいけないわ。

と思ったからである。

そこで、弓子はじっと観察した。男は一見して、クリスチャン・マルカン風の彫りの深い都会ガイ、といった風貌である。

（申し分ないわ！）

と弓子の♡はかすれ声で承認した。


ところが……ところがなのである。

七時ちょうどになると、これはまたチャーミングな、（いかにも花がいっぱいフラワー・モードといった感じの）一人の女があらわれて男に言ったものだ。

「お待ちになった？」

「そうでもないさ」

「ごめんなさいね」

「…………」

「行く？」

「行こう」

「（微笑）……」

「（微笑）……」

（ああ絶望的！）

と弓子はベンチにペタンと坐ってしまった。「お月さまなんか、ほんとに死ぬといいんだわ」………

すると、そのとき、弓子の後ろで声がした。「お姉ちゃん!」

ふり向くと、十才ぐらいの半ズボンの男の子が一人、立っていた。

「ぼく、来たよ」

「え?」

「風船ひろったんだ」

そして、男の子は、ポケットからくしゃくしゃの弓子のラブレターをとり出して、ニヤッと笑ったのである。

「ぼくは恋人だ!」

(第一の風船は失敗だ)

と弓子は思った。しかし、まだ失望するには早い。

なぜなら、第二の風船のチャンスまで、たった三十分しか間がないんだもの!

公園のベンチに腰をかけて、弓子は三十分間待つことにした。

三十分たつと、第二の風船の拾い主があらわれる筈だからである。

それはどんな素晴らしい男性だろうか。

背が高くて、やさしい……（たとえばマーロン・ブランドと、アラン・ドロンを一緒にしてこねあげ、フライパンでいためて小麦色に焼いたあとで、荒々しく、三船敏郎の手でかきわけ、ちぎって……それにトニー・パーキンスを軽くまぶしたような感じの男性ではないだろうか）

いやいや……と、弓子は人差指で頬をかきながら「そんな理想的な男性が、日本にいる訳はない！」

と考えた。それに、もしいたとしても、恋人の一人や二人はとっくにいるだろうし、拾った風船についていたラブレターを見て、わざわざ公園までやって来ることもないだろう、と思われるからである。

（でも、いい場合ばかりを考えてる訳にはいかないわ。最悪の場合だって、あり得るんだもの）

背が五尺足らずで、獅子鼻に金ぶち眼鏡をかけて、市役所の戸籍係のように慇懃で、目は勿論、寄り目で、耳の上に禿があり、若いのに歯は総入れ歯。くさい息をはきながら、話題はもっぱら性生活に関することばかり。それにケチで、猫背で、嘘つきで……爪はまっ黒。

そんな男性が、

「あなたの風船のラブレターを読みました。愛しあいましょうぞ」

なんて言ってあたしの肩に手をかけたら、(ああ、嫌! どうしよう!)

結局、弓子は何も考えずに待つことにした。そして、想像するかわりに、口から出まかせの唄をうたうことにしたのである。

水浴している月に
ギターが話しかけている
恋していないのは誰かね?

すると月がこたえる
恋していないのは
オレンジの実と　風ばかり

(あたしって、どうしてこうも、ロマンチックなんだろう)

弓子は、左頰のニキビの事は忘れて、そう考えた。すらすらッとこんな詩が思いうかぶなんて尋常の才能ではないわ。

それなのに、男の子にモテないなんてどうしてなのかしら？

♡が普通の人より、小さすぎるのかしら。もしそうだとしたら、はやいうちに早速整形手術をしなくっちゃいけないわ！

さて、七時三十分である。

第二の風船の恋人のやってくる時刻である。

弓子は、のこった桜んぼを口にふくみ、立ちあがって公園のあたりを見まわした。すると、何とも正確に、七時三十分きっかりに一人の男の声が、弓子の背後からきこえたのである。

「あの……一寸おたずねしますが」

「はい」

と、弓子は♡を真赤にして、ふり向いて答えた。

白いスポーツシャツを着た、どこか翳りのある若い男がうつむきがちに立っていた。

「このへんに、若い女の人を見かけませんでしたか？」

「いいえ」

「弓子さんと言う女の人なんですがね」

「あら」

と弓子は、ますます♡を熱くしてこたえた。

「弓子なら、あたしですけど」

「ああ、そうですか」

男は、意外とでも言うように弓子の顔を見て、それからちょっぴり微笑したようであった。

そして言った。

「実はぼくあなたがだした宛名のない風船のラブレターを拾いました。これですがね」

と、男はポケットからしぼんだ風船と、それについた弓子のラブレターとを出してみせた。

「ぼくは、これを、船の中で拾ったんですよ。誰も乗っていない船でした」

と男は思い出すように言った。

「今朝早く、ぼくは港へ行ったんです。そうしたら、碇泊中の船のマストに、これがひっかかっていたんですよ」

「はじめまして……」

と、弓子は見当ちがいの挨拶をして、顔をあからめた。

しかし、男は黙って弓子を見た。

それは栗色の深い目、恋愛小説風に言えば「どこか孤独な九月の海を思わせるような」目であった。

「はじめまして……か。

だが、ほんの少し遅すぎたようだ」

と男は言った。

「あなたと、もっと早く知りあいになれていたら、ぼくも毎日悶々とすることなんかなかったんだ」

弓子は、元気よく、そしてそんな男の独り言を吹きとばすように言った。

「ダンスしに行きましょうか？

それとも……お食事でも」

男は、首を振った。

「じゃあ、音楽会？　カウント・ベーシーでも聴きに」

男はまた、首を振った。

「でなかったら、散歩？」

男はやっぱり、首を振った。

「あの……あたし、デイトしたことあんまりないから、ほかにどこがいいか、わかんないんです。……同伴喫茶にでも、いらっしゃいますか？」

弓子はおそるおそるそう言って、男の顔を覗きこんだ。

「いいんです」と男は言った。

「ぼくはもうすぐ行かなければいけない。用事のある人が迎えに来ますから……でも、ほんの一瞬だったけど、あなたに逢えてほんとうによかったと思っています。

ぼくも長い間、ひとりぼっちだったんです」

男は、そう言って弓子に親しそうに笑いかけた。弓子の♡は、その瞬間、感傷と心のこりとで爆発しそうになったのであった。

しかし、間もなく男の言った通り、気の利かない迎えの男がやって来た。

そして、男同士で二言ほど交わすと、二人は並んで公園を出ていった。出てゆくときに男は一寸ふり向いて微笑し、話しかけようとする弓子をやさしく制したのであった。

弓子はあとの約束もできぬままでとりのこされた。
第二の風船の恋も失敗か。……だが、こんな風にあっけない出会いだって、もしかしたら恋と呼んでもいいのかも知れないんだわ。
（しかし、翌日の新聞をひらいたとき、弓子は新聞の中に、その男の写真を見出して、ギョッとしたものである。
新聞には
殺人強盗犯、自首、と出ていたのである）
お月さまが死んでいる、死んでいる。けれども、春にはよみがえる

七時三十五分

弓子の中で、♡が煮えくりかえっていた。最早、レイモン・ペイネの漫画ではないが♡が無数に生まれ出てくるので、糸で♡に穴をあけて数珠つなぎにして、首飾りでも作りたいくらいであった。

次の恋人候補者が来るまでに、あと二十五分。その間に、♡が黒焦げになって♥になってしまうのではないかしら！

と言う心配さえ出て来た。

弓子は「恋について話すことは、恋することと同じである」と言うバルザックの言葉を思い出した。そうだ。せめて、時が来るまで、独り言で恋談義でもしてることにしようかな。

七時四十分

「鳥には鳥のことばがあり、スペイン人にはスペイン人のことばがあるように、恋人には恋人同士のことば、と言うのがあるのではないでしょうか」

と弓子は言った。

そして、弓子は自分に訊いた。

「へえ？　それはどんなの？」

「たとえば……（と、弓子はニキビを人差指で突きながら、小鳥のように口をとがらして）恋人のことば、と言うのはね」と言いはじめた。

「二人して海岸を歩いているでしょう。素晴らしい月夜で、なまあたたかい風が吹いていて、波は剝きたてのオレンジのように匂っているとするでしょう？（キザである）

……その時、彼が立ち止まって、

『いい夜ですね』

と言った場合には、ね。これは文字通りに解釈してはいけないのよ」

「どうして？」

「文字通り解釈するとさ、『いい』というのは形容詞で、『夜』は名詞で、『です』は助詞で、『ね』は接尾語で……国語的に解釈すれば『今夜は、月も出て、風もあたたかくて、夜としては、他の夜よりも良い……』と、言うような意味なの」

「理屈っぽいのね」

「黙って聞きなさい。

ところがこの『いい夜ですね』という言葉が……もし気象庁の人に言われたのだと、観測のことばになって、『たぶん、明日も晴れるでしょう』と言う言葉になるのよ」

「そうね」

「ところが！　（と、ここで大きく息を吞んで）この『いい夜ですね』と言う言葉も、恋人のことばになると、全く別の意味になってしまうから不思議なもんね」

「どんな意味になるの？」

「『キスをしましょう！』という意味」

七時四十五分

一人の男の子が、弓子の前でおしっこをした。弓子は、しみじみとそれを見た。

弓子は考えた。

「アラン・ドロン氏も小さい時には、あんなだったのかしら？」

七時五十分

いよいよ、時は近づいて来た。弓子のおさまりかけていた♡が、またまたドキドキとしはじめてきた。

お月さまが死んでいる、死んでいる。けれども、春にはよみがえる

こんどこそは、確実に手ごたえがあるといいのに。と、弓子は考えた。そして風船につけて、でたらめに出したラブレターに、自分の写真を同封しておかなかったことを後悔した。

もしもあたしに、あんなラブレターが来たら、あたしならタクシーに乗るか、走るかしても、そこへ駈けつけて行くのに！

(弓子は、鏡を出して、一寸化粧を直した)

七時五十五分

五分前である。

弓子は後ろ手を組んで、動物園の檻の中のライオンのように、ベンチのまわりをウロウロと歩きはじめた。可愛いライオン!

彼女はもう、恋について「考え」たりする暇は無くなった。

八時

さて、第三の風船の恋人がやってくる時間である。


ところが、誰もやって来なかった。

弓子の手にはもう桜んぼものこっていなかった。でも、まだ希望を捨てるには早い。おくれて来るのは、いつも「いい報せ」と決まっているんだから!

八時十分

やっぱり誰もやって来なかった。

(こうなったら仕方がない。八時三十分の第四の恋人まで待たなくちゃあね)

そこで弓子は腹ごしらえに、ヤキイモ屋を呼びとめて「シネマスコープのヤキイモ」と称する大きいヤキイモを一つ買い、また出まかせの詩を一つ、口ずさんだ。

ポツンとジャン
二人は仲良し
二人はいつも鉄砲かついで
恋人狩りに　いきたいの
ポツンとジャンと
春だから

ポツンとジャン
二人は悪女！
二人はいつも小鳥をつれて
男殺しに　いきたいの
ポツンとジャンと
春だから

「だけど何にも、出来やしない」
ああつまんない
つまんない
ポツンと落ちてジャンと散る
花びらみたいな　春の歌！

V

待つと言うことは何と退屈なことだろう。と、弓子は思った。

(あたしの待っているのは、あてのない恋人……風船の拾い主だからいいものの、もしも婚約者がいるとして、あたしをこんなに待たせたら、あたしならきっと爆発しちゃうわ……)

するとと声があった。

「あなたも待ってるの?」

ふりむくと、弓子の腰かけているベンチのずっと横にあるベンチに、もう一人の女の子が退屈そうに腰かけて、バナナを齧っているのだ。

「あたしも人を待っているのよ」

と女の子は言った。

「でも、なかなか来ないとアタマにきちゃうわね」

(見ればその女の子はおヘソまる出しのサンライト・ルック! そして、仲間を得たりとばかり、こっちに近寄ってくるのであった)

「大体、時間通りに来られないなら、男の子はせめて、誠意ぐらいはしめすべきだと思うわ！」

「誠意？」

と弓子はポカンと口をあけて聞きかえした。

すると女の子は食べかけのバナナを一息に呑みこんで言ったものだ。

「あたしはねえ、今の恋人で七人目なんだけどさ……いちばんはじめの人が、いちばんイカしてたわね。

なにしろ時間は絶対正確なんだ。遅れたことは一度もなかったもの」

弓子とその女の子はベンチに並んで坐った。レモンのような月が出て……

何となく恥ずかしいような夜であった。

♥

「ところがある晩、あたしは約束の時間に遅れちゃったのよ。

五時にデイトの待ちあわせなのに、三十分もすぎたのに、仕事が長びいて、行くことが出来なかったのよ。

……そのとき、あたしは思ったわ。

町中の時計を全部五時十分前で止めてしまいたい。（決して五時が来ないように）そう思うと矢も楯もたまらなくなって、あたしは自分の腕時計を五時十分前にして……ネジも歯車も止めてしまったわ。

そして、残業の机の上に肘をついて、しみじみと空想したわ。

あたしの雇った一〇〇人の「時計の殺し屋」が、黒いダブルの背広を着て、一軒ずつ入ってゆくの。

そして『一寸、時計を拝見……』

とか何とか言いながらさ、そのうちの時計を五時十分前で止めてしまうのよ。

(邪魔をする奴にはワルサー銃でも一発！ お見舞いしてね)

そして、世界中の時計は全部、五時十分前になってしまうの、日が沈んでも、月が出ても、五時十分前！

あたしは思わず自分のロマンチックな空想力のゆたかさにうっとりしたわね。

……ところが、少したって考えてみるとき、五時にデイトの約束をしたのに、永久に五時が来ないなら、もう二度と彼とは逢えなくなってしまったって訳じゃないの！

(何て莫迦なことをしてしまったんだ)

時計を五時にすすめたいけど、もう手おくれ！ そう思うと、あたしはかなしくなってしまってワンワンと泣いたもんだったわ」

そこまで一息にしゃべると女の子は、はじめてジロリと弓子を見た。

「ところであんた、一体誰？」

「あたしは弓子」

「あたしは桃子よ」

二人は再びジロリと見あった。(まるで見知らぬ犬同士が、お互いにお尻の匂いをかぐときのような好奇心で)

「あんた、女に生まれてよかったと思う？」

と桃子がさぐるように訊いた。

「まあね」

と、弓子は答えた。

♥

「でも、女の子は損だぞ」

と桃子は言った。

「第一、お産するときの苦しさ、と言ったらないんだから！」

「でも、そのうちに楽になるって言うじゃないの！」

と弓子は言った。

「ものの本によると、あたしたちのお腹を使わずに、あたしたちの子が産めるつて言う話だわよ！」

「キャッ」

と桃子は喜んだ。

「ほんと？」

「ほんとよ。……つまり、他の動物のお腹を借りればいいんですって」

「どう言うこと？　それ」

「たとえば、あたしがAという男の子を産みたいと思うでしょう？　そうしたらあたしの卵巣を、犬とか豚とかのお腹へ宿借り移植して、それへAの精子をかけるんですって

「……」

「へえ」

「だからさ、山本富士子が、ロケで忙しくってお産できないときなら、豚のお腹を借りるとするでしょう?

そうすれば、山本富士子も撮影をつづけられるし、お産の苦しみもないし……その上、赤ちゃんは、ちゃんと生まれるって仕組みになる訳なのよ」

「でもさ、山本富士子の赤ちゃんが、豚のお腹からオギャアー! って出てくるなんて一寸気味がおそろしいわ」

と桃子が難色をしめした。

「だったら、羊のお腹でもいいわよ」

と弓子は言った。

「……それに、精子の方も優秀な精子を保存できるようになる……って言うから『あのこと』をしなくても赤ちゃんが出来るようになる訳ね」

「じゃあ、そのうち、薬局で、アラン・ドロンさんの精子とか、大鵬さんの精子だとか……芥川也寸志さんの精子だとかが発売されるようになるって訳ね?」

「そうよ」

と弓子はニヤリとした。「アンソニー・パーキンスと、あたしの子が、馬のお腹からオギャア! と出てくるようなケースだってありうるって訳よ」

「つまらない男は不要になるってことがよくわかるわ」

そして二人はまたジロリジロリとお互いを見合って、はじめてニコリ! としあった。

♥

「ところでぁんたは何しにきたの？」

「恋人と待合わせよ！」

「ぁたしも恋人と待合わせなの」

「で、一体、あなたの恋人は誰なの」

「それがぁたしにはわかんないのょ」

「アラ！　あたしもそうだわ！」

「どうして？」

と弓子が訊くと、桃子は得意になってこたえた。

「グッド・アイデアなの。

だれかあたしと恋人になりませんか、って風船にラブレターをつけて出してやったのよ！」

「まぁ！」

と弓子は驚いて二十三センチほど地上からとび上がってしまった、まあ、まあ、まあ！

「あたしと同じだわ」

「あなたも？」

「そうよ、九時に来るの！」

「あたしも九時だわ！」

二人はお互いに競争心をもやして、じっとにらみあいながら耳をすました。
九時だ。
そして、男の靴音が、コツコツコツと近づいてくるのであった。
だが――?

Ⅵ

九時きっかりにやって来た男は、桃子を連れて行ってしまった。

勿論、選ぶのは、男の自由だが、男が「寝る?」とガムをかみながら言い、桃子が「寝る」とこたえて腕を組んで行ったのには、弓子は♡を抜かれたようにビックリした。

(あんな簡単なものなのかしら!)

あたしは風船を、十《とお》もあげてもう半分も失敗だとわかっているのに、桃子なんて、サーッと来て、サーッと彼氏を連れて行ってしまったじゃないの、ああ、癪にさわる。

しかも、桃子は風船のラブレターを空にあげたなんて言ってるけど、それだって本当かどうか、わかりゃしない。(桃子は、実は、弓子の風船を拾って、しめたとばかりボーイハントの横取りにやってきたのかも知れないではないか)

弓子は考えた。

(あたしって、やっぱり恋にはツイてないように出来てるのかしら!)

すると、月夜のすずめが「そうのようよ」と啼きながら、弓子の頭上をとびすぎていったような気がした。

(もてるためには、もう少しスカートをみじかくして、モモをもっと沢山露出する必要があるのかしら!)

だけど、これ以上スカートをみじかくしたらスコットランド鼓笛兵の男のスカートみたいに短くなってしまうし……胸を露出させると、パットが見えてしまう。弓子はニキビの顔をクシュンとさせて、次の風船の時間まで待ってみようと思った。

(それより他に方法がないからである)

♥

しかし、ただ待っているのも芸のない話である。弓子はベンチに腰かけて、寺山修司の「恋愛論」をひらき、その中に引用されている「恋愛の規則」のページに目をとめた。

(これは、ブルトンの騎士が、自分を失恋させた貴婦人に、「恋愛の王より」とインチキの署名をして、隼という鳥と共に捧げた……有名な規則だということである。

何故有名かといえば、ブルトンの騎士が、この規則を与えたことによって、貴婦人との恋を恢復させたからだ……と寺山修司は書いている)

さて、それには先ずこうである。

1嫉妬深くない者は、愛することができない。

これは弓子も、なるほどと思った。相手が浮気してても、平気だなんて言うのは、愛してない者の神経だからである。

だが、「嫉妬」なんて言葉で書くと聞こえはいいけど、それは結局、ヤキモチのことである。もしも、嫉妬深い者ほど愛することが出来るとしたら、あたしのアパートの窓から見える八百屋のおばさんなどがもっとも「愛すること」の出来る人だということになる。

なぜなら、毎晩御主人がおそく帰ってくると「チクショー!」と叫んで、御主人にキャベツやカブを投げつけ、挙句の果てが、犬のようにクンクンと、御主人のシャツを嗅ぎまわるからである。（勿論、女の子の匂いでもしたら、事件まちがいなし！ といった感じさえうける）

ところで、あたしは「嫉妬深い」かしら？ と弓子は考えた。（あたしは今まで、ヤキモチをやいたことなんて一度もないわ）

だけど、相手がいないんじゃ、ヤキモチのやきようもないじゃないの。あたしなら「愛してない者には、嫉妬は出来ない」って言う方が真理のような気がするわ。

2結婚という口実は恋愛に対する有効な弁解ではない。

これは弓子にはよくわからなかった。大体「恋愛に対する弁解」なんて、誰にする必要があるのかしら。

恋愛というのは、弁解も説明もない位にポッポと燃えて、（つまり、煙草にマッチの火をつけてあげるように♡に火をつけてあげて）夢中にするものではないのかしら。

よく女の子でも、「結婚してくれるのは、真実の愛の証拠」だと思いこんで、彼氏に、「結婚してくれるの?」とか、「結婚してくれるならあげてもいいわ」なんて言う子がいるけど、結婚と恋愛とを一緒くたに考えるのはまちがいね。

その点でならわかる。

でも、結婚の約束がなきゃ恋愛に熱中できない、なんてのは女の子の打算であって(打算できる位冷静だというのは、恋に夢中ではないということだから)あんまり情熱的だとは言えないわね。

恋愛は花で、結婚は実。べつべつのものだけど、それが、一本の木から採れたら、しあわせだとも思う。(モチロン、一本の木とは、男の子のことである)

3何人も同時に二つの関係をもつことはできない。

あたりまえじゃないの!

(影の声。「しかし、カルメンは二人を愛した」)

4常に恋愛は減少し、或いは増大しなければならない。

つまり、「恋愛」とは口のなかで嚙まれているスルメのようなものなのね。と弓子は思った。

（でも、いつも同じ大きさじゃない……というところは気にいったわ）

弓子は空想した。「リンゴ」という言葉のかわりに、赤くて丸くて酸っぱい物体があり、お月さまという言葉のかわりに、黄色く、冷たく、夜空に浮かぶ物体がある。すべての言葉はかたちのあるものに置き換えられるのに、恋愛という言葉だけはかたちがない。というのはムジュンだわ。

きっと、恋愛というのもかたちのあるもので、今のところは目に見えないけれど、飛行船みたいにブワーンとしたなめらかなものじゃないかしら。そして、それはいつも、のびたりちぢんだりしていて、ガラスみたいに透明で、中に♡が二つ、お魚のように泳ぎまわれる位の水がたっぷり貯められてあるんじゃないのかしら。

恋心というのが、毎日つよまったり、へったりする……というのは正論にちがいない。恍惚も不安もなくなったら、それはもう恋ではなくて、馴れあいにすぎないからである。

5恋人が死ぬと、その後継者は二年待つことになる。

これを書いたブルトンの騎士というのは、よっぽど昔気質の人だと思う。今どき二年も待ってたら、女の子ならおバアちゃんになってしまうもの。

喪服のランデブー、などと言う洒落た言葉をご存知ないのかしら？

6愛する男性がその愛する女性の同意なくして得るものには、何の味わいもないものである。

この舌をかみそうな、六法全書的見解は、かんたんに言えば「イヤよ」という女の子から強引にキスやそれ以上のものを奪うな。ということらしい。

しかし、女の子の同意というのは、なかなか難かしいものであって「イヤよ」という言葉だって「いいわ」というのを、技巧的に言い換える場合だってある。

そのへんを、言葉のアヤではなくて、ほんとの同意か、またはほんとの「いやよ」か見抜けないようじゃ一人前の男の子と言えないんじゃないかしら。「味わい」だなんて言ってるけど、このことは「愛する女性が、その愛する男性の同意なくして得るものにも、何の味わいもないものである」とつけ加えないと、男女同権とは言えないわ！

VII

ああでもない、こうでもない。と恋愛論に一人で熱中しているうちに、思いがけない時がたってしまった。時計を見ると、もう十一時で、(最後の風船)の時間なのに、公園には人っ子一人見あたらず……お月さまさえ雲にかくれてしまったようであった。

十個の風船は、一体どこへ行ってしまったのかしら?

しょんぼりしながら弓子は考えた。

それに第一、お月さまはどこへかくれてしまったのかしら?

(空にお月さまのかかっていない夜は、巷に恋人たちの数が多すぎるのだと思えばよい。つまり、一組の恋人たちが寝台にいるときにお月さまが一つ必要になる。千組の恋人たちの抱きあっている夜には千のお月さまが必要になる訳だからである。どの恋人たちも、「自分たちだけのお月さま」が必要だから、自分たちの寝室の窓にお月さまをぬすんでもってゆく。だから、空にはほんとは一〇〇〇〇個のお月さまがあるのだが、それでも足りない夜には、まっくらになってしまう。という仕組みなのである。空にはいつも一つしかお月さまが出ていないけれど、あれは実際は電話の代表番号のようなもので、一〇〇〇〇個分の代表として空に架っているだけなのである。

「だから、今夜のようにまっくらな夜は、一〇〇〇〇〇組以上の恋人たちがどこかで抱きあっているってことになる訳ね」

空のお月さまは出払ってしまって、月夜休業ってことになると、弓子はますます一人ぼっちのこころにとり憑かれるのであった)

♥

十個の風船が全部無駄だったら、どうしたらいいだろうか？

またアパートへ帰って、新しい十個の風船をふくらまし、それにラブレターをつけて夜空に打ちあげるしかないのだろうか？

それとも、どこかの高等学校の男子寮に、裸になってとびこんで行って「あたしは恋人が欲しいの！」とブリジッド・バルドーか子鹿のように跳ねまわるのがよいのであろうか。（暗い夜だわ）と弓子は思った。

どの恋人たちにもお月さまがあるのにあたしにばかりお月さまがない。あたしにあるのは三つのニキビと古くなったセーターとオデッタのレコードと、魚のように息づいている♡ばかり。ああ、なんてつまんない世の中なのかしら。映画スターの家には一〇〇〇〇〇通ものラブレターが配達されるのにあたしのうちには一通も来やしない。

ベンチに坐って、弓子はまるで日曜日の朝の浮浪者のようにぼんやりと目をとじた。

一体、最後のお月さまを持っていったのはどんな恋人たちかしら？　エッチな教師と音楽学校の女生徒かしら。競馬の騎手と三十すぎのオールド・ミスかしら。理工科の大学生とロリータみたいな女の子かしら。ターザンばりの胸毛男と山本富士子みたいな美女かしら。黒眼鏡をかけた貿易商社員とストリッパーかしら。エトセトラ・エトセトラ。そしてどうやってお月さまを盗んで行ったのかしら?

(梯子の上に梯子をかけて、大きな風呂敷をもって夜空へのぼってゆく。大煙突よりも高く高くのぼってゆくと、ようやくお月さまに手がとどく。

さわってみるとお月さまは少し濡れている。それを素早く風呂敷みにつつんでしまうと空はまっくら闇になる。

男は、ふたたびゆっくりと梯子を下りはじめるのだが、ふいに梯子を一段踏みまちがえて夜空を墜落する。

地上に叩きつけられたときに、男には何の怪我もないが、風呂敷包みにくるんだお月さまが粉々になってしまって、それは、まるで皿を割った破片のようにキラキラしているのである。

男はその破片を、空に帰してやろうと思う。そしてふたたび梯子をのぼってゆき、一番高い場所から風呂敷包みをサッとひろげて捨ててやる。

星というものは、そんなにして生まれたのである)

という空想にも飽きてしまって弓子が帰ろうとしたときである。ふいに後ろから男の声がしたのであった。

♥

十個しか風船のラブレターを打ち上げないのに、十一個目の風船のラブレターを拾う人がいたとしたら、それはずい分おかしな話ではないだろうか？　と弓子は思った。

しかし、恋というものは往々こんなおかしな話から生まれることが多いものである。

——ぼくは一人ぼっちだ。

と得体の知れないその男はボソリと言った。

——あたしもよ。

と弓子は答えた。それから二人は黙ってじっと見つめあっていた。弓子は、(あなた、風船を拾ってくれた人？)と聞こうと思ったが止めた。何も訊くことはなかったからである。

男はふいに「行こう」と言った。

しかし弓子は「どこへ？」とも「どうして？」とも聞かなかった。ただ黙ってその男の顔を見た。

男は、さっぱりとしたスポーツ・シャツを着ていたが、決して立派な風采ではなかった。ただ、ひどく人なつっこい目で、微笑をうかべていて、何もかも知っているような頼もしさが感じられた。弓子は訊きかえさずにその男について行ってみようと思った。冒険のない生活に恋の生まれよう筈がないからである。

二人はしばらく黙って歩いていった。

お月さまが死んでいる、死んでいる。けれども、春にはよみがえる

♥

「実は、ぼくはきみのあげた十一個目の風船を拾ったんだよ」

と男が言った。「それで、こうしてやって来たって訳なんだ」

「十一個目？　あたしは十個しかラブレターつきの風船はあげなかったわ」

「ところが、ぼくは拾ったんだ」

「じゃあきっと、それはべつの女の人よ」

と泣きべそをかきそうになりながら弓子は言った。「あたしじゃないべつの女の人のあげた風船よ」

「いやいや、たしかにきみのあげた風船だったよ。何しろぼくがこうやってここへやって来ているんだからね」

「でも十一個目の風船だなんて」

「きみは、知らないって言うつもりなのかい？」

「知らないわ」

「じゃあ、もしかすると……」

「もしかすると？」

「神さまが打ちあげてくれたんだな」

と男は言ってフフフと笑って、大きな手を弓子の方にさし出した。弓子はその大きな手を（まるで大きな楡の木の幹にでもふれるように）こわごわとにぎりしめた。弓子は何から話しはじめていいのかわからなかったが、男の方も何から話しはじめていいのか見当がつかないらしかった。

「お芝居ならば」と弓子が言った。

「このへんでお互いの名を名乗るところね」

すると男はモジモジと、

「ぼくは三郎です」

と言った。

「あたしは弓子よ。これからきっとたのしい何かがはじまるんだと思うわ」

「たのしい何かが？」

「ええ、ロマンスが！」

と弓子は、目を大きく見ひらいて言った。「あたしの言う通りにしてちょうだい！」

男はまぶしそうにその弓子を見た。


空にはまたポッカリと月が出た。

それはまるで弓子たちに「盗んでください」と言わんばかりに磨きあげられかがやいて見えた。弓子は男の肩ごしに、そのお月さまを見ながらあれをどうやって手に入れようかしらと、考えていた。

男は男でその弓子の目をじっと見ながら「嘘をついてよかった」と思っていた。

（これからは何もかもうまく行くだろう）

男は弓子のアパートの、すぐ下の部屋に住むまずしい絵かきで、長い間弓子と話しあえる機会をひそかにうかがっていたのである。

その夜、それから二人がどうなったかは、ぼくにはわからない。ベンチの下に♡をむしった残骸が、レイモン・ペイネの漫画のように散らばっていたかどうかもわからない。

ただたしかなことは、その次の夜もお月さまが出ない暗い夜だったということである。その暗い夜の空に、あなたのあげた風船のラブレターが漂っていたかどうかは、たぶん、あなた以外誰も知らないにちがいない。

ぼくは空を見上げながら考えている。

(今夜あたりは、どこからか手紙つきの風船が、とんできてもよいのではないだろうか?)と。

お月さまが死んでいる、死んでいる。けれども、春にはよみがえる

古いレコードを聴きながら書いた詩物語

ぼくは一台のステレオを持っている。

これはなかなか精微で、船のように壮大な音を出す。

このステレオでワグナーの「パルシヴァル」などを聴いていると、まるでソロモン王にでもなったような気分になってくる。――しかし、ぼくは大きなステレオよりも小さなポータブル蓄音機の方が本当は好きなのである。

祖父の時代の、ラッパつきの蓄音機。まわり出すと失われた日の方から、ヒューヒューとすきま風のような音が吹きこんでくる。

そんな蓄音機には、冥想を誘う何かがある。


同じように、いま流行っている歌よりも少し前に流行った歌の方が、なぜだか愉しい。

そこで「あの歌は、どこへ行ってしまったのか?」と思われるようなレコードをかけながら、何か即興的な物語を考えてみることにした。

もしかして、レコードに傷がついていると、物語の方も途中で終ってしまうかも知れないが……

＊サマータイム

きらいな人の名を貝殻に書いて
海へ流してやると
その人が町にいられなくなってしまう
ということを本で読みました
古代アテネの人たちの
貝殻追放の話です
少女はそれを読んだとき
どうしても
この町から追い出したい一人の
ひとのことを考えました
少女は机の抽出しをあけて
一つの貝殻をとりだしました
そしてその貝殻に
鉛筆で「夏子」という名を書きました
それから少女はその貝殻を

バッグにいれて海岸行きのバスに乗りました

■

朝の海岸には
だれもいませんでした
波が消し忘れた昨夜の砂文字が
遊びすごした鳥のように陽に疲れて
少女の足許にありました
少女は自分の貝殻を流してやるために
その砂文字をまたいでいきました
レーモン・ラディゲの
詩を思い出しながら……

「砂の上に僕等のように
抱き合ってる頭文字
このはかない紋章より先に
僕等の恋が消えましょう」

少女が貝殻に書いた
「夏子」という名は

少女の友だちの名ではありませんでした
少女の母の名でも
少女の姉妹の名でも
少女の先生の名でも
ありませんでした
それでも　この少女のいたずら？　で
あすは
町から「夏子」が一人
いなくなることでしょう

流してやるまえに
少女は貝殻を両手であたためました
耳をよせても
もう去年の夏の潮騒は
聴こえませんでした
それから少女は貝殻を
桟橋の上からそっと流して
やりました
去年の夏
この貝殻を拾ったときの思い出も一緒に流して

やりました

■

あのひとは
ほんとうにもう
海水浴にはやって来ないのだろうか
……と
少女は貝殻の沈んでしまった海面をみつめて
去年の夏だけの恋人だった
巡回劇団の大学生のことを思い出しました
わかれるときに
来年の夏　もしもう一度この町へ来たら
ぼくはきみのことを好きなのだ
そうしたら　いっぱい約束をしてもいいけれど
来年の夏もしも　ぼくが来なかったら
ぼくたちは
ひと夏だけのポールとヴィルジニィだったと
そう思ってくれたまえ
と白い歯をかがやかして
去っていったあのひとのことを

■

あのひとの教えてくれた
フォールの歌

「せめてなごりのくちづけを
浜へ出てみて送りましょう
いやいや　浜風　むかい風
くちづけなんぞは吹きはらう」

貝殻さん
貝殻さん
海の底では陽のひかりもとどかないでしょう
まもなく「夏子」という名も
消えてしまいましょう
でもあのひとの新しい恋人の名が
「夏子」という名ではないことを
少女は知っていました
少女のライバルの名が
「夏子」というのではないことを

少女は知っていました
だから
少女の貝殻追放は
恋の役には立たないでしょう
貝殻さん
貝殻さん
船出の銅鑼がきこえますか？
あすの天気は晴れでしょうか？
海辺ではまた
新しい恋がはじまるでしょうか
はじまったとしても
それは少女とは関係のない話
少女はあしたはもう
この町にはいないのです
あの町にもいないのです
もう　どこにも
いないのです
なぜなら貝殻に書かれた「夏子」
という名は
少女自身の名なのです

＊ケ・セラセラ

フランスの怪作家カミの短篇には、しばしば赤い紐で顎を結んだ男と言う脇役が登場する。

なぜ赤い紐で顎を結んだりするのか、カミは語ろうとはしないが、私は何となく一メートルもの長い顎をかかえた間抜け男を思いうかべてニヤニヤしない訳にはいかない。

たぶん「顎を結んだ男」は無類の気の弱い男で、目じるし無しでは他人と自分の区別がつかないのであろう。

それでなくとも背広やネクタイが量産される時代のことだ。公団住宅に住んで、量産される新聞をよみ、量産されるパンをかじり、量産される自家用車に乗って大会社へでも出勤しようものなら、たちまち他人と自分とが一緒くたになってしまいそうではないか。（以下は、私の思いつきによる顎長氏の日記である。

ただし、これを今日的な社会諷刺だなどと思ってはいけない。これはしょせん、ロング・ロング・アゴー〈遠い昔〉のファルスなのだから）

ある日

イルカの実存について研究している女子大生の花子が遊びに来た。

彼女の卒業論文、海抜一万メートルの水中には「イルカいるかいないか」が半分ほど完成したと言う。

彼女は私のアパートでイルカについて少し話したあとで突然、

「今日あんたを、A町で見かけたわよ」と言った。

しかし私は今日、A町などには行かなかったのだ。

「人違いだよ」

と私が言うと、花子はムキになって「いいえ、人違いなんかじゃないわ。たしかにA町であんたを見かけたわ」

と言った。

つぎの日

何となく頭の重い天気なので、一日アパートにひきこもっていたら、夕方アメリカン・フットボールの選手をしている髭面の花男がやって来て、

「やあ、もう帰っていたのか。さっき、きみをB町で見かけたのに」

と言った。私は「誤解だ」と言った。

「私は今日は、アパートから一歩も出なかったぞ」

しかし花男は鼻で笑って「まあ、そうテレなくってもいいじゃないか。

何も俺はきみのことを軽蔑してる訳じゃないんだ」

と言った。

「きみがB町の水族館でカニを見学していたなんてことは、ちっとも恥ずべきことじゃないさ。

俺だって水族館へはチョクチョク行くんだよ」

つぎの日

人の誤解をとくというのは難かしいことである。

私がアパートにいるのに花子や花男が、外で「私」に逢ったと言う。私は絶対にA町へもB町へもいかないのに彼等はA町やB町で私に逢ったと言うのだ。

私は外から鍵をかけ（自力では一歩も外へ出られないように自己軟禁して）ジッと息をつめて正座をしていたのに夜、花子と花男がやって来て私を見てセセラ笑うのだった。

彼等はまるで、ウインナ・双生児のようにニクニクしい調子で同じことを言った。

「今日きみをA町の電車の中で見かけたよ」

私は憤然として立ち上がり、割れんばかりの力でテーブルを叩いた。

「莫迦なことを言うな。

私はどこにも行きやしない。私は一日アパートにいたのだ」

しかし花子も花男も、ただニヤニヤ笑いながら、私を見ているだけだった。

「弁護士を呼ぶぞ!」
と私は叫んだ。するとすかさず花子は「そうね、弁護士が必要かも知れないわね」と言った。「満員電車の中で、女学生のおしりにさわったりするのは犯罪ですものね」

私は何が何だかわからなくなり、「私」という男をうらんだ。一体、私が何をしたと言うつもりなのだろうか!

つぎの日

さて、私はこっそりとアパートを抜け出してA町へ「私」をさがしに行ってみることにした。

絶対に自分が他人と間違えられないように顎を赤い紐でむすび、夜が更けるのを待ってそっと外へ出た。

そして、「私」が花子や花男と逢ったと言われるあたりをくまなく探し歩き、ときにはガードの下の浮浪者の顔をたしかめたり、マンホールの中を覗きこんだりもした。

しかし、A町には「私」はおろか、私に似た男さえ一人もいなかった。私は探しくたびれてフラフラになってアパートへ帰ってきて階段をのぼっていった。

——ところが、私のアパートの中から何やら話し声がきこえるのだ。

(私は、誰もいない筈の自分のアパートを、鍵穴からそっとのぞいてみて、流石にギクリとした)

中で花子と話しているのは、何と「私」なのである。

花子は「私」にA町で見かけた私のことを話し、顎をむすんだ紐の話をしながら可笑しそうに笑っていた。

そして「私」はそんなことはある筈がない、と言うような表情をしながらも花子の説明にすっかりひきこまれているようであった。

ドアの外で一瞬、私は考えた。

「私は一体、誰なのであろうか?」

＊家へ帰るのがこわい

かくれんぼは悲しい遊びである。

藁の匂いのする納屋の暗闇に身をひそめ、じっと息をこらして鬼の来るのを待っていると外の日暮れてゆく気配が感じられる。「もう終ったかな」とも思うのだが、うっかり出て行って「見いつけた！」とやられるのが嫌さにかくれつづけている。かくれているとしだいに時間の感覚が失くなって、まだほんの五分もかくれていないのに、一年もたったような気がしたり、たっぷり二時間もたっているのに、まだ五分位かな、と思ったりするようになってくる。

そして「このまま、鬼がやって来なかったら、何年もこの納屋の暗闇の中にかくれていなければならないのだろうか！」と不安になり、何かとんでもない事をしでかしてしまったような焦躁感に襲われはじめるのである。（もしも、納屋の藁束の中で、かくれたままで一眠りでもしようものなら、その不安はさらに大きくなる）

納屋の戸があいて、一人の男が入ってくる。そして「見いつけた！」と言うのだが、その声が妙にしゃがれているな、と思って出てゆくと鬼はとっくに成人していて、グレイの背広を着て、うしろに若い女を従えている。若い女は、赤ん坊を抱いてにこにこしている。そして鬼は、すぎ去った二十年以上の歳月のことには全く触れずに「ずい分、探したんだぜ」

と言うのである。

その「ずい分」の長さがどの位あったのか、かくれている方には知るすべがない。

ただ、納屋から出てゆくと風景が一変してしまっていて、他の遊び仲間達もみなそれぞれ成人してしまっているという訳である。怖ろしいことには、世界全部が年をとっていく間にも「かくれんぼ」だけは年をとらない。「かくれんぼ」はいつも貞淑に、約束の鬼のやってくるのを待っている。だから、かくれんぼは、悲しい遊びなのである。

小さい頃から、じゃんけんの下手だった私は、かくれんぼをするたびに鬼になった。

近所の見知らぬ子も混ったかくれんぼで、一人残らず見つけ出して鬼を交代するのは、容易なことではなかった。中でも、意地の悪い子がいて、マンホールの中や、他所の家の屋根裏へかくれてしまうと、私には探しようがないのであった。

そこで、私は皆を困らしてやろうと思って誰をも探さずにさっさと家へ帰ってしまい、鬼を棄権してしまうことがあった。(みんないつまでも、かくれているがいいさ。だが、かくれている間に世の中が変ってしまっても知らないぞ)という訳である。

ところが、私がかくれんぼを見張らないでいても、かくれんぼの方は私を見張っているので、この嫌がらせは何の効果もなかった。私が家へ帰って来て、ハーモニカでも吹いてようものなら「かくれんぼ」の連中が窓の下までやってきて「もう、いいよ」「もう、いいよ」を繰り返し、最後には非難するように「鬼出てこい!」

と怒鳴りちらすのである。

翌日も、翌日も私は鬼であった。すかんぽの花に日が沈むのを見ながら、私は涙ぐんで「もういいかい」と力なく言って、意地のわるいかくれんぼたちを探して歩いた。しかし皆は実にかくれ方がうまかった。

とくに、私そっくりのそばかすのある子（この子はほんとに私に似ていた）は、やり方が狡くて、私が降参してしまうまで出てこなかった。私はその子を、ほとんど憎んでいた。

そして、ある日、電柱ごしに「もういいかい？」と言いながら、うす目をあけて、その子のかくれて行く方を見てやろうと思い立ったのである。「あの子を一ばん先に見つけ出して　鬼にしてやろう」

私は目かくしの両指の間から、みんなの散ってゆく方を見遣った。麦畑へ、私の家の土蔵の裏へ……とみんなは散ってゆき、その子は、土蔵裏のマンホールの蓋をあけるところであった。

私は「もういいよ」という声を聞かぬうちにその子のあとを追って駈けてゆき、土蔵の裏へまわった。

私が最後に、その、そばかすの子を見たのは、彼の手がマンホールの蓋を閉めようとしているところであった。やがて、蓋がしまると、裏通りはもとのようにしずまり、人っ子一人いなくなってしまった。夕焼けに、長くのびた私の影だけが、マンホールの蓋を覆っていた。

（このマンホールは貯油ホールであり、広さは十五坪ぐらいの暗闇で、いまは使っていなかったが、昔、冬の間の石油を貯えておくために作ったものなのである）

私は、すぐにこの蓋をあけて「見いつけた！」と言ってやろうかと思ったが、考え直した。

丁度、材木を積んだトラックがやって来たからである。トラックは後退しながら、路地へ入って来て、私の家の鶏舎の増築のための材木を土蔵わきに下ろそうとした。私は、運転手にマンホールの蓋を指して言った。

「こっちへ下ろして下さいよ」

運転手は、ホイ来た！ と気軽に言って、マンホールの蓋の上へ材木を下ろしはじめた。実に百五十貫はあろうかと言う材木の山である。しかも、このマンホールは、平常使っていないものだったので、私も人がかくれているなどとは「知らなかった」のだ。

トラックはやがて去ってゆき、マンホールの蓋は完全に密封された。

私は、他の「かくれんぼ」を探して麦畑の中へ入ってゆき「見いつけた！」と大声で叫びながら、えも言われぬ快感が喉にこみあげてくるのを禁じえなかった。

しかし、翌日の新聞には「子どもの失踪」記事は出なかった。私はかくれんぼ友だちに、そばかすの子のことを訊いたが、どこの家の子なのかは皆も、よく知らないと言う。そうしたことは、よくある事だったので、そばかすの（私によく似た）子が仲間入りしなくなっても、誰も気にとめなかった。翌日、私は一人で土蔵裏へ行ってみた。山と積まれた材木にあったかい日ざしがいっぱいあたっていた。

「もう死んだかな」と私は思った。すると大変な事をしてしまったような気がしたが、いまとなっては自分の力で材木を動かすことなど到底出来っこないことだったので、黙っていることにした。

そしてそれから、私はぷっつりと「かくれんぼ」をしなくなった。

(そばかすの子を、見つけ出さない限り、私は鬼の意識から解放されないだろうと思ったからである)


十五年たった。

都会で、大学を終えて就職し、すっかりサラリーマンになった私は、久しぶりの正月で帰省した。私は昔にかわらない麦畑の青さに感嘆し、のんびりした気分で(子供の頃の)錆びたハーモニカなどを吹きながら、懐旧の情にひたっていた。

外套をぬいで「一寸散歩してくるよ」と言うと母が「ああ、ゆっくりとひとまわりしてくるといいよ」と言ってくれた。

私は下駄をはいて庭を出て、福寿草の花の匂いを嗅いだ。それから土蔵の裏へまわってふと、例の「かくれんぼ」を思い出した。あの、私によく似た子はどうしただろうか?

マンホールの蓋の上には、もう材木は置いてなかった。ただ蓋のまわりには枯れたたんぽぽがはりついているほかは、十五年前と、何もかわったところがなかった。蓋をあけると、中はまっくらだった。闇の中へ、冬の蝶がひらひらと入っていった。私も、そっと中へ入りマッチで中を灯してみた。(あの子の骨があるかも知れない)などと思いながらうずくまると、ホールの中は冷やっとするほど空気がつめたい。

私は少し奥まで入ってゆき、もう一本のマッチに火をつけようとした。すると、ふいに、マンホールの蓋を誰かが閉めようとしているらしい音がした。

私はびっくりして顔をあげた。すると、日ざしをあびた地上に、そばかすの子が(十五年前のままの顔で)蓋を閉めるのがチラリと見えたのである。私は「あけてくれ!」と言うつもりだったが、驚きのあまり声にはならなかった。やがて、蓋の上にドシン! ドシン! と何か巨大なものが積上げられるらしい音がした。そのとき、私は材木だなと直感した。(もう、私の力では、とても蓋をあけて出ることなどは出来ないだろう)

地上からは、その子がかくれんぼ達に呼びかける「もう、いいかい?」という声がきこえてきた。声は、澄んで美しかったが、何だかひどく聞き覚えのあるものだった。

「もう、いいかい! もういいかい!」

そうだ、と私は思い出した。あれは、まさしく私の声であった。あの子は私になって、かくれんぼの鬼のようにみんなを探しにゆくつもりなのだろう。

そして、日暮れると私の家へ帰ってゆくのだ。家には灯りがついていて、味噌汁が煮えているだろう。

机の上には、ひらきっ放しの宿題帳があり、空にはやがて星が出る。

私の部屋には、あす学校へ持ってゆくつもりの大きな凧が、壁にかかっているはずである。

＊幸福を売る男

きみ。あの話は全部嘘です。忘れて下さい。

あれはただの種子にすぎません。あの種子をまけば幸福になるとは、ぼくも下手な冗談を言ったものでした。


と、書きはじめてぼくは少したためらった。こんな手紙を出してみたとしても一体何になるものか。

考えてみればあれは、つい昨日のことだったような気もするし、もうすっかり遠い昔のことだったような気もする。よく晴れて、沖が見わたせる朝のような気もするし、雨にけむって連絡船が碇泊していた午後だったような気もする。たしかなことはたった一つだけ……。

それは、ぼくがこの町に最初にやってきたときには十九才だったということである。

おいら　ヴァガボンド
しあわせと
たのしいシャンソン
売ってあるく……

こんな歌をうたって、流しの歌うたいのようにクラブや、夜のバアーのドアを叩いてまわった。

「同じ歌しかうたえないの？」

と聞かれると、ぼくは、

「歌を売ってるんじゃありません」

と答えた。

「じゃ何を売るの？」

「幸福です。ぼくは幸福を売ってるんです」

「いくら」

「ひとつ二百円です」

「二百円？」

「そうです。五円切手なら四十枚分。映画なら一回観る分の値段です」

「見せてごらんなさい」

「買って下さるんですか」

「まず見せていただくわ」

そこでぼくはレインコートのポケットから小さいハンカチ包みを出してこわごわとひらいた。

「なあんだ、それ、種子じゃないの」

「種子のかたちをしているけど……」

とぼくは弁解した。

「でも、実は、これは『幸福』なんです」

「どうするの？　これ」

「蒔いて下さい」

「蒔く？　でも、いまは冬なのよ。土の中で幸福が死んでしまうわ」

「死にゃしません。幸福は一時的に眠るんです」

しかし、大抵はぼくはお金を貰うかわりに嘲笑を貰った。たまに気まぐれな酔っぱらいがいて、波止場で買ってくれても、そのへんにこぼしてしまい、風が海にまきちらすぐらいが関の山だった。そんなせいかもしれない。朝の海はいつでも幸福な顔をしていたものである。

来る日も来る日もアコーディオンを抱えてぼくは「幸福」という名で種子を売ってあるいた。そして、そんな人の気まぐれを、気まぐれとして素直に受けとれる位にしか、この種子なんかを信じていやしなかった。

ある日、一人の女がぼくをつかまえた。

「ねえ、あたし買うわ」と女が言った。

「何をです？」

「幸福」

「気まぐれですか」

「かもしれないわね。でも、信じてるかもしれないわ」

海の霧のせいなのか、ぼくにはその女の人が何だかすこし泣いているみたいに思われた。

「あたし、恵美って言うの」

「………」

「人を待っているの」

「船乗りさんですね」

とぼくは言った。海へ逃げていった男を待っている女は、どこの波止場にも沢山いたものだ。この恵美という女も、そうした一人にちがいない。

「もう七年も……」

と恵美は言った。死んでしまったって仲間の船乗りは言うけど、でもあたしはそんな気がしないのよ。……

あんまりまじめそうなので、ぼくは種子を売ったあとで少しからかってみたいような気がした。

「この種子を蒔いたら、毎日必ず水をやって下さい。種子が死んだようにみえても悲観することはありません。

春に芽が出るより先に、その男が大きな胸をひらいて白い歯をにこにこさせて沖から帰ってきますよ。

七年は無駄じゃなかったってことがじきわかりますからね」

すると恵美は何だかひどく熱い目をうるませてぼくの手をにぎった。目のなかに暗い沖がうつっていた。

次の朝、ぼくはその町を去った。

いくつかの町をまわって、いくつかの噂をきいたなかで、ぼくには恵美という女が、いまでも毎日、種子に水をまいて、沖を見ている、という噂をきいた。はじめのうちは話術がうまかったのだと思っていたが、次第にあの熱いかなしい大きな目が思いだされてぼくは罪の気分のとりこになった。それでいま、この小さい酒場のテーブルで手紙をかきだしたところなのである。

「きみ。あの話は全部嘘です。忘れて下さい。あれはただのひまわりの種子にすぎません。……」

しかし、ぼくはこの手紙をしまいまでかかないうちに酔っぱらってしまった。なぁに、いいさ。信じる者は救われるんだ……そう叫びながら木賃宿へ帰ってきた。みるとぼくの部屋の入口に一枚の葉書がはさんであるのだ。

下手な字で、恵美より。とかいてあった。

「ありがとう、ありがとう。

あの種子、幸福。咲きました。彼が帰ってきたのです。娼婦になって七年、海辺の小さな町はずれ、あたしの荒んだこころのなかに花がひらいたよう……。

彼が今日、日焼けして帰ってきました。見知らぬ南の島でしばらく百姓していた、と言っていました。ほんとうにありがとう。

幸福を売る人、さん」

ぼくはびっくりしてよみかえした。こんな陽気な冗談ってあるだろうか。そしてぼくは宿の畳の上に、大笑いしてころがった。二百円の種子、幸福売ります。

あっはっは。あっはっは。
その葉書が、あの恵美と呼ばれた娼婦の、この世でたった一人の知りあいにあてた、
遺書だということがわかったのは大分あとになってからのことであった。
海を見ながら、ぼくはわかった。
はじめから、船乗りなんていなかったのだ。恵美はさみしく死ぬべき女だったのだ。

＊砂に書いたラブレター

1

女の子が言いました。

「海を渡りたい」

男の子が聞きました。

「どうしてだい？」

すると女の子は首を振りました。

「どうしてだかわかんないけど、とにかく海を渡りたいの」

月見草が咲いている夜でした。

男の子は考えこみながら帰りました。

2

フランス語では「海」は女性名詞です。

だから、男の子は「海」に嫉妬は感じませんでした。

何とかして女の子の願いを叶えてやりたいと思いました。

しかし男の子は財産家ではありませんでした。

蒐集してある古い切手と自分の衣類全部と猟銃と愛猫のチャックを全部売り払っても船の三等切符が買えそうもありませんでした。

3

仕方がないから船を作ろうと思うんだ。

と男の子は言いました。

「二人だけの船ね」

と女の子が言いました。

男の子は鋸で、楡の木を切りはじめました。女の子は弁当を作って手伝いました。頭の中には、あふれ出そうな海のしぶきを思いうかべながら……

4

大都会の一杯あるコンクリートのアパートの中の一つに男の子は住んでいました。

その屋上に、楡の木材をはこびこんで、船が少しずつ出来上がってゆきました。

それは軍艦でもありませんし、旅客船でもありませんし、貨物船でもありませんでした。

一口に言えば、二人乗りのただの帆船でした。でも、薄汚れたビルの上に、出来かけの帆船が一隻だけポツンとあるのはなかなか奇妙な眺めでした。まる一年かかって、鋸と鉛筆削りナイフとで帆船が作られてゆきました。

5

二人は船出する日のことを思いうかべながら、屋上の船に寝そべって星を見つめていました。やがて、一年後。

船には、新しい帆布がはられました。

6

だけど、困ったことには、出来上がった船をどうやって海へ運び出せばいいのでしょう。帆船は大きすぎてアパートの階段を運び下ろすことも出来ませんし、都会の夜空へ帆をはってすべり出すわけにもいかないのです。

二人は途方に暮れて溜息をつきました。

……………

7

これでおしまいです。
ただこれだけのお話です。
二人は間もなく結婚し、海の話をしなくなりました。
それでも夜、寝てからそっと耳をすますとお互いに相手の息の音が、
さみしい帆の、はためくように聞こえるのだそうです。

＊ハッシャバイ

忘れていたことを、思い出す。

それも、夜忘れていた約束を朝思い出すなどというみじかい間の出来事ばかりではない。一夏の後、または一年の後でふと何気なく忘れてしまっていたことを思い出すことがある。

そして、そのことがもう済んでしまっているのに今も、はげしく悔まれてならない、ということなどもあるものだ。

アパートの鍵をかけ忘れたまま旅に出かけて、旅先でもそのことに気づかず、帰ってきてドアの把手に手をかけて、ドアがすっと開いたときのとりかえしのつかない後悔のことなどを言っているのではない。ドアがすっと開いたときも不審に思わぬまま中に入り、いつものように珈琲と原稿用紙の日常生活のなかに帰りついてしまう。そして五年もたって、そのみじかかった旅行での思い出などもすっかり古びてしまい……いま、私は結婚して別の人生をはじめて、妻とベッドを並べて寝ている。

妻が先に寝落ちたあと、窓の外に夏の驟雨が走っている。庭の躑躅は今夜あたりが最後だな……と私は考える。

しずかな妻の寝息が聞こえる。

そんなとき、突然に私はあのみじかい夏の旅から帰ったときの、鍵をさしこむ前に開いたアパートのドアのことを思い出すのだ。（そうだ、アパートの鍵をかけなければ……アパートの鍵をかけなければ……）

そう思いながら、私はいつのまにか眠ってしまう。そしてふたたびもう、そのときの忘れごとについては思い出すことはないだろう。

夏が終るたびに……私はこの夏もとうとう思いだすことが出来なかった忘却について考える。醒めているいまの私には思い出すことなど出来ないが……アパートの鍵のように何気ない忘れものが、きっと私の人生のなかにもあった筈なのだ。その「忘れもの」は思い出されよう、思い出されようとして、今も遠いどこかの場所で、または遠いだれかの眼差のなかで、あの私の大学生時代のアパートのドアのように少し古びて傾いているだろう。

午後の海のうねりをきくと、私は何だか無性にその忘れものが懐しい。そして日灼けした両腕を素直に机の上に並べて、じっと目をつむっている。私はいま、虚しいのではない。何かを欲しているのでもない。

ただ、夏がゆっくりと私の周囲から、忘れものを思い出させずにすぎてゆく音を、耳をすまして聴いているというだけのことである。……

＊読まなくてもいいあとがき

人は誰でも、一生の内に一度位は「詩人」になるものである。

だが、大抵は「詩人」であることを止めたときから自分本来の人生を生きはじめる。

そして、かつて詩を書いた少年時代や少女時代に憎悪と郷愁を感じながら、逞ましい生活者の地歩を固めていくのである。

だが、稀には「詩人」であることを止め損なう者もいる。

彼はまるで、満員電車に乗りそこなったように、いつまでも詩人のままで年を経てゆくのである。

彼——すなわち、ぼくももう二十九才である。

いい加減なところで「詩人」の肩書を捨てて「冒険家」とか「狩猟家」の肩書がほしいところだ。

この本に収めた感傷的なぼくのエッセイやコントは、今読み返してみると、ぼく自身の実生活とは、かなりかけ離れてしまっていることに気づく。

今更ながら、気恥ずかしいことを書いたものだと思う。

現在のぼくは、ヘンリー・ミラーの読者であり、競馬ファンであり、ボクシング雑誌とモダン・ジャズのレコードを離すことのない日常に耽溺している。恐らく、何冊かの

読まなくてもいいあとがき

ぼくの著書の中で、この一冊だけは、特別なものだということになるだろう。
だが、ぼくは、この本に愛着がある。へんな話だが、人は嘘を言っているときに一番ほんとの自分をさらけだしているものだからである。

この本は、新書館の内藤三津子さんとデザイナーの宇野亜喜良さんの協力によって生まれた。
お二人に感謝してあとがきに替えたいと思う。

一九六五年四月

寺山修司

■著者略歴■　寺山修司

＊一九三六年一月十日青森生まれ。
早稲田大学中退。
日本ペンクラブ、現代歌人協会、シナリオ作家協会などに所属。

＊一九五五年「チェホフ祭」にて短歌研究新人賞受賞。
一九六四年詩劇「犬神の女」にて久保田万太郎賞受賞。
一九六四年叙事詩「山姥」にてイタリア賞グランプリ受賞。

＊著書歌集「血と麦」「田園に死す」（白玉書房）ほか。
評論集「遊撃とその誇り」（三一書房）ほか。
評論集「戦後詩」（紀伊国屋書店）
エッセイ集「みんなを怒らせろ」（新書館）
戯曲集「血は立ったまま眠っている」（思潮社）ほか。

＊現住所　東京都世田谷区下馬町二ノ二

ひとりぼっちのあなたに

1965年5月20日＊初版発行©

定価＊350円

著者＊寺山修司

装幀・挿画＊宇野亜喜良

発行者＊坂本洋子

発行所＊株式会社 新書館

東京都千代田区神田錦町2—7　三洋ビル

電話＊291—1149　振替＊東京53723

飯島印刷＊村上製本　落丁・乱丁の際はお取替いたします

ひとりぼっちのあなたに〈思い出復刻版〉
二〇〇四年五月二十五日　初版第一刷発行
二〇二四年十月二十五日　　第三刷
著者　寺山修司
装幀・挿画　宇野亞喜良
発行　株式会社　新書館
一一三－〇〇二四　東京都文京区西片二－一九－一八
電話　〇三（三八一一）二九六六
（営業）一七四－〇〇四三　東京都板橋区坂下一－二二－一四
電話　〇三（五九七〇）三八四〇
ＦＡＸ〇三（五九七〇）三八四七
印刷　平文社・方英社
製本　若林製本
（3冊セット　分売不可）
Printed in Japan ISBN978-4-403-15101-9

はだしの恋唄＊寺山修司＊新書館

＊ひどく短いまえがき

はじめて海へ行ったとき　ぼくは　はだしでした
はじめて恋をしたときも　ぼくは　はだしでした
こどもの頃は　いつもはだしでした

はだしですごした「古きよき日の思い出」をこめて　この一冊をあなたに贈ります

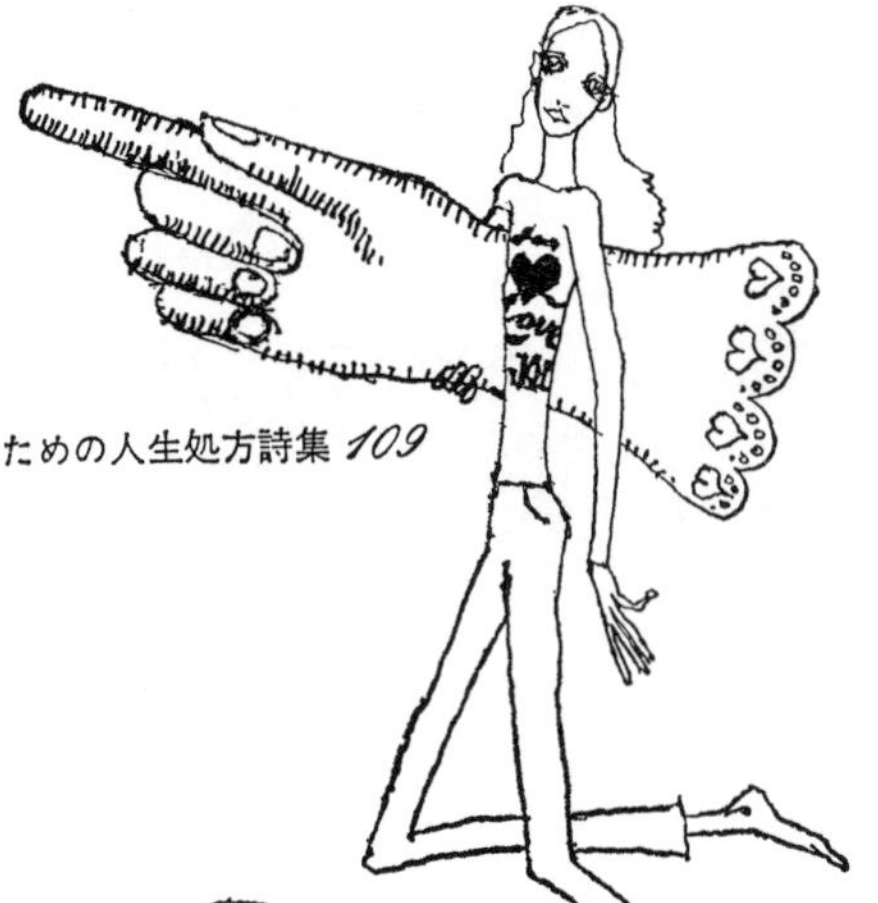

contents

◆ 星のない夜のメルヘン

星のない夜のメルヘン

◆

ぼくはサン・テクジュペリの「星の王子さま」がすんでる星は，どの星だろうと思っていた。
望遠鏡で星を見ながら探偵のように
いろいろ推理するのが好きだった。

星は，ぼくの家具だった。

貧しい少年時代，ぼくは星を家具に，夜風を調度に，そして詩を什器にして生活していたとも言える。

「星を全部かぞえてみたいな」

とぼくは言った。すると理工科の友人は
「かぞえてるうちに老人になってしまうさ。

一生かかっても数えきれないかも知れない」と言った。

だが，星をかぞえながら老いてゆくことはどんなに素晴らしいことだろう。

この八つのメルヘンは
星を見るたのしみのなかった暗い夜に書いた，ぼくのための童話集である。

＊世界で一番小さい金貨

悲しい話を一つ聞いてください。

世界で一番小さな金貨の話です。

世界で一番小さな金貨は消しゴムよりも小さかった。小指の爪よりも小さかった。はこべらの花弁よりも、砂粒よりも小さかった。しかし、それでも金貨であることにはちがいがなかったのです。

そこで少年はそれで何か買おうと思いました。

ジプシーの歌うたいが来たので一曲歌っておくれ、と言ってその世界で一番小さな金貨を手渡すと、ジプシーの歌うたいは「あー」と出だしだけを歌って止めてしまいました。

「どうしてそれだけしか歌ってくれないの？」と少年がききました。

「だって世界で一番小さな金貨の分だから、世界で一番短い歌を歌ったのさ」とジプシーの歌うたいが言いました。

さて、そのジプシーの歌うたいが、世界で一番小さな金貨で「何を買ったか？」

8

というのが問題ですね。

　ジプシーはそれを、乞食にあげたのです。

世界で一番小さな親切をしたってわけです。

貰った乞食はその小さな金貨、生まれてはじめて見る金貨の光をとてもきれいだと思いました。そしてその夜は嬉しくて眠れませんでした。

　夜あけ頃、馬車で通りがかった商人がその乞食に向かって言いました。

「世界で一番小さな金貨で、世界で一番大きなものを買ってあげよう！」

「それは、何です？」と乞食がききました。

「空だよ」と商人が言いました。「空を買ってあげよう」

そして、だまして世界で一番小さな金貨をもって行ってしまったのです。

でも乞食は、だまされたとは知りませんでした。

乞食は空が自分のものになったと思っていました。

　そして、あの空にかがやく一番遠くの星が、自分の支払った「世界で一番小さな金貨」だと思っているのでした。

＊スターダスト

「こんな小さな星もあるのね」

　と少年が言った。

「そうよ」

　とママがこたえた。

　空が分譲されるようになってから、地上をあふれた人たちは、とりわけ軽い風船住宅に住むようになっていた。空にも交通整理が適用され、人たちは背骨の手術で簡単に空間に浮くことが出来るようになった。（太平洋の真上にお住みください。鳥のことばがわかるようになるでしょう）——これは分譲のための空間不動産の謳い文句である。


　少年のパパは安サラリーマンだったので、中でももっとも安い高度数千マイルの場所に五十坪の空を買った。少年は友だちもなく、空でひとりで遊ぶようになった。少年は庭で見つけた空の塵を、学校に持っていった。

先生は少年にゴミより小さい星のあることを教えてくれた。その日から少年はピンセットで「小さな星」の採集に、歩幅十歩と二十歩の矩形の空をくまなく見て歩くようになった。少年の家の屋根から望遠鏡で見ても、じぶんの生まれた地球はとても小さかった。

地球に棲んでいる人たちは、議論ばかりしているそうだ、と少年はパパからきかされた。地球にとどまった人たちは多分、余程議論好きな人たちにちがいないだろう。だが、少年は空中移民のなかでもとりわけ内気で孤独な性癖をもっていたので、いつでも家のまわりで遊んでいた。

ある日、少年がピンセットでつまめるくらいの星を見つけて、そのきらきらした光を見つめていた頃、パパが浮遊力を失って墜落していった。

ママは号泣したが、パパはみるみる小さくなって消えていった。

どこに墜落したのだろう、と少年は思った。どこでもいやだけど、とりわけ地球だったらいやだな、と少年は思った。

しかし、パパが墜落したのは地球だった。浮かぶ力を失って、ふたたび帰ることの出来ないパパは、地球からときどき手紙をくれた。

それによるとパパは元気でいるとのことだった。そして帰るために、自分が乗れるような飛行船を造っているということだった。パパとママとは、たびたび手紙をかわしていた。ママは風船住宅をたたんで地球に行こうと言ったが少年はいやだと言った。

それからまもなく地球がなくなった。

何でも地球の人たち同志の話しあいのつかないことがあって、大きな爆弾がなげられたのだということだった。

パパも死んでしまった。

それでママは涙をながして泣いていたのだ。少年が言った。

「ママ、目に星が入ったんだね」

＊いるかいないか

もう二十年もすると、あらゆる動物と人間とは自由に話が出来るようになるだろう。

というジョン・リリの記事を読んだとき、少女はとても幸福な気分になった。少女は今、七才だったので二十年後には二十七才になる。それは十分に若いとは言えないけど、ロマンスに間に合わないというほどの年でもなかったからである。

もしも少女が二十七才になって、あらゆる動物のことばが話せるようになったら、どうしても話しかけたい相手が一匹いた。それは話しかけたいというよりむしろ恋を打ちあけたいというほうがあたっていたかも知れない。——その相手というのは土曜日に遊園地でみた一匹のいるかなのであった。

だが二十年後にもあのいるかが、いるかいないかは問題であった。あの、チョビひげをたくわえた小肥りの中年紳士、汗っかきで人の好さそうないるかは、もうこの世にあいそを尽かして消えてしまっているかも知れない。さみしそうな目つきをしょぼつかせてあたしをじっと見ていたいるかは、水の中へドボンととびこんだまま帰ってこないかも知れないではないか。そう思うと、少女はなんだか悲しくなった。悲しくなると目があつく重たくなってきて眠くなった。

その夜、少女は夢を見た。

夢の中では、あっという間に二十年たってしまっていて二十七才になった少女は、いるか語がすっかりわかるようになっているのだった。少女はいるか語で歌をうたい、いるか語で話をした。そこであの遊園地へとんでいって、いるかを探しだしたのだった。

ちょうどいるかは、出来たての背広を着てネクタイをしめているところであった。

「いるかさん！」と少女は胸をおどらせて、いるか語で呼びかけた。

「あたしは人間のことばをぜんぶ忘れて、やっといるか語を手に入れました。それというのも、あなたに恋を打ちあけたかったからなのよ。さあ、あたしにいるか語で話しかけてちょうだい！」

するといるかは目をショボショボさせて、思いがけないような表情をした。

それからびっくりするような素晴らしいバリトンの人間のことばでこんなふうに語るのだった。

「ああ、お嬢さん。ぼくはいるかです。この二十年間一生けんめい努力しているか語をすっかり忘れ、やっと人間のことばを手に入れたんですよ。もういるか語が全然わからないけど、人間のことばで恋を打ちあけることができるってわけですよ！」

だから少女といるかが、恋しあうためには、またまた二十年も待たねばならなかった……というお話。

そしてこのいるかというのは、たとえばぼくのことなのである。ぼくはつい最近まで、少女のことばというのが理解できない男なのであった。

＊ポケットに恋唄を

軽い男がいた。

歩いていると、ときどき軽すぎて体が少し浮くような感じがした。気がつくと足が地上から少し浮いていた。

彼は自分の体のなかに水素ガスがたまって風船になってしまう恐怖にとりつかれた。彼は早速、医師のところへ相談に行った。

しかし彼が訪ねた百人の医師は、口を揃えて「どうにもしようがない」と言った。風船とはちがって、彼の体には「空気抜き」が何穴かあったので、なぜ「真空状態になっているかわからない」のだ。

軽い男は誰かの陰謀にちがいない、と思った。彼は七人の私立探偵に七倍の調査料を払って調査させたが、やっぱり「誰の仕業なのかわからない」のであった。

だが、彼の「日ましに軽くなってゆく」という症状はどんどんと進んでいった。彼は気がつくと、入浴しようとしてバス・ルームへ入ったとたんに軽くなり、天井に頭がつかえてしまって、足は空中を泳ぐような恰好になってしまっていた。

「こんなところを他人に見られたら大変だぞ」と彼は思った。

他人は、無内容、無思想、無肉体などと言って彼を嘲笑することだろう。

そこで彼は外出するたびに、（体が浮かないようにするために）ポケットにオモリを入れて歩くことにした。一塊の鉄では重すぎて歩くことが出来なくなるので、花をいっぱいつめこんでオモリにした。

花屋で、自分の軽さを花ではかりながら釣合をとるというのは、なかなかの名案であった。

だが、そのうちに彼の「軽くなってゆく」という症状はすすんで、花束ではオモリがわりにならなくなってしまった。彼は泣きたかったが、涙さえも我慢せねばならなかった。（涙の重さも、惜しまれたからである）

そんな彼に、ある日少女が話しかけた。まったく思いがけないことだったが、少女が一言話すたびに、彼の胸の中には何かずっしりとした重みが貯えられるような気がした。

軽い男「何だかへんだけど、きみと話していると、ぼくは浮かばずにいられるような気がするんだ」

少女「でも、ことばに重さなんてあるのかしら？」

軽い男「わからない。

だけど、きみのことばはぼくの重さになってくれる」

だから、彼と少女とは毎日逢って話すことになったのです。

でも、本当にことばに重さなんてあるものでしょうか？

ぼくのこたえ。
「ことばには重さはないけど、
愛には重さがあるのです」

18

＊お月さま、こんにちは

ある日、女の子は一足のストッキングを買いました。

それはお月さまの色をした、ごくふつうのストッキングでした。

でも女の子が、それを包んでもらって帰ろうとすると、洋品店の太っちょの主人が言いました。

「このストッキングは、ふつうのストッキングじゃない。はいたら、きっとびっくりするようなことが起こるだろう」


アパートへ帰って女の子は、しみじみとそのストッキングをながめました。見たところ、どこも変わったところがない。

でも、はいたとたんに踊りたくなって、死ぬまで踊りつづけたという赤いくつの伝説もあるように、このくつ下にもきっと何かのいわくがあるのだろう。

はいた人がみんな幸福になれればいい。

でも……もし不幸になるというストッキングだったらどうしよう！　はいたとた

んに人生に夢がなくなって、友だちにもきらわれて、帰る家もなくなってしまったら……。

女の子はだんだんこわくなりました。そこでそのストッキングをはかずに、そのまま川へ流してしまったのです。

魚たちは、長い足をもっていなかったので、ストッキングに見向きもしませんでした。

ひげの濃い二人の陽気なルンペンが、その流れてきたストッキングをすくい上げて、お日さまに干しました。そして、それを「新品同様」にして、古道具屋に売ったのです。

まだだれにもはかれたことのないストッキングは、古道具屋の店先で、使い古しのギターや、小鳥のいない鳥籠と並んで風にゆられておりました。不思議なことに、闇の夜でもそのストッキングのまわりだけは、とても明るくなるのでした。

さて、そのストッキングを買ったのは、貧しい詩を書く少女でした。彼女はひとりぼっちでした。

いままでのストッキングには、もう天の川ほどたくさんの伝線があったので、アポリネールの詩集を売って、これを買ったのです。

手でさわってみると、とてもなめらかで、それにはいてみると、ぴったりと、まるでしわもたるみもないはきごこちなのでした。それればかりではありません。

少女がこれをはいたとたんに、足がすくすくっとのびたのです。

少女はなんだか歩いてみたくなりました。

というよりはストッキングが「歩くように」と命じたからです。

「でもどこへ？」

と、少女がためらいながらききました。

「広場のほうへ」

と、ストッキングが言いました。

「どうして？」

と、少女がたずねました。

「男の子がいっぱいいるから」

と、ストッキングは言いました。（私は、あなたの恋の水先案内人になってあげましょう）

広場へ行くとも行かぬともきめぬうちに、ストッキングはもう歩き出していました。

少女が何ひとつきめるまもなく、ストッキングはどんどんと人ごみの中へ少女を「運んで」行きました。一歩歩くたびに、少女の足はすくすくっと一歩分だけ長くなりました。

あたしは背も高くなれるでしょう。

と、少女は思いました。

そして、高いということはロマンチックだと思いました。その夜、少女は自分の足に魅せられた七人の紳士に七度プロポーズされて、七度恋をしました。

あんまりすてきだったので、夜も眠れなかったくらいです。

ところが、少女はその夜、ストッキングをはいたまま眠ってしまったのです。

（きっと、こんなすばらしい夜の思い出をぬぎ捨ててしまうのが、いやだったのでしょう）

眠っているまにも、ストッキングをはいた足は、すくすく、すくすくっとのびました。そして少女が夢の中で、ロマンスの味をかみしめているまに、少女の足は、一メートル、二メートルとぐんぐんとのびてゆき、いつのまにか空にもとどくばかりになってしまったのでした。少女はきっと眠っているうちに、お月さまにとどくのではないでしょうか？

これは、お月さまをはいた話です。

いもうとのために買った新しいストッキングを見ているうちにこんなことを考えてしまったぼくはひとりぼっちでした。

＊長距離歌手

1

何ということだろう。

歌い出したら止まらなくなってしまったのである。

歌手の名はガラスで、歌はアーヴィング・バーリンのラブソング、「いつまでも、いつまでも」


ことの起こりは、こうである。

自転車乗りの名人ヴィネガーが、その功によって准男爵を授けられ、貴族の末席につらなったことを記念して、紙の城で盛大な祝賀会がひらかれることになった。シャンペンの栓はとび、近在から集まってきた田舎地主や家庭教師、自転車乗りや写真屋までが集まってヴィネガーを讃えた。そして余興としてガラスが数曲歌うことになったのである。

はじめ、ガラスは「さみしい女」をさらりと歌った。拍手は紙の城をゆさぶり、その哀調に厩舎のロバまでが涙をながした。しかし歌い終わると、一座はシンとしずまり返ってしまい、まるで「悪魔が通る時間」のように白けてしまったのだ。

ヴィネガーは盃を持ち上げて叫んだ。

「もっと長い歌はないのか?」

「財産目録というのがあります」

とガラスがこたえた。

「じゃあ、それをうたってくれ!」

臓物屋　二つの石　三つの花　一羽の鳥
二十二人の墓掘人夫
恋　洗い熊　某夫人　レモン　パン
大きな太陽光線　大波　ズボン
靴拭きのある入口
三羽の七面鳥
大きなベッドの上のふたりの恋人たち

しかし、財産目録も、間もなく終わってしまった。ヴィネガーは大声でわめいた。「もっともっと長い歌はないのか?」

「フランソワ・フランソワの生涯というのがいまのところ、思いつくなかでは一ばん長い歌でございます」

「フランソワ・フランソワの生涯だと?」とヴィネガーがききかえした。葬式の場面の出てくる歌だな?」

すると家庭教師があわてて「お目出度い席でそんな歌はいけない」と口を添えた。「いっそ、甘い短い歌をくりかえしくりかえし歌う方がいいのではないかと思います」

そこでガラスは、自分でも大好きな「いつまでも、いつまでも」を歌いはじめることになったのである。

2

ところが歌いはじめたら、どうしたことか止まらなくなってしまった……ガラスの喉はいつまでも歌いつづけ、その声量はいささかも衰えることがなかったのである。

パーティが終わり、みんな帰ってしまってもガラスは歌いつづけた。ボーイがあと片づけをすませ、大広間のシャンデリアが消え、執事がもう歌をやめてください、と懇願してもガラスは歌いつづけた。ああ「いつまでも、いつまでも」

誰もいなくなってしまったあとで、その暗闇でガラスは歌いつづけた。朝、窓のカーテンのすきまから陽がさしこんできてもガラスは歌いつづけ、城の召使いたちが食事をはこんできてもガラスは歌いつづけた。

だが、ガラスが歌いつづけているのはガラスの意志によるものでないことは、はた目にもはっきりとわかった。ガラスはときどき、目を白黒させて苦しそうにしたし、それに大好きなママレードを塗ったトーストも、レモンジュースも口にいれることは出来なかったからである。

ガラスはことし四十才。

もう引退した女性シンガーで、体力から言っても、とてもそんなに長く歌うことが出来るわけがない。まるで、老いた鴉が、声をしぼりだすように歌っている眺めは、優美というよりは、むしろ無惨といった方がふさわしいような眺めなのであった。

3

彼女を歌いやめさせるには？

と外科医は言った。

「怪力の男がいればよいだろう。歌うということは、結局は上顎と下顎との運動であるから、怪力の男がそれを閉じさせてしまえばよい」

そこでヴィネガーはすぐさま怪力士を一人呼んでそれを実行させた。しかし、彼女の歌は、口をとじてもやっぱり流れ出てくるのであった。「いつまでも、いつまでも」

彼女を歌いやめさせるには？

とパン屋の主人は言った。

「口へパンを放りこんでしまえばいいだろう。蓋をしちまえば、声も出て来ようがないだろうからな」

そこでヴィネガーはすぐさま一塊のパンをひきちぎって、彼女の口へつめこんでみた。しかし、パンは彼女の声の旋律にあわせて口からあふれだし、ゆるやかに宙を舞うという始末なのであった。「いつまでも、いつまでも」

彼女を歌いやめさせるには？

と金物屋の倅は言った。

「口からあふれ出てくる歌を、ノコギリで挽き落としてしまえばいいさ」

「あるいは歌に縄をかけて、身うごきできねえようにしちまうってのは、どうだえ？」

しかし、誰も歌の正体を手でつかむことは出来ないので、それは不可能であった。

4

ああ一体どうしたことだろう。

とみんなは思案にくれた。それは、まるで時計塔のように高らかに、晴れた空をわたって村中のすみずみまで流れてゆくのであった。

さて、どうしてガラスの歌は止まらなくなったのだろうか？

城の地下室で掃除の少女と馬丁の少年が抱きあっていた。二人はパーティのとき、暗闇で愛の告白をし、しみじみと告白しあったのだった。

少年が言った。

「さあ、もう行かなくっちゃ！」

少女が言った。

「もう少しいて！」

少年が言った。

「じゃ、二階のパーティの、歌がうたい終わるまでいよう」

そしてまた二人はあついくちづけをかわした。

だから、二人の愛が終わらないうちは、ガラスの歌をうたいやめさせることは出来ない。

ぼくのペンのいたずら！

＊スクスク

あたしんちに一人、気狂いがいます。

でも誰がそうなのかはわかりません。みんなはお互いを疑いぶかく見張っています。

あたしんちは先祖代々、船の設計士。お祖父ちゃんのパパが作った船は、アフリカまでも行きました。

あたしんちの家族は、やぶにらみのお祖父ちゃん。猫の大好きなお祖母ちゃん。すこし吃りでベルリオーズのレコードの大好きなパパ。船で島の別荘地まで家庭教師にでかけていく、スカートのとても短い男好きのお姉ちゃん。工業学校でフットボール選手のお兄ちゃん。

そしてあたし。あたしは七つ。仇名はスクスク。本当は小児麻痺で、とってもちびっこ。真赤なダリアが大好きで、キウリは嫌い。

誰がいったい気狂いなのでしょうか。

広い豪荘な家で、飛べない剥製の鷹を撫でながら、お祖父ちゃんはあたしに言いました。

「気狂いのお祖母ちゃんに気をつけな」

そのお祖母ちゃんはあたしに言いました。

「パパに気をつけなさい」

そのパパは不機嫌そうに「お姉ちゃんに気をつけるんだよ」と言うのです。

お姉ちゃんは目をまるくして青い林檎をかじりながら、

「お兄ちゃんよ、お兄ちゃんに気をつけないといけないよ」

お兄ちゃん？

するとそのお兄ちゃんは言いました。「気狂いの、お祖父ちゃんに気をつけなくっちゃ！」

どれがいったいどうなのか。先祖代々の肖像画のある応接間であたしは迷って目まいがしそう。

スクスク　スクスク　あたしの家族は全部で六人、なかの誰かが一人だけ、気狂いだ。

月が赤く見えたり、トマトジュースが血に見えたりしたら大変。

そいつが気狂いだ。気をつけろ。気をつけろ。スクスク　スクスク。

「てってい的に科学的に捜査してもらうべきである。わが家の純血の係累を守るためにも……医者だ。精神分析医を呼びなさい」とお祖父ちゃんは言いました。

でも……とスクスクはききました。

「その一人をどうするの？」

「どうするって？」

「純血の係累のために、殺してしまうの？」

こんどはお姉ちゃんがそっと囁きました。

「誰か一人を強制的に気狂いにしてしまうのよ……誰だっていいのよ。そうすれば、少しは変なことをしたりして、ほんとの気狂いになってしまうわよ」

でも、その声が家族みんなに聞こえたのでみんなは重苦しい気持ちで、にらむようにお姉ちゃんを見ました。お姉ちゃんは黙ってしまいました。

翌日から、みんなの挙動に変化が起こりました。みんな、「自分だけは正常である」ために工夫しはじめたのです。つまり、お祖母ちゃんは何でもかんでもお祖父ちゃんの真似をしはじめました。気狂いは一人なのだから、二人同じことをする人がいるとその二人は気狂いではない、という理由からなのでしょう。

するとこんどはパパがお祖母ちゃんの真似をし、お姉ちゃんはパパの真似、お兄ちゃんはお姉ちゃんの真似、お祖父ちゃんはお兄ちゃんの真似をしはじめました。

朝食のとき、五人は同じようにちょっとやぶにらみで大麦入りのスープをのみ、同じように咳ばらいをしました。それはみていても、むしろ涙ぐましいくらいよく似ていました。

スクスクはひとりぼっちでした。もしいたずらして、血のついたナイフを食卓の上へおいてもみんなは知らんふりをしているでしょう。

スクスクはやがて、いつか自分ひとりだけすることがちがっている、という理由で発見され、気狂いだと言われるだろう、と予感しました。

もしかしたら、世の中の気狂いとはみんなこのようなものなのかもしれない。気狂いとは真似するのがいやな人たちなんだ。スクスクは一人で石けりをして遊び、小鳥を撃って遊び、空へ大きな声で呼びかけて遊びました。

スクスク　のびろ青い麦
スクスク　燃えろあたしの血
スクスク　はえろ　雲雀の翼
スクスク　スクスク　あたしの夢

家では家族五人が、一列に並んで夜の歯みがきをしている頃でしょうか。スクスクはチョークでいっぱい、壁に落書をしながら大きな字でこう書きました。
「あたしは王様。世の中はうそつき！　みんな、うそつき！」

＊鰐

ある朝、彼は言いました。

「ゆうべ、鰐の夢を見たよ」

それからベッドに腰かけて一匙のコーヒーを湯にとかしながら、

「一匹の鰐が、このベッドの下にかくれているんだ」

「ちょっと待って」と彼女が言いました。

「そのさきは、私が言うわ」

彼女は彼と並んでベッドに腰かけて、足をぶらぶらさせながら、それでもいささか不安そうに言いました。

「ベッドの下にかくれている鰐は、何もしないの。ただ、いるだけなの。だけど、箒で追いたてても、出ていこうとしないの」彼はびっくりして、

「きみも見たのか？」と言いました。

「同じ夢をきみも見たのか？」彼女はうなずきました。

「それで隣の主を呼んで来て、長い棒でつついてもらったけど、やっぱりビクともも

しない。まるで動かないの」

「同じだ」と彼は言いました。「まったく同じだ」

だけど、同じ夢を見るなんてことが、ほんとにあるものだろうか？

「こわいわ」と彼女が言いました。

「何が……」と彼が言いました。「ベッドの下を見るのがか？」


ゆうべ寝る前に、彼は彼女と熱い抱擁のあとで、

「目があいてるときは二人はいつも一緒だけど、眠ってしまうとべつべつだね」と
言ったのを思い出しました。

「どうして？」と彼女はききました。

「だって、夢まで同じものを見るってわけにはいかないもの」

——ところが、同じ夢を見てしまったのです。

「これは完全な愛のしるしだよ」と彼が言いました。

「鰐は、二人の愛のシンボルなんだ」

「だけど……」と彼女はこだわりました。

「ベッドの下に、もし、ほんとに鰐がいたら、どうするの？」

「なおさらすてきだよ」

と彼が言いました。

「夢だけが一緒じゃなくて、醒めてからの現実まで一緒なんだ。そうなりゃ、もう
ぼくらの愛は永遠だ」

「いると思う？」と彼女がききました。

「かも知れない」

「でも、もしほんとに鰐がいて、ほんとに追い立ててもここを出ていかなかったら、どうする？」

「仕方ないさ。それはぼくらの夢の罰だ」

「こわいわ」と彼女が言いました。

「これから、ずっと鰐と一緒に暮らすのね。ベッドの下の鰐と」

「ああ、仕方ないさ……それが愛のあかしならね」


恋人たちの皆さん！

あなたたちは二人で愛しあったあとで、ベッドの下を覗いてみたことがありますか？　そして、そこにかくれている一匹の鰐を見出したことがありますか？

あなたたち二人にとって、覗いてみたときに、鰐がほんとにいるのと、いないのとどっちが幸福ですか？　私にはわかりません。

でも、ベッドの下の鰐は、あなたたちの愛がほんものであることをはかるための、私の宿題なのですよ。

♥ 詩物語──はだしの恋唄

詩物語＝はだしの恋唄

♥

桜んぼの実る頃になった。

ぼくは久しぶりに，学生時代に下宿していた家を訪ねた。ぼくが家庭教師をしてやっていた夏子が，すっかり大きくなって
セーラー服を着ていた。

「おどろいたなぁ」

とぼくは言った。「あれから，もう九年もたったのよ」

と夏子は大人っぽく言った。

その夏子が，ぼくの借りていた部屋の屋根裏から出てきたといって返してくれた一束の大学ノート。その汚れたノートに書きのこされてあったのがこの三つの詩物語である。
大学時代，夏休みのひまにまかせて書いたもので，今読むとその稚さにはあきれかえる。もしも，これを読む人が，九年前にかえったつもりで，九年前のこころで読むことが出来たら
どんなにか，いいことだろう。

「青春は，かえりみるときの微笑でなければならないのだから……」

ジュウル・ルナアル

＊墜ちた天使

ドンが帰ってくるという噂だけでも町は錯乱した。たとえば地下の酒場「棺桶館」は朝から不機嫌にドアをしめて、片目の野良犬は転がってゆく新聞紙をいかにも不安げに眺めていた。あの人たちはみな色を失い、この町で新鮮なものは市場のキャベツだけになってしまった。

けれども帰ってきた黒ん坊のドンは思い出を失くしていた。彼はうすのろな微笑をただひとつの目じるしとしてこの町に帰ってきたのだった。不思議に白いソフトがよく似合ったが、それは七月という季節のせいだった。そのドンの肩にのっかった例の鸚鵡さえも

Tu te moqes

と自嘲しつづけていた。これを見てサボテンを飼っている床屋の親爺はこう言った。「あいつは、サンドミンゴでノックダウンされたんだ」

ドンが思い出を失くしたことについて信用しない人が町には二人いた。小学校の

先生と洋服屋の主人であった。オールドミスのケイト先生は金切声で「ドンには初めから思い出なんかなかったのよ」と言った。そしてやぶにらみで葡萄の葉をちらちら見た。しかし、とりわけ何といっても驚いてそして悲しんだのは洋服屋の主人の方であった。彼の小心ぶりはたとえばその日常性にみる通り、朝起きる、新聞を急いですみまで見る。やがて自分の死亡通知の出ていないことがはっきりしてから安堵の胸をなでおろして言うのである。「俺は生きているぞ」彼はドンの帰郷を知るや、これはてっきり復讐のために違いないと合点した。なぜならドンが拳闘選手として全盛をきわめた頃、彼の店で縞のチョッキを一枚つくったことがあるからである。そしてそのとき彼は抜目なくボタンをひとつ少なくつけて少しもうけ、この暴れ者を搾取した痛快事を一生の記念としていたのだった。

Il arrive un nalheur !

町の時計はみんなこう歌った。「ああ今日は（nalheur）の日だな」と人たちは煙草をのみながらそう思った。この町では不幸は自分たちの幸福の度合を量るために時として喜んで迎えられていたのだ。ドンは川べりを散歩して、時計台の鐘を聞いた。彼は顔中が曇天のようにくもっていた。薔薇はあちこちで盛りであったし、町では田舎芝居が繁昌していたのに。

実はドンは恋をしたのだ。相手は花売り娘であった。彼女は昔も今も競馬場の前の酒場「気まぐれの星」の出口で薔薇を売っているのであった。不思議なことにこの娘が口をきいたのを人は見たことがない。だけど啞ではなかったので、たぶん恋人の前でしかものを言えないのだろうと噂された。そしてそれはまったく当たっているのだった。

田舎芝居では白い男がロミオを演じていたが、これはまったく不評であった。このロミオはふだんから少し口をひらき、目は濡れていて一般人としてのどの知覚もないようにさえ見うけられた。彼は舞台のさなかにジュリエットに向かってああ可愛い僕の恋人と言えずに絶句してしまったり、おいでと言うところでは「お行き」といい「愛する」と言うところでは「嫌いだ」と言った。そのくせジャン・ルイ・バローの若い日のような美男子で、忘れることをさえ忘れているほど、仕草がかなしみに充ち充ちていた。

さて青葉の光の目に痛い朝のことであった。いつになく上機嫌なドンがトランクを買った。

そしてある日、町中は大騒ぎになった。花売娘がいなくなったのである。「棺桶館」の主人は興奮してグラスを砕いた。「これは政治のせいだ」しかし、花売娘はドンに盗まれたのであった。ドンはていねいに花売娘を折りたたんでトランクにしまいこむと一目散に駆けた。

競馬は今やまっ最中で純血種の黒馬が gallop する喚声がどっとあがった。ドンは振向かなかった。

夜までドンと鸚鵡は下宿のなかでじっとしていた。それからトランクをひらくとはじめに薔薇の花がどっとこぼれた。黒ん坊はたちまち興奮した。しかし花売娘は硬くなって失神していて動かない。それはまるで人形のように色を失ってしまっているのだった。彼と鸚鵡は思案した。

舞台がはねると白い男は疲れたように外へ出た。ジュリエットの娘はそれを見送っていたが呟くのだった。「あんまりだわ、あんまりだわ」涙を一杯たたえた目に、わけもない嫉妬のいろをたたえながら彼女は火の匂いのする扇を妬みぶかく夜の方へ投げてやった。すると蛾が墜ちてきた。ジュリエットは二人分の食卓へうつむきながら一人すわった。「仕方がないわ」あの人は芝居だけじゃなくてあたしと一緒に暮らす気持ちもなくなってしまったんだ。白い男はやがて川へ入りあおむけに浮かんだ。そして流れゆく方に恋があるのだ。

ドンははっと思いついた。この花売娘の意識を呼ぶものは恋よりも強いものであればよい。すると鸚鵡が叫んだ。「それは火だわ」そうだ、それは火にちがいなかった。黒ん坊のドンはポケットから「棺桶館」のマッチを出すとシュッとすった。すると窓の外に星がひとつ出た。

白い男は川岸笹藪まで流れてくると、起きあがりそして岸にあがった。そこは古い賭博館の廃墟であった。今はランプも落ちてしまってまっ暗だった。白い男はドアをギイッと押した。するとつづく廊下にはトランプがずっと敷きつめてあった。彼はそこを通ってつきあたりの一つの室に入ろうとした。

シュッとすられたマッチが花売娘の靴に点されたとき花売娘は言った。

「待って」

遠いところで白い男ははっとして立止まった。

ドンははっとして火をもみ消して、もうれつに花売娘に接吻した。しかしそれは紙のように味気なかった。ドンはもう一度火をシュッとつけた。また星がひとつふえた。火はシュルシュルと音をたてて花売娘の足をも焼いた。コンクリートのこの室で、鸚鵡は小首をかしげて言葉を思い出していた。

白い男はこんどは室に入った。そしていつものように暗闇に向かって言った。

「今日こそは僕の名を言おう」暗闇がこたえた。「何も言わないで」

白い男はそれを追いかけるように言った。

「一つだけ――愛していたんだ」

「愛しているなら名前なんかどうでもいいわ」

「どうでもいいこたあねえさ。ほら黒ん坊ボクサーのドンさね」

相つぐ花売娘の言葉にドンは狂喜してそう言った。しかし花売娘は少しも聞いている風はなかった。なぜなら娘の言葉は白い男に逢うためにとんでいっていたのだから。

「僕たち一座は今日帰る。けれどもロミオはさようならを言わないよ」

花売娘は人形のようになおも燃えつづけた。

「ロミオはさようならを言わないよ」

鸚鵡が叫んだ。しかしドンはそれを聞いてはいなかった。彼は涙を浮かべた。そして燃えはててゆく花売娘にもうれつに、髪に頬に火に接吻した。しかし燃えつきてしまうとそれは一枚の新聞紙になった。星が木枯しをさそう、でもまだ十一月ではあった。ドンは泣いた。すると泣いているうちに、失った恋が思い出を呼ぶというあの法則で次第によみがえってくるものがあった。拳闘場、薔薇、サンドミンゴでの試合、八百長を裏切ったための私刑、海の憂鬱、母親のネックレス、嘘字だらけの手紙。そうだ俺は若かった。舞踏会、喝采、俺はいまどこにいるのだろう。この新聞紙は一体なんだ。拾ってよむと競馬に勝った片耳の黒馬がモンテカルロ生まれの女と並んで撮られてあった。泣いたあとののどがかわいてドンはぶらりと飲みに出た。一暴れしてやろう。出ていったあとに鸚鵡がのこされた。

「ロミオはさようならを言わないよ」

白い男は帰りがけに足もとにおちている一輪の薔薇をみた。それを拾ってかるく匂いをかぐと何かやさしい匂いがした。これは何の匂いだったろう、と彼は思い、思い出せぬままにぽいと捨てた。うしろには長い廊下があった。

＊火について

やっと人目につかない小屋にしのびこんだ中学生が煙草に火をつけようとしてマッチをすってもも火がつかないのだった。二本目も三本目も、とうとう十本目も駄目だった。一体どうしたというのだろう。彼は藁のように窓から洩れてくる陽にマッチ箱を透かしてみながら考えこんだ。あの煙草にむせた涙のにがさが中学生にはたまらなく恋しかったのだ。

しかしマッチは陽にかわかしても無駄だった。このちっぽけな奇蹟はなぜなら、次の朝には町のあちこちでも起きたのだから。

鍛冶屋の黒ん坊はねぼけまなこでふいごをまわしても火が入らないので故障かと思って隣のでぶでぶおばさんを呼んだ。しかし事件はすでに隣の家でも起きていたのだった。

「家でも火がつかないんですよ」

と、でぶでぶおばさんの甲高い声が帰ってきた。「どうやっても火がつかなくなってしまったんですよ」（これは大変なことになったのにちがいないのだ）

牝鶏はばたばたと羽ばたいた。

少女は朝早く窓をあけていつものように火山に向かってかるい欠伸をしたが、ふいに顔色を変えて呟いた。

「火山の火が消えてしまったわ」

こうして町からはすっかり火が姿を消してしまった。


マオは浮浪児であった。マオは森で一番大きな楡の樹のほら穴で鳥たちと一緒に暮らしていた。マオはあの奇妙な歌「何もかもなくなった」という歌をよく歌うことのほかは一体どんな少年なのか町の誰にも知られていなかった。

何もかもなくなった
種子も破片もなくなった
鳥には空がなくなった
翼に風がなくなった
ぼくらが歌をやめたので

「やっぱり駄目だ」と理科の先生が大きなレンズを地面に置いて言った。人たちは不安そうに町長の顔をのぞきこんだ。（そうか、やっぱりだめか）町長は落胆して空を仰いだ。空はどこまでも高くて強すぎるくらいの陽が人たちの真上からさしていた。

しかし、レンズに陽光をいくら集めても火はつかないのだった。

「レンズめ、すがめの真似をしやがって」と理科の先生は呟いた。

「火を盗んだのは一体どやつだろう？」

「火のない暮らしは地獄の暮らし」

「あすからどうして暮らしていけばいいんだ」

と、みんながやがや騒ぎはじめた。鍛冶屋の黒人も胸に手をくんでおろおろと歩きまわっていた。

（あのふいごにかぎって、俺をうらぎるわけはないんだが……）


町の一番外れのレストランの一番隅の台所で、貧しい小間使いの由美は皿を洗いながら、この騒ぎについて考えていた。「町にははじめから火なんかなかったんじゃないかしら」由美は皿を洗いおわると今日は例の騒ぎでレストランが開店休業なので久しぶりに恋人のマオに逢おうと思った。マオなら町に最初から火がなかったという由美の新説に賛成してくれるかもしれないたった一人の味方だったからである。

だが、由美と逢うなりマオは自分の唇で由美の唇をふさいでしまったので、由美はその自分の説を話す余裕なんかなかった。二人は仔鹿が水をむさぼるようにお互いの唇をむさぼりあい、目をつむってその暗闇に鏡を思い浮かべ、お互いの顔をうつしあったのだった。一時間ほどの長い沈黙と夢のあとで、マオはホテルのカーテンをひらき、町の広場を見下ろした。マオの腕に頰をよせて由美は広場を見下ろした。

町の広場にはちょうど巨きな石が二つ、車で引きだされてくるところだった。ロバはいないた。人たちは期待と不安でそれをとりかこんだ。選ばれたのは鍛冶屋の黒人とボクサーあがりの用人棒だった。黒人が一つをもちあげると力一杯その石をもう一つの石にこすりおろした。火打石ははげしくぶっつかると小さな火をはげしく発した。それは雉子の啼く声に似ているようだった。

「ね、火はなかったのよねえ」と由美はマオに語った。まるで歌うようだった。窓を森の揚羽がとびこえる。

「だれも火を習慣で使っているあいだは火を自分のものにしていなかったのよ。一度なくなってはじめて火の意味がわかるんだわ。

ほんとうの火はそれからじゃないと誰も見ることはできないんだわ。創って、それからほんとうの火を見るんだわ」

広場ではどっと歓声があがった。火打石の火をわけてもらおうと女たちは、みんな藁束やマッチをもってかけよった。広場がそうした女の群衆で一杯になると、町長は叫んだ。

「私たちの火です。これからはみんな石と石を打って、火をつくってください。古い時代にもどるのです。マッチやライターが発明されなかった時代にもどるのです」

ボクサーあがりの男は得意になってまたその巨きな石を打った。火たちがはげしく青空にとびちって、消えていった。火が明るくてこんなに熱いものだと誰がしみじみ感じたことだろう。

「町にはじめて、火の意味が甦ったのよ」

と由美が頬を熱くして言った。これから、やっと火の役割がみんなに思い出される。火だけじゃなくて、あらゆるものがある日突然に消えてしまえばいいのに。

「みんなが知らないで、忘れているものでそのくせみんなが毎日触れているものは一杯ある。たとえば恋だってそうなんじゃないかしら」

由美は楡の葉をもむように吹く風に頬を横むけてマオに言った。

「でも、これからは……」（そうだ、これからは）

川を流れながら浮いている巣では小鳥が生まれようとしていた。

何もかもなくなった
種子も破片もなくなった
鳥には空がなくなった
翼に風がなくなった
ぼくらが歌をやめたので

火がなくなったことが一つの春を招いたかのようにみえたのは、しかしつかのまのことにすぎなかった。町にもまもなく「いたずらの季節」が訪れた。太っちょで黒いチョッキを着た首切り役人の男がそれである。彼は町に処刑のあるときはいつも切られる人に向かって言ったものだ。

「できるだけ血が少しだけですみますように」

それから同情ぶかげにその人をじろりと眺めまわし、じぶんの給料がいかに不当に安いかということを、いま死んでゆく人に訴えたりするのだった。

この男がふいに一もうけすることを思いついたのだ。（何も不便な火打石など使わなくとも隣町の火をもらってきさえすればいいんじゃないか）という考えである。そうだ、そうすりゃあの鉄くさい囚人どもの血を浴びて給料をもらうまでのことはないのだった。町長に逢って早速話をきめよう。

首切り役人は髭を剃りながらそう考えた。

——その話を聞いたときこれは大事件だ、と由美は思った。

由美は楡の木のほら穴で鳥たちとねているマオをゆり起こして相談した。

マオはこの報告をきいて何べんも首をふった。

そいつは怪しからん。何とかしてくいとめなくっちゃ！

隣町から火をもってきたら町のランプも帆もそして火山もふたたび明るくなるにちがいなかった。少なくとも町の小さな幸福はたやすく町の手にかえるのはたしかなことだ、とマオは思った。

だが僕たちは小さな幸福とたたかわなければならないんだ。火の意味を知るためには千の火を死なせなければならないんだ。

（首切り役人の運搬を止めなくっちゃ）とマオは立ちあがった。

夜の森の枝たちの上に空が横に長かった。

「僕は首切り役人と逢おう」

「由美も行く」

©Aquirax

九十九人で船出をしたが
生き残ったはただ一人
あとはラム酒が
一壜だ

一杯機嫌で首切り役人はだみ声で歌っていた。もう夜明けまで遠くなかった。

「あの若僧め、へんなことを言いやがったが、誰がこの火をやるもんかい」

彼はマオと由美の願いをはねつけてから同じ道を馬車で揺られて帰ってきたのだった。すっかり酔っていたが、一もうけできるかと思うとしごく陽気だった。

火は馬車に吊るしたランプのなかで揺られていた。


「どうしよう」と由美はマオの顔を不安そうに見あげて言った。

（なるほど町の人たちにとっては僕のねがいはかなえがたいものかもしれない。しかしあの町の空のにごった漂流物たち、あの人たちのなかをながれている無数のあどけない意味の問いかけのために、僕はやっぱり首斬り役人と戦わなきゃならない）

マオは手をあげた。鳥たちが集まってきた。

ランプの火の上にばさっと鳥の翼がかぶさると火が消えそうになった。首切り役人はあわててランプを持ちかえた。

「おっとっと。そうはいかねえ」

次の鳥がやってきてまたランプの火が消えそうになると首切り役人はそのランプの火を馬車の油にちょっとこぼした。

「火が小さすぎるからいけないんだ」

この火を消したら俺のもうけの夢はまるつぶれになっちまうじゃないか。

みるみるうちに火はもえあがっていった。燃える馬車の中で首切り役人の男はますます大声をはりあげて歌った。

九十九人で船出をしたが
生残ったはただ一人
あとはラム酒が
一壜だ

その炎は天を焦がし群がる鳥たちは片っぱしから火の鳥になって燃えおちた。雉子は帰ってこなかった。梟も鷹もどの鳥も翼を焦がしては地に墜ちた。マオはくやしそうに燃える馬車をみおくっていたがついに両手をあげたのだった。目をつむった。楡の樹の葉がマオの下になったと思ったら空はマオの翼のなかにはいった。マオも鳥になって火を消しに飛んだのだ。由美のために。

「こいつぁ、しつこい鳥だぞ」

首切り役人は燃える馬車の中でうるさそうに手をはらった。（何としても火柱がないと一儲けができんからな）

鳥ははげしく体あたりをしては火にぶっつかった。森は夜明けが近かった。鳥ははげしく羽ばたきながら火のなかをゆき、もどっては馬車をおそった。「この火は嘘の火だぞ」と叫びつづけながら。

首切り役人は首をちぢめてそれをみていた。それでも馬車は燃えながら走りつづけているのだった。

町は歓喜でこの馬車を迎えた。火はたちまち町の手にかえった。そうして首切り役人とその太い首にとまった黒揚羽は人たちの万才で迎えられたのだった。

火が町にかえるともう石は役立たなくなっていった。鍛冶屋の火は黒人にとって道具になり、火山はまた眠そうなけむりをあげているにちがいなかった。

森のなかの道で由美はまっ赤なバラを一輪拾った。彼女は焼けて死んでいるマオの上にかがんでそのバラを置いて髪にやさしくくちづけた。

「とうとう、ほんとに火が死んでしまった……」

＊泥棒のタンゴ

維夫は壁にぴったりと背をつけてあらあらしい息を肩でしていた。（あの白鳥はなぜ黒い翼をしていたのだろう）盗もうとして手をのばした白鳥が、ふいに羽ばたくと翼がまっ黒に見えたのだ。盗みそこねたことよりも維夫には裏切られたくやしさの方が大きかった。目をあげると舞踏会はもうはじまっていた。踊る人たちは新聞紙のように混みあって流れていた。広いフロアーに維夫は自分の長い影をみつめた。影の中に、どこから転がってきたか真赤な薔薇が一輪こぼれていた。拾おうとしてかがむとふいにその手を押さえたものがあった。

「若い泥棒さん。タンゴをお踊りになりませんこと？」

維夫は驚いて手をひっこめた。ほくろのあるマダムが立っているのだ。

「僕、駄目です。壁の花なんです」

男爵は目をほそめて黒鳥の翼を撫でていた。男爵がもし、（翼あれ、黒鳥よ）と言えばたやすくこの黒鳥は羽ばたくのだった。そして羽ばたくときの白鳥の翼はどんな黒鳥よりも黒い。

「出来あがったのだ」

男爵はアトリエのカーテンをひいた。広間は夜がいっぱいあふれていた。男爵は煙草に火を点けた。

男爵は孤独な男だった。彼はどんなものにも本質や定義をみとめなかった。泥棒は盗み薔薇は咲き鳥は飛ぶ、というように領分をわけあって調和をはかってゆく社会の慣習を彼は嫌いなのだ。彼は贋物ばかり作るのが趣味だった。詩の盗作、贋のミケランジェロや人造宝石売買、そしていつわりの殺人までもたやすくおかした。その彼が博物館内の皇帝所有の白鳥にまるでそっくりの贋物の黒鳥を作りあげたよろこびは下男のカラスの口癖を借りるまでもなく空前絶後なのであった。


「さあ、着いたわよ」

後手でドアをしめながらマダムは維夫をみて笑った。踊り疲れた維夫は両手を垂れてはにかんで立っていた。マダムがシャワーを浴びはじめるとソファの中に維夫は倒れるように横になった。声がした。

「ジョイや、拭いておくれ」

すると隣の室からアイボリーコースト生まれの豹がしなやかに入ってきていきなりマダムにおそいかかるようにしてびしょ濡れのマダムの肌を舐めはじめた。豹の舌は、マダムのタオルなのだ。

「ねえ。冷蔵庫にトマトとビーフが入っているわ」

マダムは快さそうに目をとじたまま言った。維夫はけれども眠くなってきた。マダムは肉づきのいいはだかをこちらに向けて維夫をうながして言った。

「さぁさぁ、私のジゴロさん。今夜は眠らせないのよ」

はじめに朝の新聞をみたときに男爵は何かの間違いだろうと思わずにいられなかった。しかし読み返してもやはり本当だった。

(白鳥の死。昨夜の例年にない寒さのため肺炎をおこしていた皇帝秘蔵の白鳥は看病の甲斐なく死亡した) 男爵は不機嫌にその新聞を折りたたんでおいた。そうだ、およそ贋物つくりにとって何よりの失望は本物に価値が失くなるときだ。本物が死んでしまっては、贋物にも値打がなくなってしまうのは自明のことである。男爵はブザーを押した。下男のカラスが顔を出した。

「お出かけですか」

「散歩だ」

おかしな街だなあ。

維夫はマダムが出ていった街を窓から見下しながらそう思っていた。それはまるで安全ピンで壁に留められちまった蝶のように、幸福が日なたの町にへばりついて息をついているようだった。空気が厚くなりすぎたのだ、そうにちがいない。そういえばおかしなことばかりだった。たとえば果実たちはもうすっかり熟れているのに風が吹いても落ちなかった。けむりは青空にとまってしまっていた。よくみれば花売娘も不良少年も水夫もみんなまっすぐ歩いている。そうだ、自分の領分をコンクリートのうちにきめてすこしもまがらないで歩いていった。(やっぱり空気が厚すぎるのだ、人たちは気がつかないが、そのくせみんな空気の厚さに参っているんだな）維夫はくすりと笑った。やがては空気の厚さにみんなおしつぶされてしまうだろう。それにひきかえて情事の冒険を知った彼は朝の食事のシェリンプ・スープを海のように吸いながら（僕は何て自由なんだ）と思った。

するとすると自由すぎて何をしたらいいのかわからない自分がもしかしたらすこし病気のような気がした。維夫は窓からはなれると豹を呼んでみた。

「ジョイや、スポーツしよう」

おかしな街の空気の厚さをジグザグにまるででたらめに歩いてきたひとり、男爵はいまトランプを配っていた。配りおわると三人のインデアンに向かって幾枚かずつ替えてやった。男爵と三人のインデアンはこのカッフェ（くらくら軒）の定連だった。男爵は配りながらすこし渇いていた。

三人のインデアンが口をそろえていった。

「フル・ハウス」

「ストレート・フラッシュだ」男爵は無表情に、ポーカーチップをひきよせて言った。

「暑いね」

そうだ、敗けたのは暑さのせいだ。三人のインデアンはそう思った。窓をあけると通りが見えた。通りをちょうどほくろのあるマダムが歩いている。いかにもしなやかにマダムの腰が街角をまがった。男爵はふいに立ちあがった。

「今日のは貸しにしとこう」

風が入ってきたときにはもう男爵の姿は室内にはなかった。忘れていった麦藁パナマに縄のように太い陽が洩れてさしていた。三人のインデアンはカンサスの知らない赤い花を思い出して顔を見あわせた。

「ずるい、ずるい」

維夫はくすぐったそうに身をのけぞらせてもがいた。豹のジョイは牝だった。はだかになった維夫は汗まみれでジョイをのがれようとしたが、豹はすさまじくやさしかった。あらい息をぶっつけあって維夫とジョイはベッドのなかでのたうちまわっていた。びっくりしてとびこんできた小間使いのマリは顔を赤らめてものも言えずに立っていた。

「あの」何度かためらってやっとそうマリがいったとき、維夫はシーツの端からはみだした顔を思わずこっちに向けた。

「やあ、ひどいな。だまって入ってくるんだもの」

マリはおろおろしていた。マリは維夫を昨夜みたときから好きだったのだ。でも今はもっと大切なことを言うときだった。

「奥さまが、さらわれました」

男爵はマダムをトランクの中へしまいこんで河のほとりを歩いていた。恋をしたのか、それともこのマダムの贋作をつくりたいのか自分でもわからなかった。河にぼんやりと自分の顔をうつしていた男爵はふいに思いついたようにトランクを持ちかえた。

「そうだ、それがいい」

男爵が立ち去ったあとまだしばらく、河に男爵の顔がうつったままだった。顔はさみしく逆らっていたがやがて消えた。やっぱり恋をしたのだった。

「男爵だって」

維夫はシーツをはねのけた。豹のジョイは恥ずかしがってその中へもぐりこんだ。

「僕、行ってみよう」

「でも」とマリはいぶかった。そうだ、維夫ははだかなのだった。彼はシャツを着る前にシャワーを浴びた。それから飲みのこしのスープを一息にのみこむとドアもしめずにとびだした。

しかしすぐまた帰ってきた。

「大丈夫。マダムはきっとつれてきます。男爵のお邸は昨夜、僕が泥棒に入ったところなんだから」


男爵は鍵穴に鍵をさしこむとほっとため息を洩らした。（恋とは盗むものだ）というのが彼の卓論だったのだ。それからマダムをベッドに横たえると葉巻に火をつけた。このマダムの贋物をつくってやろう。

（俺はもしかしたら神様の末裔なのかもしれない）と彼は思った。（何でも思うことが実行できてしかも自由の重荷がちっとも感ぜられない）人を殺しても、贋物をつくっても少しも良心にいじめられないとすれば彼はまさしく神なのかもしれなか

った。（罪の意識さえないなら、俺は空を飛ぶことだってできるのだ）

男爵はマダムをしげしげと眺めおろしていた。ローブからはみだした行儀のいい足はすこし汗をかいている。くちづけようとすると下男カラスの声だった。

「誰かがやってきました」

「僕は男爵に逢いにきたんだ」

「でも不在なんです」

「うそだ。たしかにここに入るのを僕は見とどけたんだ」

維夫はあらあらしく息をはきながら今にも下男のカラスに襲いかかるのではないかと思われた。

（その若僧は鏡の室へ入れてしまえばいいんだ）男爵は下男のカラスにそう言いつけた。鏡の室というのは男爵の作品のなかでもとりわけ傑作で、どの壁も全部ガラスでできているのだった。だからこの室へもし一足いれたら最後、四囲にうつった自分とほんとうの自分との区別がつかなくなってしまい、どれがほんとうの自分かわからないままに誰でもが消えてしまうという仕組になっていた。贋物好きの男爵がこの室をつくって以来、どれほど沢山の人たちがこの室で自分を見失い鏡のなかに吸いこまれてしまったことだろう。そのたびに男爵は声をあげて笑ったものだ。

（こいつらは顔かたちと洋服の色で他人と自分を区別していただけだったのさ。だから顔かたちも洋服もそっくりの連中にとりかこまれるとたちまち自分がどれだかわからなくなっちまうのだ）

　ドアをあけると維夫は思わず、

「あっ」

　と叫んで立ちすくんだ。七人の維夫がまるで同じ表情で維夫を見ているのだった。男爵は恋を邪魔されたので少し不機嫌になっていた。彼はあらあらしくマダムのローブを引き裂いて、マダムを征服してしまった。まるで金魚のようにマダムは腹で息をするばかりで情事はすんでしまった。マダムはうすく目をあいてくちづけに舌でこたえるでもなくぼんやり男爵を見ていた。

「俺はいつでもこれなんだ」

　男爵は勝利者の憂欝をさみしくしめして言った。

「あなたが何でもできると思ったら大間違いよ」とマダムは言った。

「できるさ、
　俺には何だってできる」

「でも、飛ぶことはできないわ、鳥のように」

「空をか？」

「ええ、空をよ」

　吸いさしの葉巻をぽいとなげ捨てると男爵は大煙突を仰いで目をほそめるのだった。

　維夫はいまいましく舌うちした。しかし、舌うちしたのは鏡のなかの維夫かもしれなかった。音だけが空しく維夫の耳にひびいた。（僕は一体、どいつだろう）「見ている」者が主体なのだ。しかし鏡の維夫を見つめている維夫が実は見つめられているのだ。僕も、もしかしたら一枚の鏡のなかにいる。お互いに見つめあうことによって僕たちはどいつも僕でなくなってしまっているのだ。維夫はけものの息を吐いて鏡に向きあっていた。

(僕は泥棒なのだ。泥棒ならば自分自身を盗みとらねばならないんだ)

ちょうどその頃大煙突の頂上でシャツを脱ぎパンツ一つになりながら男爵は鼻唄を歌いはじめたところだった。

こうなったら俺もひとつ、鳥のように大空をとんで、神のように自由になってやろう。彼はリリエンタールの「鳥の飛行による航空術」の一節を思い浮かべながら、両手を翼のようにひろげて羽ばたき、思い切って飛びあがった

(そうだ)

と、維夫は思わず声をあげた。(見るからいけないんだ。他人を見張ろうとするから見張られるんだ)維夫は鏡にむかって目をつむった。(目をとじて触れてみる。この手、この腕、これが僕だ。見ようとしなければ、ぼくはほんもののぼく自身に触れることができるだろう。そしてその手ごたえが何よりも生きてるってことの証しになってくれるのさ。

彼は目をつむったまま、ものすごい力をこめて目のまえの鏡に体当たりをしていった。

大音響と共に鏡はこわれた!

墜落だった。

その曇った鏡の中の空の亀裂のなかを、男爵、飛べなかった鳥はまっさかさまに墜ちてゆき、そのまま浮かび上がってくることはなかった。


そして維夫は目をあけてそこに青空を見たのだ。ガラスの破片が身を刺したが維夫は叫んだ。

(これだ。これが僕なのだ。僕はとうとう僕を盗んだぞ) やさしく血が頬にのぼりはじめ、長い眠りに落ちるように、維夫は青空のめくるめくなかに気を失っていった。


マダムはびっくりしてベッドに上半身を起こして呟いた。

一体、何の音だったかしら?

見れば全裸にされている自分がふいに恥ずかしかった。どうしてこんなところに、そしてこの大きな剝製は一体何なのかしら。

するとその黒い翼はけたたましく羽ばたくのだった。

白鳥だ。すべてがはじまるのですよ。

♣十九才

十　九　才

♣

これはぼくと友人の往復書簡である。

友人の名前は山田太一。いまはシナリオライターになって「記念樹」の台本を書いたりしている。

この手紙のやりとりを始めたとき，ぼくらは十九才と二十才だった。大学の構内で，ぼくらは貧しい時代のアルト・ハイデルベルヒを，書物とレコードと，ほとんど実りのない恋とに熱中しながら過ごしたのだ。しかし，ジュウル・ルナアルではないが，

「幸福とは幸福をさがすことである」のだから，こうした古い手紙のなかに過ぎ去った日を反芻してみるのも，たのしいことの一つかも知れない。

ともかくも，あれから十年たったのである。何もかも終わってしまった。そして，何一つ終わったものはなかった。

今，ぼくは「人生の時」といったものについて考えながら，ぼんやりと窓の外の夕焼けを見つめている。

私はあの日に信じていた
粗い草の上に身を投げすてて
あてなく眼をそそぎながら
秋を空にしづかに迎へるのだと。
（立原道造）

夏

大学の最初の夏。

ぼくは三宮さんという同級生を好きになっていた。そして山田は演劇研究会の弓野さんを好きになっていた。二人とも、最初に恋心だけがあって、相手はあとからやってきた、という感じであった。

山田から寺山へ

ギリシャ語には海という言葉がない、と言うのだ。ギリシャ民族は海と決して離れず、他国を占領しても、海の近くだけで（例えばマルセーユ・ナポリ）奥地を恐れた民族だった。それが海という言葉を持たない。もちろん日本人がパンというフランス語を日本語化しているという意味では持っている。これはどうもおかしいことだという話だ。小林教授はその理由を知っているらしいのだが、言語学の面白さに生徒をひきこませようという気持ちか、言わない。

山田から寺山へ

「好きだって言って断られたら、もうつきあってくれないから……それなら言わないで、つき合っているほうがいいもんな」　（三島由紀夫『十九才』）

しかし、どっちにしても、何もないまま会わないでお別れだな、と思うと寂しかった。

ノエル・カワードの『逢いびき』という戯曲を読んだ。君の部屋にもあったから、読んだと思うけど。あの八五頁の中段から下段にかけて、うまいね。

（ローラ）（殆どささやくように）分かりますわ。（ベルの音が響く）あなたの汽車です。

（アレック）（うつむいて）ええ。

（ローラ）乗りおくれないようにしなければ……。

（アレック）いや。

（ローラ）（再びおろおろ声で）どうなさったの？

（アレック）（努力して）何でも——何でもありません。

片方が強くなると、片方が弱くなり、離れがたい気持ちが、スマートに出ていてうまいと思った。

寺山から山田へ

ある日バーナード・ショーに手紙が来た。
「わたしは豊かな肉体美をもった踊子です。結婚しましょう。そうするとあなたの頭脳とわたしの肉体で素晴らしい子が生まれますわ」
すかさず彼は返信をしたためて「止しましょう。もし、あなたの頭脳とわたしの肉体をもった子が生まれたら困るからね」

これは、きみへのなぐさめ！

山田から寺山へ

「わたしは一束の紙を眺めた。それは一握りの毛髪よりも個性がなかった。髪ならば唇や指で触れることができるのだが、私は精神には死ぬほど倦き倦きした。わたしは彼女の肉体のために生きていたので、彼女の肉体が欲しかった」（G・グリーン『愛の終り』）
僕は前に、これを読んだ時、これは観念的な無理をしている、事実に反している、と思った。失った女の髪――そんなものより、手紙や日記の方が、ずっと僕を慰めるだろう、と思った。しかし、今、僕は、よくわかる。僕は髪が欲しい。ワラエ。ワラエ。

寺山から山田へ

猫と女は呼ばないときにやってくる。メリメはうまいことを言ったね。甘やかしたので自惚れてやがんだな。モンテルランの『若き娘たち』を読んで、ざまぁみろ、という気になったが、これはあんまりひどいので、例えば『女は（「あのこと」だけ）』って考え方。それなのに「あのこと」を知らないで僕が女を書こうなんて大それていてそれだけ書き甲斐はあるが――実際上、女を扱えないわけだと思った。「若き娘たち」って変だね。娘はみんな若いよね。

寺山から山田へ

「男が愛し終わると女が愛し始める」ってモンテルランが言ってるけど愛はそれ自体、目的には（少なくとも今の僕たちには）なり得ないと思うから、目的にしようとする女の慎重さに男が嫌気さすのは当然なり。

山田から寺山へ

われわれのひそかな願望は、叶へられると却って裏切られたように感じる傾きがある。　（三島由紀夫『遠乗会』）

この数日、ずい分忙しかった。それも昨日で一段落だ。今朝は予定もなくこうやって君に話しかけている。一昨日は大船の帰り、鎌倉で一時間も海を見ていた。静かな海で、砂浜の遠くに女学生がたくさんいた。石をほおったりしていた。そのさざめきが時折ちぎれて聞こえた。僕は自分のこれからの生活を考えていた。しかし、ぼんやりとしか浮かんで来なかった。

「アントワーヌには、人間が運命のきわめて重大な時機に際して、なんと安心した気持ちでいられるものか、すぐ後から起こることに対して、いかに無関心でいられるものか、と言うことが考えられて、感慨無量なものがあった」　（マルタン・デュ・ガール『チボー家の人々』――ラ・ソレリーナ――）

僕は別に「感慨無量なもの」もなく、中年の主人が投げる棒切れを追いかける犬を見たりしていた。僕は決してニヒリストを装うものではない。ただ、このところひどく呑気だった。

秋

ぼくは病気で入院した。

長い病院の生活がはじまったが、ぼくと山田の友情は、いっそう深まっていったかのように思われた。ぼくは三宮さんにすっかりふられてしまって、病院で書物ばかり読んでいた。

ときどき、誰かを好きになりかけたが、それも本物ではなかったようだ。三宮さんは、どうやら山田を好きになりかけていたらしかった。

寺山から山田へ

病院で。
僕はそれでもぼんやり立っている。するとその子は
——つめたいわよ
といって、いきなりもっているガラスのコップを僕の腕におしつけて、おどろく

ほどじっと僕をみている。それから笑い出す。

僕はすわっている。するとその子はふいにやってきてカーネーションを僕の方にかざす。

——もらってきたのよ

——ふうん、と僕。

——わざわざ見せにきたのよ、ピンクの花言葉を知っている？

——……

——ハ・ツ・コ・イ　初恋よ

言いながら、その子は真赤になっている。

その子は坪井というのでみんなボイちゃんと言う。

——ボイちゃんがあなたを好きだってよ

なんて、同室の人が僕に言いに来てにやにやしたりする。

——退院したら毎日見舞いに来てあげる

なんて言う。しかし彼女のところには若い男が見舞いに来ている。その子は「兄よ」と言う。兄だかどうだか、始終来ているが、来るとその室のドアを閉めるのでわからない。

僕はいたずらしたことがある。その子が皿を洗っているところをうしろから、くすぐるみたいなことをした。

——あら、と言って、びっくりするくらいまじめな顔になってしまって、一瞬しらじらとしたものが流れる。ふいに、

——わせだア、わせだア
なんて言いだして、

——わせだは、昨日、負けたわね

僕は学生でない女の子は知らないし、こんなことははじめてなので本気なのか、うそなのか、だまされているのか、わからない。熱を出したのだと言って、寝ている。
——見舞いにいらっしゃいな、なんて同室の婆さんが僕に言ったりする。
みんなで食器を片づけている時その子が
——この人ったら、私が熱出して寝ているときに見舞いに来てくれないのよ

僕がその子を「いいな」と思っていたとして、そうした心の動きをたくみにあやつり、同室の人たちにみせびらかそうとしているのか、本当に好きなのか、まるきり僕はわからないしミレーヌ・ドモンジョとも似ていないし、どうでもいいやと思うのだが、この頃、そわそわして廊下を歩いてばかりいる自分に気がつく。

気まぐれにだれかと思いきり観念的な理屈をしゃべりあいたいものだが、それもできず——男が面会に来てるとそれがいい男だから気になる。ひょっとすると僕は惚れてるのかな、なあんて思ったりする。

僕はこうした種類の女の子というのは、どんな交際をするものか知らないし、かまととみたいに思えたり、まったくわからない。甘えん坊でどの人にもすぐ、
――おいしそうねえ
とか、
――きれいな花ねえ
とか言ったりしているが、そのくせひどくはにかみやだったりする。大きな声で話すことと、じっと目をこらしてみることが、特色で、どうもうらで舌を出してるんじゃないかな、なんて思ったりする。しかし魅力的なのだ。
――あら、そう見える。わたしがだましそうに見える。だますって「男をダマス」ような風にわたし見える
なんて言ってじっと見て、それからまた笑い出す。困ったものである。

山田から寺山へ

元気そうでよかったね。

湯河原から出した手紙の宛名に「東京都」を入れなかった気がする。とどいているかどうか。

アランは気にいらない。

「小雨が降っている。表に出たら傘をひろげる。それで十分だ。〈また、いやな雨

だ〉などと言ったところで何の役に立つか。〈ああ、けっこうなおしめりだ……〉となぜ言わないか」　（アラン『幸福論』）

何が憎らしいといって、こんなことを言う奴ほど、憎らしい、厭らしい奴はいない。手紙はまた書く。サヨナラ。

山田から寺山へ

私は海はいりません。この庭の昼のしずかさを私にかけて私は護ります。お帰りなさい。ほら、もう太陽はあの棒のそばに来て、あれは私に日暮れを教えます。私は青く身仕度をして、夜を待つのです。ああ、あなたはいりません。お帰りなさい。　（立原道造『メリノの歌』）

このごろ、高樹町あたりの住宅地を歩いていると、僕は被疎外を感じる。物慾が湧く。

こんなことは今までなかった。

歩いていると、犬を連れた少女がやって来る。犬が電柱ごとに立ち止まるので、少女はうすあかく頰を染めながら、そっぽを見て僕の方へやってくる。彼女はやがて結婚するだろう。それでも、彼女は犬を連れて夕方散歩をするだろう。それに比べて僕の未来のなんという不安定！

寺山から山田へ

何事も感じることのにぶい男がいた。ラジオをかけていた。ラジオはウインナ・ワルツをやっている。ワルツって何とかいうお菓子に似てるって山田が言ってたっけな——と男はそう考えた。そうだ、ワッフルか。ワルフルと言えば、ワッフルは俺をフッた女に感じが似ている。

——じゃ、さよなら——これが三宮さん。

——ああ、また明日、ね——これが僕だった。

——……

——どうして乗らないの

——あのね、電車に私が乗ったらすぐ帰ってね

——なぜ?

——だって乗ってからもあなたがそこに立っていらっしゃると何となく恥ずかしいの

——じゃ、すぐ帰るよ

——さよなら

僕は立っていた。電車に女は乗った。女は手をふった。

フェイド・アウト。フェイド・アウトというのは放送劇の用語だそうだ。思い出すと、今頃になってフラれた実感がこみあげてくる。一年前の思い出に、僕に同情せよ。僕に同情せよ。

寺山から山田へ

退院した人が持って来てくれて熱帯魚を飼っている。グッピーとムーン・フィッシュ。
グッピーは妊んでいたのでおととい子を四匹生んだ。
それを別のコップにうつして「自分の飼っている生きもの」を眺める。
エリュアールの「花ばな」という詩より、

ぼくは十五才、手で自分をつかんでみる。若いというこの確信、優しさゆえのあまたの特権をもって。

全然本を読まなかった。ラジオばかり聴いている。パリ・カオイユ（または巴里のジゴロ）っていうのが、サ・セ・パリに似てるが、あんまりよくないね。

寺山から山田へ

『人間の条件』のなかでアヘンの吸飲者のジゾールの感慨があったろう。
「人間を作るには九か月かかるが、殺すには一日で足りる、って言葉を知っているだろう。

私たちはそのどちらをも人間に知れる範囲で味わい知った……。しかしあんた、いいかい。一人前の人間を作るには九か月かかるんじゃないよ。六十年もかかるんだ。犠牲と意志とそれからいろんなものの六十年が必要なんだよ。そしてその人間が一人前になってそいつのうちに、少年のあとも青年のあとも全くなくなると、もうその人間は死ぬしか用はないのだ」

全くそんな気がしちゃうこの頃だ。

そんな訳でモダンジャズも敬遠している。こうした感覚の刺戟を必要とするのは精神の労作が安易になりがちなせいで、僕ら近代人は「感官がきわめて鈍磨している時代に」（ヴァレリィ『独裁の理念に関するノート』）いるんだと思う。そして感覚の刺戟に精神の労作は反比例するように僕には思える。憂鬱だねえ、秋は。

山田から寺山へ

「生活が楽になると共に、彼は道子がますます自分と固く結ばれると自惚れたが、何ぞ知らん、戦争中辛くも二人を繋いでいた唯一の心の紐帯は、失われていたのである」　（大岡昇平『武蔵野夫人』）
そして僕たちの交友は、君の全快によって、いよいよ深められることはなく、君の入院中、辛くも二人を繋いでいた君の「病気」という心の紐帯が失われることによって、むしろ薄らいでゆくのではないか。

僕はしきりにそう思われてならない。もちろん（と僕は思うのだが）君は、僕以上に、そう予見している、と思う。

「見舞われている」「相手は病人」と言う相互の気遣いが、こわれる交友をうまく、つくろっている。したがってそういう互いの我慢が、全快によって、とりはらわれたら、まず十中八、九僕たちの交友は終いだろうと思うが、どうだろう？

寺山から山田へ

鉄砲の弾丸が遠くまでとぶのは方向が限られているからだと、ディアギレフという作曲家がプロコフィエフに話しかけている。

僕は鉄砲だまになっちゃって詩をつくっている自分を感じる。

でも感じたときには鉄砲だまは下へおっこちちゃう。

僕はまもなく詩を止すだろう。でも僕は散文よりも音楽みたいな世界性のある芸術、芸術よりもほんものの人生をはじめたい。

君とまだ海へ行ったことはないね。退院したら行こう。近いうちにかならずおいでよ。

今日ぐらい元気なら僕もおしゃべりしたいことが一杯ありそうだ。今日、実は鴨の肉を食った。また。

冬

ちょっとしたことから、ぼくと山田はいさかいを起こした。むろん三宮さんのこともあったが、砂川闘争のこともあった。政治についてぼくはひどくペシミスティックになっていたが、山田は積極的だった。弓野さんは学生運動家であったし、大学には政治的季節のからっ風が吹き荒れていたのである。

山田から寺山へ

詫びるべきは僕だとしても、君の葉書の暗い皮肉は一種の敵意を僕の心に育てた。

「わざわざ雪をおして疲れているのに出かけて」と君は書いていたね。そんなムリをしてまで来てもらってすまないことをした。（四月三日付葉書、その2）

来てくれ、なんて頼みやしねえや、恩着せがましいことを言うない、と言わんばかりだ。成程恩着せがましいところがある。しかし、湯河原から戻って、たちまち出かけた僕にとって誇張ではない。「嘘」を言われたか、と思った僕にとって当然の状況説明だと思う。しかし……

「信用されてもらえなくなるほど、そんなに度々、嘘や冗談で僕は人を驚かしたかい」（同上）

僕が帰るまで、それはひどい、よせよ、と言ったのに、三宮さんに死んだと言って反応をためすという計画がどれだけひどいものかを思わない君、そう思った時、僕は、突然、嘘かも知れない、と思ったのだ。

「平気さ、と言って聞いておきながら勝手だな」と君は言うが、僕があの噂自体には、そう傷ついていないことは、君を怒らせたあの手紙にも書いた、と思う。

君は今日の葉書で「僕は失礼を詫びよう」と言っている。詫びた相手に以上のようなことを書く僕を、また、君は怒るかも知れないが、君の詫びは漠然としていて、なんでもいいから、とにかくここで、まるくしようという意味にとれる。それで、僕は、以上のことを書いた。そうしておかないと、また、僕は、つまらぬことで君との間をこわしてしまいそうな気がするのだ。

寺山から山田へ

もしかしたら、僕たちは、（少なくとも三宮さん）は、恋愛ということの意味を少し買いかぶりすぎてはいないか。そんなものを大切にしようとするのは何のためだろう。錯覚で倖せになる、というあの種の信仰心、そしてそれの尊厳を守るため

Aquirax

に実感覚を殺すという、とんだ本末転倒のお芝居。僕はタッソオのように「恋に用いられぬ時間こそ徒らに費やされる時間なり」などとは思わないし、そんな余裕はない。中世に恋愛が自発性として存存価値をもちえたからといって今でもそう思っているならとんだお笑いだ。

山田から寺山へ

不和は時がたてばたつほど大げさなものになってゆくだろう。君の言う通りに「桜の咲く頃」まで待っていたら、僕は君の名前を見るのも嫌になっているだろう。しかも根拠はないのだ。それで、僕は、もう一度、ここに機会を作る。君が「もう、いいよ」などと言う手紙でない、沈黙の準備となる手紙をくれれば、それで僕たちは気持ちよく「桜の咲く頃」まで待つことが出来るだろう。僕とて、君も同じだろうが、今、君に会ったり、さりげない手紙を書いたりすることは、とても我慢出来ない。これは断じて自尊心から言うのではない。待つことは必要だ。ただし、待つことが習慣化して、それを破ることが苦痛になるまで、会うことをのばすのは、止めよう。

寺山から山田へ

ガスカールに『女たち』って作品があり、そのなかの短篇の一つ。女が宿泊しているが、小説か詩をかいているので他の客と没交渉でさみしい。みんなにいや味を言われている。ある夜、この宿が遠火事のせいで停電する。

ローソクは隣の村まで行かねばないのだ。

そこで女はこの機会に他の客と親しくなろうとして自分がそのローソクを買いにゆくことを志願する。夜道を遠く行った女が、やっと宿の前まで帰ってきたときに電気がぱっとつく。女は恥をかきたくないのでローソクを道ばたにすてて急いで部屋に帰り、とじこもるとまた停電だ。畜生。女はこんどはローソクを自分の部屋だけにひそかにともして詩をかきはじめるとその扉口に一杯他の客が集まってきて彼女をののしる。

青森はまだ雪が沢山あるそうだ。

ぼくは今でもときどき、三宮さんのことを思い出すよ。

寺山から山田へ

眼を覚ますと　すべてが決まる
と女は言ふ
睡みは私に思考を与えるから
私の記憶は　香はしい木の実

ポール・エリュアール『ただひとり』

君は田舎へ帰る旅装をととのえて、あの僕の知っている部屋で立ったまま、この葉書を読んでいるだろう。

僕は今日元気だ。熱がやっと平熱になった。僕は三宮さんをせめるまいと思うのだ。僕の病気や僕の経済状態、精神状態のひとつひとつを考えなければ贈物を返すことだってごく自然なことかもしれない。ただそういう子との交際に僕は馴れていなかっただけのことだ。癒ってまだ時間があるなら僕は馴れるだろう。

プレハノフの君の読んだ本では「ダヴィンチもラファエロもいなくてもルネッサンスはあったろう」と書いているが、レーニンがなかったら革命はもっと長びいたと僕は思った。

山田から寺山へ

今朝、僕は多少の憂欝と旺盛な好奇心と共に目覚めた。君の言った彼女の信州旅行が終わった翌日、僕は一階でクラスの誰かと話していて、ふと階段をゆっくり降りて来るあの人に気がついた。僕を見ながら微笑してゆっくり降りて来る。僕は「やあ、しばらく」と言った。あの人は立ち止まって、僕が誰かとの議論の結末を急いでまとめているのを待っていた。「信州行ってたんだってね」「そうよ、麦刈りをしたのよ」「へえ、君に麦刈りが出来るの」「出来るわよ」その信州の農村に、共産党員で、非常にしっかりした人がいたと言った。そして僕は二枚の写真をもらって、さよならを言った。授業がはじまりかけていた。思い出してみて、君の噂したような事実があったあとだとは、どうにも思えない。しかし、『青い麦』という映画のニコール・ベルジュの翌日の陽気さを僕は知らない。僕は君の噂の真偽を、非常に確かめたい、と思う。

もし、事実だとしたら、断じて負け惜しみではないが、女の人の面白さに瞠目するだろう。もちろん海千山千の女の態度としてなら、ありふれているが、あの人の態度としたら、これは、少なくとも僕には驚くべきことだ。

山田から寺山へ

「わたし、口に出さずに、わかってもらうのが好きなのよ……」(『チボー家の人々』)

僕も愛していることを、口に出さずに三宮さんにわかってもらいたかった。その方が、あからさまに求愛するよりは君への罪が軽いように思えた。

銀座の田園はいっぱいだった。二時間いて出た。ボワへ行って小海老と牡蠣の料理を食い、新橋まで歩き、品川で別れた。

「ひとはだれかに誠実であれば、だれかを裏切らなければならぬ」(福田恆存『ホレイショー日記』)

僕は感傷的になって、何故愛してしまったのか、などと思った。

品川が近くなると、僕たちは黙りがちになった。「今度は三月五日ですね」僕は言った。「少しあるわね」と三宮さんが言った。しかし、僕はその言葉にあやをかけて、次に逢う日をきめることをしなかった。その時の三宮さんには、何かそれを言わせないようなものがあった。

「自分の表皮の醜さにうったえてはならぬ。そのために自己のすべてを黒くぬりつぶそうというのは、所詮、センチメンタリズムにすぎぬではないか。わたしは自分の醜さを知っている。それに眼をおほひはしない。が、わたしはあくまで身ぎれいにおのれを持していなければならない。はだかになってはいけないのだ」（福田恆存『ホレイショー日記』）

僕は時々自分の醜さを病的に誇張して、あらゆることに絶望することがある。その時の僕がそうだった。――とかなんとか、引用句をつなぐのがもう面倒くさい。

寺山から山田へ

旅の仕度は出来たかい。

僕は旅行の前の日の夕方、下駄をはいて、かるい散歩をするのが好きだ。角の薬屋なんぞで、汽車酔いのしないクスリなんか買って帰ってくる。ふりむくと夕焼けに連山の美しいのが見えるのだがふりむかない。確かめたくないような美しさ。

僕も早く癒りたいと、こころからこの頃は思っている。

春

ようやくぼくは快方に向かっていた。そして山田も大学の生活が終わりかけていた。二人に「人生がはじまりかけている」のに春は何だかさみしかった。

ぼくの最初の詩集が出版された。

だが、ぼくは町に出ても、体がふらふらで、山田に「雲の中の散歩」と言って笑われるほどだった。弓野さんは劇団に入団し、三宮さんは相変らずきれいだった。だが、山田はやっぱりどこか、憂欝そうに見えるのだった。

山田から寺山へ

この数日、焚火の煙があちこちからのぼっていた。家でも、昨日、妹が焚火をした。

今朝はまだどこにも見えない。もっとも大晦日は、焚火などしないものなのかもしれない。ごぶさたした。

二通ほど手紙は書いたのだが、結局破いてしまった。愚痴を書いたものだった。

ボードレールは「悩む老婆を愛する」と言っている。何故、悩む娘を愛さないのか。サルトルによれば、若年の悩みは衝動的で、雑多だが、老年の悩みは、悩みのうちにも落ち着きや透明さがあるからだ。要するに、僕の愚痴には落ち着きがない。読むに堪えない。それで、そんなものでない手紙が書けるまで、のびのびになっていたわけだ。昨日、手紙を受け取った。処女出版、お目出度う。

寺山から山田へ

「癒えぎわは丁度なぎさのやうなもの、波はそこまで来ることもあればややとおい所でひいてゆくこともあり、そうして一旦ぬれました足もみるみるうちに快くかわいてゆくのでございます」　（三島由紀夫『祈りの日記』）

こうした安らぎがいまの僕にはある。

ヴェランダに出て風に吹かれていて何ということなく時がすぎ、ふと気がつくと急にいらだたしくなってかえってくる。

そしてベッドの上で二、三頁本を読みかけてはまた窓の外を見る。

「いらだたしさというものはこのやうなやりばのない退屈さとうまくまじりあふものとみえます」　（三島由紀夫『祈りの日記』）

寺山から山田へ

黒田維理の『ナポリのホプキン』という詩集を送る。この人の仕事は僕のあるときの自己形成に（少なくとも美学の上では）役立ったので送ったからきみにも読んでもらいたい。こんなのがある。

黒

黒い馬のオペラ
黒い自動車の中の黒ん坊美人
旅行鞄の中の黒い表紙の本
黒い男　　（流行色）より

また「秋のジョッキイ」という詩で

古い鞍
ピアノのキー
はじめてタンゴをならった頃
僕は若いジョッキイでした

派手なマフラーを襟にして
若葉の森を駈けました
ふたりで郭公のまねをして

お嬢さん　gallop　だ
パン屑をいみなくポンチの中に落としながら
桜桃の冷たさに
頬のほてりを知ったのでした

やがて秋の木の葉が肩に散る

これは高校の頃、僕の読んだ詩で『ナポリのホプキン』（小冊だが）にはもっとゆかいなのがぎっしり。この男　三十才、オスカー・レバントというピアニストに似ているちょっとしたダンディだよ。

寺山から山田へ

ムード・ミュージックも、中国では「大手術のための音楽」なんてのが出来たそうだね。music for lone とか、食事の音楽といったL・Pが出てるというから「捨てた恋人を思い出す音楽」なんてのもあればいいのにね。この葉書は僕の歌を好きな九州の写真屋の女の子が一組送ってくれた。火山として煙ごと見れば、それは思想のようでさえあるけど、これの一部きわだった赤土の前では、僕もあらあらしく息をつくだろう。夕べ、ジャコメッティの夢を理由なしにみたせいか、今日は病室の人たち同志が近くにいすぎるように見えて、何かこういった集合体に生理的な嫌悪を感じている。

山田から寺山へ

彼女が京都から帰って来てから二度会った。彼女ははじめ旅行がつまらなかったような顔をした。僕は本当のことが言いやすいようにしてやった。すると彼女は旅行は素晴らしかった、と白状した。僕は我慢して微笑していた。

「きみはもう二度とその話はしないのかと思った」
「だって仕方がないじゃないの」
「話をすると思い出が消えちまうよ」
「だから、まわりのほうだけ話してるのよ」
（ヘミングウェイ『陽はまた昇る』）

じゃ、また。

寺山から山田へ

会社員が急速に通る。

ルンペンが通る。

おのぼりさんが団体で歩いてくる。

クウクウなく鳩も、さえずりまわるスズメにも変わりはない。

しかし、サムは……

　『地下鉄サム』マッカレー

しかしまったく僕には勝手がちがっていた。紀伊国屋の前でタクシーを降りたらもうグロッキィだった。そして紀伊国屋の沢山の本と、「あいつら」はついに僕をノック・アウトしてしまった。

まったく「あいつら」ときたら、三年前とちっとも変わりはなかった。ベレー帽やジャンパーや目つきのわるい芸術家タイプの連中の中で僕はもみくちゃになり、ついに夏美にふらふらともたれかかっていって、死んでしまった。

以下、雲の中の散歩。

山田から寺山へ

私はあの日に信じていた
粗い草の上に身を投げすてて
あてなく眼をそそぎながら
秋を空にしづかに迎へるのだと
秋はすすきの風に白く光ってと

それは立原道造。卒業をひかえた秋がしずかに来るとは思わなかったが、僕にも僕なりに信じていた秋があった。こうなろうとは思わなかった。

こうなろうとは夢にも思わなかった
私は今ここにこうして立っているのだ
岬のはづれの岩の上に
あらぶ海の歌に耳を開いて
海は　波は
単調などぎつい光のくりかえしだ

僕は海でなく川音を聞いている。南伊豆、湯ケ野村、山間の温泉で、四軒ばかりの旅館がある。僕のいる部屋は川に面し、その音で、ほとんど他の音は消されている。今日は一日天城を歩いた。ブナとヒメシャラの林は明るかった。僕はそのひとの名を小声でくりかえし呼びながら歩いた。もっとも僕はそう言う自分を好かない。

どうして生きながらえていられるのだろうか。
死ぬのがただ私にはやさしく、おそろしいからにすぎない
美しい空、うつくしい海
だれがそれを見ていたいものか！

明日、僕は石廊崎へ行く。「伊豆最南端の断崖。灯台。遠州灘。相模灘の眺望」と案内に刷ってある。誰がそれを見たいものか！

捨ててきたあの日々と
愛してゐたものたちを
私は憎むことを学ばねばならぬ
そうして
私は今こそ　激しく生きねばならぬ

じゃ、さよなら、上京は三日後、ラヴェルのレコードを持って、多分訪ねる。日曜は岩波の二次だ。今こそ激しく生きねばならぬ、さ。君も元気で。

♥ バラード＝樅の木と話した

バラード＝樅の木と話した

♥

ぼんやりと書斎にいると，ぼくはときどき空想の虜になってしまうようです。

たとえば，剝製の鳥を見つめているうちに，「空を飛べたら，いいのになあ」と思います。

するといつのまにか空を飛んでるような気分になってしまい，書斎の中が空になってしまったような錯覚に陥入ってしまったりするのです。

ぼくは子供の頃，ケストナーの「空想男爵の冒険」が好きでしたが，あの主人公ミュンヒハウゼン男爵の心境は，案外ぼくにも通じるものがあるのかも知れません。

いま，ぼくは机の上にエンピツで何気なく，？のしるし
を書きました。
？　はなぜのしるしです。
？　をじっと見つめているうちに，こんな小さなメルヘンを思いつきましたので，書いておくことにします。忘れてしまわないうちに。

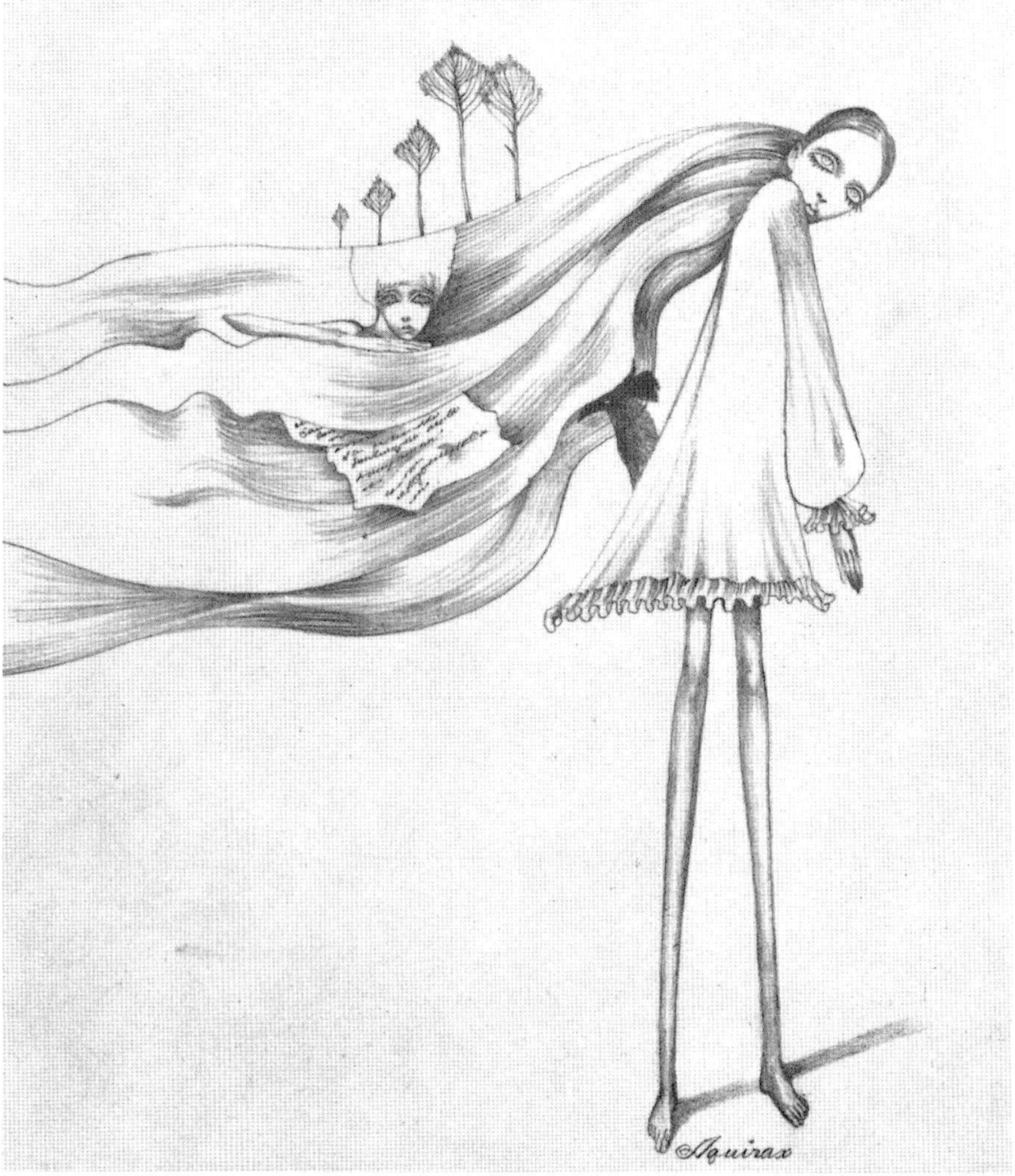
©Aquirax

モミという名の女の子がやって来た

ぼくは表通りの乾物屋の屋根裏を借りて暮らすことになりました。どうして屋根裏なんかに住むの？　ときかれるたびに「すこしでも、空の近くで眠りたいんだ」といばって言いましたが、ほんとはその屋根裏の部屋代がやっと払えるぐらいしかお金がなかったのです。

引越してきたはじめての晩、ぼくはがらんとしたその屋根裏で、話相手もなく、ぼんやりと、これからの生活と売れない詩のことについて考えてうとうとしていました。

すると、そのぼくの頭の上の方から声がするのです。

「ね、……消しゴムをかして」

ぼくはびっくりして顔をあげました。

「消しゴムをかしてよ」

ぼくは夢かと思いながら、目をこすりました。すると、どこから入ってきたか、ひとりの女の子——十七才ぐらいの女の子が立っているのでした。

「やあ、きみはどこから来たの？」

とぼくはききました。「そしていったい誰なの？」

部屋の入口はしっかり閉まっていたし、ぼくにはこんな顔は見おぼえがありませんでした。あとは、屋根にくっついているあけ放しの窓だけですが、そこから見えるのは縹渺《ひょうびょう》とした夜空ぐらいのものです。

「ツグミをかいてるうちに、まちがってトサカをつけてしまったの。だから、トサカを消さなくっちゃ」

と女の子はぶっきらぼうに言いました。ぼくは言われるままに机の抽出しをガタガタ言わせながら消しゴムをさがしました。だけど引越したばかりなので、どうもうまく見つかりません。やっとジャンパーのポケットからすりへった小さな消しゴムをさがしだしてわたすと女の子は、こんどは部屋の反対側に立っていてニコニコしているのです。

「ね、あたしのかいたツグミを見たいと思わない?」と彼女は言いました。「あたしのかいたツグミはほんとに飛ぶのよ」

ぼくはまたまた、信じられない、という顔になりました。

すると彼女はすこしムキになって「あたしのかいた男の子たちは画用紙を抜け出して歩きだすし、あたしのかいたスピッツはほんとに吠えるの。あたしのかいた帽子はほんとにかぶれるし、あたしのかいた海じゃ、みんなほんとに泳ぐことができるのよ」

と言いました。そこでぼくは、彼女がうしろ手にもっている一枚の画用紙を見せてもらうことになりました。ぼくには、とてもそんなことが信じられませんでしたが、それでも彼女がやってきたことの不思議さに、すっかりのみこまれてしまっていたのです。

彼女は得意そうに、ツグミの画を見せてくれました。

ああ、だがそれはとてもツグミなんかじゃなかった。「まるでニワトリじゃないか!」

とぼくは言いました。そしてぼくはおかしさに腹をかかえてしまいました。すると女の子はちょっと怒ったようでしたが、消しゴムでトサカを消しました。するとすこしはツグミらしくなりましたが、それでもやっぱり十七才の女の子のかいたものにはとても見えないほどへたくそな画なのです。

「これがほんとに飛ぶのかい？」

とぼくが言いました。すると彼女は「見てて、いまにもとびだすから！」

と言いました。

そして画用紙のうしろからシッ、シッとけしかけていましたが、ツグミはやっぱりとびだしません。一時間も二時間も、シッ、シッとやっていましたが、とびだすどころか身動きもしないのでした。

女の子は目に涙さえ浮かべて、「飛べツグミ！　ツグミ飛べ！」と言いつづけました。

これがぼくと、モミのはじめての出会いでした。

モミがありとあらゆる商会へ連れて行くと言った

モミがどこから来たのか、そしていったい誰なのかわかるまでに、とても時間がかかりました。

モミはぼくのきくことに、ちっとも答えてくれないし、少しこみいった話になるとクスンと笑って首をふってしまうからです。

　でも、モミがぼくに興味をもったことはたしかなようでした。

　モミはぼくに、

「もし、退屈してるなら」

と言いました。

「あたしがいいところへ連れて行ってあげてもいいのよ」

「いいとこって？」

とぼくが、ききかえすとモミはあたりをうかがって「誰もきいていないかどうか」をたしかめました。

「誰もきいてなんかいないよ。ここはぼくしかいないんだ」とぼくは笑いました。

するとモミは「あたしとても面白いお店を知ってるの」

と言いました。

「この鉛筆もそのお店で買ったのよ」

　ぼくはうなずいて「ああ、文房具屋さんか」と言いました。

「そんならぼくも知ってるよ。郵便局のとなりにあるんだ」

　するとモミは首をふりました。そして、すこし口をとがらして（餌をほしがる小鳥の嘴みたいに）――「ちがう、ちがう！」

と言いました。

「文房具屋さんなんかじゃないわ。

　ぜんぜんちがうわ」

「じゃあ、何屋さんだい？」

するとモミは、ぼくの耳許に口をよせてひくい声で何か言ったようでした。その声がききとれなかったのでぼくが「え？」とききかえすと、モミはもうぼくから離れてしまってむこうの階段に腰かけているのです。

「いったい、何を売っている店なんだい？」

と、もう一度ぼくはききました。

「ありとあらゆる商会って言うの。

何でも売っているお店なの」とモミは両手をひろげてみせて、

「ほしいものなら何でも手に入るわ」

と上機嫌で言いました。

「ほしいものなら、何でも手に入るって？」

とぼくはうなずいて、

「そりゃ、そうだろ。

お金さえあればね」と言いました。

「でも、ぼくはそんなに金持じゃない」

「お金なんかいらないの」

と階段で足をぶらぶらさせていたモミが、

「ただ、ほしいものをえらんで持ってくるだけでいいんだわ」

と言いました。

ありとあらゆる商会では、ありとあらゆる商標のついたものなら、何でもただでくれる。ただし、じぶんのほしいものは自分でえらばなければいけないというのです。

「お月さまがほしい、って言えばお月さまだって壜詰めにしてくれるよ」

とモミが言いました。

「でも、ぼくがお月さまを買っちゃったら、空がまっくらになってしまうじゃないか」

とぼくが言うと「大丈夫！」

とモミは人差指をたてました。

「ありとあらゆる商会じゃ、工場があってお月さまを量産してるの。だからお月さまが二つ三つなくなってもちっともさしつかえないわ」

「へえ！」

とぼくはあきれて、

「お月さまを量産してるだって？」と言いました。「そんな商会へ、すぐでも行ってみたいもんだね」

するとモミが言いました。

「じゃ、連れてってあげるわ。

でも夜中にあたしと二人っきりだからって紳士的に振舞わないとだめですよ。

あたしはまだ、嫁入り前なんだから」

なまいきな、ちびめ。

なぜの壜詰を買った夜の思い出

ありとあらゆる商会は外から見ると、ふつうの食料品店のようでした。ショーウインドウには、さまざまの罐詰が無造作に並んでいるだけでした。でも、真夜中で、あたりが真暗なのに、そこだけが昼のように明るいのは、ちょっと不思議議な感じがしました。

入口までやってくると、モミは人差指を口の前にたてて、

「シーッ」と言いました。

「何を買ってもいいいし、何をほめても貶《けな》してもいいの。でも、たった一つだけ約束してほしいことがあるわ」

ぼくは、もちろんうなずきました。

「いいとも、何でも約束するさ」

するとモミが言いました。「お店の御主人の顔を見ないでちょうだい」

ああいいとも。

そんなことはお安い御用だ……とぼくは思いました。「約束しよう」

そしてモミとぼくとは、そのありとあらゆる商会の中へ入りました。外から見ると、ドラッグ・ストアーみたいだったのに、中へ入ってみると、中はごみごみしていました。ちょうど、一年前に帆布ロープ、船具を売る店へ行ったときを思い出しました。いや、むしろ見世物小屋の中に似ていると言った方がいいかもしれないな。

あの小人の出る見世物小屋、赤だの青だの豆ランプの点滅する魔術市場、鏡の家の中のような胸おどる感じ。ぼくは、モミに言われた通り、店の主人の顔を見ないようにして、陳列してある古いポータブル蓄音器、剝製の鳥、海賊船の模型などを

見まわしました。

「何をさしあげましょうか？」

と主人がしゃがれた声で言いました。

「何でもありますよ」

ぼくは、だまって空っぽの壜詰を手にとりました。何も訊ねないうちに、主人が
「ああ、それは」

と説明してくれました。

「それは、誰でも入れる壜詰ですよ」

ぼくは微笑しました。「こんなちっぽけな壜に、いったい何が入れるものだろうか？」

しかし主人は（まるでインド人の催眠術師のような口調になって）言いました。

「今までに、男の子が二人、若い夫婦が一組、それに山羊と小鳥と年とった人が一人入りました」

「でも、こんな壜の中に入ってどうするの？」

とこんどはモミがききました。「さあ、どうするんだろうね」

と主人は言いました。「自分から望んで入って行ったのだから、きっと幸福になっているんじゃありませんかね」

ぼくは、その壜の中を覗《のぞ》きこんでみましたが、中は真暗で何も見えませんでした。ただ不思議なことは、この長さ二十センチぐらいの小さな壜が、覗きこむと何キロもの道のりがありそうに見えるのです。

「その最後に入った老人というのは、一人娘に捨てられた悲しい司書でしたが、入

るときは口笛を吹いていましたよ」

と、主人は、自慢そうに言いました。でも、ぼくはその壜に耳をつけると、底の方からかすれた口笛がきこえてくるようで、何だかこわい気がしました。「心配はいりません。こわくないものもあります」

とぼくの心を読んだように主人が言いました。「そのへんにあるのは、シャンソンの剥製です。全部、古いシャンソンばかりだけど」

と主人が指さしたのは、まるで鳥の剥製に楽譜でもつめたような、ふくらんだものでした。

「ああそれは」と主人の声は言いました。「ダミアのかもめの剥製だ」

ぼくは、もう決して声にならないその剥製を見つめました。

「ここから地中海までとどくような世界で一番長い煙草。ピンセットでつままなければならないような世界で一番小さな星。

そしてさよならの壜詰、はいたら絶対踊れなくなるという青い靴。何でもあるけれど、あなたはいったい、

何をお買い求めにいらしたのかな？」

主人は、ぼくの背後からやさしく、しかし不気味な声で、そう訊ねるのでした。

けむりの城からの手紙

ぼくは言いました。

「なぜの壜詰がほしいのです」

すると店の主人が、ははあ？　という顔をしました。そこで、ぼくはもう少し高い声で念をおしました。

「つまりぼくは、なぜの壜詰がほしいのですよ」

モミが鳥のように両手をひろげて肩をすくめました。「へんなものが好きなのね」

でも、主人は面倒くさがりもせずに、なぜの壜をさがしてくれました。「近頃は」と店の主人は言いました。「なぜの壜詰なんて、あんまり売れないんですよ。うっかり、こんなものを買って蓋をあけてしまったら、悩みばかりで生きにくくなりますからね」

そして取り出してくれたなぜの壜詰というのは、もうすっかり煤けてしまった一九二〇年代の古い壜になっていて、そのラベルにはほとんど読みとれないような字体で Macaronicum と書いてありました。でもそれが何を意味するかはぼくにもまるでわかりません。「ハムレットは、この壜詰の使用法をまちがえましてな」と主人は言いました。「とうとう、自分で自分をこの壜にとじこめてしまうことになったんですよ」

「ありとあらゆるものの壜詰は、すべて使用法が問題です」

話好きな店の主人は壜の棚のかげから言いました。「さよならの壜詰を買っていった若い女が、ドラッグストアーでケチャップの壜とさよならの壜とをまちがえて、ハンバーガーにさよならをふりかけてしまい、食べた家族がみんな別れ別れになってしまったという失敗もあるくらいですからね」

「へえ？」

とぼくが訊ねました。

「さよならとトマトケチャップは似たものだったんですか？」

「たしかに」と店の主人は説明してくれました。「さよならは、ちょっと甘くて、酸っぱくて、辛くて、指先へつけるとドロッとしていて、ケチャップによく似ていましたな。

しかも色まで、赤かったですからね」

「では、この、なぜの壜詰のなかに入っているなぜは、どんなかたちをしていますか？」

「なぜの長さは何センチメートルくらいで、またその重さは何グラムぐらいですか？」

するとモミがなぜの壜詰の蓋に手をかけました。「あけてみたらいいじゃないの」そして主人がとめようとするまもなく、あっというまにその蓋をあけてしまったのです。

壜の中からはむくむくとけむりが出てきました。

そのけむりはまるで、はじめからそうなることがきまっていたかのように、城のようなかたちになって、ぼくとモミとをとりかこんでしまいました。

「なぜはけむりだ」

とぼくは叫びました。

「いいえ、なぜはお城だわ」

とモミが叫びました。それから、二人は声をそろえて、「なぜは、けむりの城だ」

と叫びました。

この中にとじこめられてしまったらもう、生きて出ることはできないだろう、という、そんな予感がぼくをとらえました。

ああ、なぜだろう……と、けむりの城砦に腰かけながらぼくは思いました。

なぜ、ぼくはこんなものを欲しがったりしたのだろう。

なぜ、いつまでもひとりぼっちなのだろう。

なぜ、月はあんなに遠いのだろう。

なぜ、モミはやってきたのだろう。

なぜ、ぼくは幸福について考えたりするのだろう。

なぜ、こんな内緒話を打ちあけてしまったのだろう。

ああ、なぜ、詩なんか書くのだろう。

この答をさがすためにはぼくはあまりにもさみしがり屋すぎるようです。

◆ あなたのための人生処方詩集

あなたのための人生処方詩集

♦

はじめに次のページを見ていただきたい。

そして，あなたがそこに挙げられているような症状になっていたら，そのページをひらいていただきたい。薬にたよらずに，詩によって心の病気を治療する「人生処方詩集」である。前にぼくの出した本，『さよならの城』の中で，エーリッヒ・ケストナーにならって「抒情的家庭薬局」を付したところ，喜んでいただくことができたので，こんどはぼくの大学ノートにびっしり書きこまれた海外国内の名詩をもって，あなたの心の病いのための処方箋をこころみたというわけである。

病状（こんな症状だったら）　処方（開くページ）

＊恋人に逢えなかったら

マッチ箱からマッチをいっぱいとりだして、恋人のことを思い出して下さい。
マッチが多いほどくらやみも多いでしょう。

夜のパリ　　ジャック・プレヴェール

三本のマッチ　一つ一つ擦る　夜のなか
はじめのはきみの顔をいちどきに見るため
つぎのはきみの目をみるため
最後のはきみのくちびるを見るため
残りのくらやみは今のすべてを想い出すため
きみを抱きしめながら

＊自分の生活に疲れたら

たてから読んでもよこから読んでも同じ詩です。ぼくにもこんな時代がありました。

キラキラヒカル　　入沢　康夫

キラキラヒカルサイフヲダシテキ
ラキラヒカルサカナヲカッタキラ
キラヒカルオンナモカッタキラキ
ラヒカルサカナヲカッテキラキラ
ヒカルオナベニイレタキラキラヒ
カルオンナガモッタキラキラヒカ
ルオナベノサカナキラキラヒカル
オツリノオカネキラキラヒカルオ
ンナトフタリキラキラヒカルサカ
ナヲモッテキラキラヒカルオカネ
ヲモッテキラキラヒカルヨミチヲ
カエルキラキラヒカルホシゾラダ
ッタキラキラヒカルナミダヲダシ
テキラキラヒカルオンナハナイタ

＊いいしれず虚しくなったら

トランクのなかの心のわすれものを見つけだしさえすれば、この虚しさが除かれる………せめてそう思いながら窓をあけて外を眺めて下さい。

記憶　中江　俊夫

どのようにして　人は
死んでいくのだろうか
まだ沢山　話があったのに
自分でも忘れたうちに
死んでしまったのでは　ないのだろうか

すっかり　あの雪のなかに埋れてしまって
あの旅を　誰がたどることが出来るのだろうか
たちさる時　昼だった
今も　昼なのに
そして　もう夏なのに

今も　雪がふっていて
トランクの中の　心のわすれものを
あの人は　わすれなかった手袋の
そんなことを　おもいだす事もあるのだろうか

＊もてなくて淋しかったら

つまりジャック・バロンのようにふざけてみることです。そしてありあまる恋を夢みながら、陽気に街を歩いてみよう。

人生万歳　　ジャック・バロン

たった一人のやさしい女よ
二日の間恋をしようよ

シラカスかウインナへ飛行機で行こうよ
これらの市では人生は恋をするのだ狂人のように

僕は死ぬだろう恋をしながら
もしもお前が僕を愛してくれるなら
僕は死ぬだろう毎日でも

＊有名でないことが悲しかったら

あたしの坐る場所を愛して下さい。

階段を半分降りたところ

A・A・ミルン

階段を半分降りたところに
あたしの坐る場所があるの
これとそっくり同じ階段は
どこにだってない
いちばん下でもないし
てっぺんでもない
だからあたしはいつでも
そこで止って坐っているの

＊夜がきらいだったら

だれかが夜を呼んでいる。
でも夕暮ばかりを好むのは、あなたの若さのせいなのです。

夕暮　谷川俊太郎

誰があかりを消すのだろう
夕暮
あんなに静かにやさしい手で
空の全部にさわっていって
恋人たちは知っている
二人の欲望が消すのだと
子供たちも知っている
彼等の歌が消すことを
だが私は知らない

誰があかりを消すのだろう

誰があかりを消すのだろう
夕暮
それは私のお父さんではない
それは私の愛する人でもない
それは風でも思い出でもない

誰があかりを消すのだろう
夕暮
私が夜を欲しい時　また
私が夜を憎む時
誰があかりを消すのだろう

＊彼がにくかったら

これを十回歌えばさっぱりします。

いびつな男がおりました　　マザー・グース

いびつな男がおりました
　彼はいびつな道を行きました
いびつな階段のところで
　六ペンス銀貨をみつけました
彼はいびつな猫を買いました
　猫はいびつなねずみを捕えました
そしてみんなといっしょに
　いびつな家に住みました

＊純粋な心のままでいたかったら

鬼というのは一体だれか？
それについて考えることが人生の始まりです。

かくれんぼ　　嶋岡　晨《アキラ》

木の中へ　女の子が入ってしまった
水たまりの中へ雲が入ってしまうように
出て来ても　それはもうべつの女の子だ
もとの女の子はその木の中で
いつまでも鬼をまっている

＊都会での生活に自信をなくしたら

むかしディック・ミネという歌手が歌った歌です。
できるだけ通俗的に「なァーくなァー　いもーとよ」と
歌って、歌いながらさみしさを茶化して下さい。

人生の並木路　　佐藤惣之助

泣くな妹よ　妹よ泣くな
泣けばおさない　二人して
故郷をすてた　かいがない
遠いさびしい　日暮の路で
泣いてしかった　兄さんの
なみだの声を　わすれたか

雪も降れふれ　夜路のはても
やがて輝く　あけぼのに
わが世の春は　きっと来る
生きてゆこうよ　希望に燃えて
愛の口笛　たからかに
この人生の　並木路

＊旅に出たくなったら

七十五セントは、二七〇円です。ぶらりと買った切符で、「見知らぬ国」へゆくというのは何とはかない企らみでしょう。

七十五セントのブルース

ラングストン・ヒューズ

どっかへ　走っていく　汽車の
七十五セント　ぶんの　切符を　くだせい
ね　どっかへ　走って　いく　汽車の
七十五セント　ぶんの　切符を　くだせい　ってんだ

どこへいくか　なんて　知っちゃあ　いねえ
ただもう　こっから　はなれてくんだ

いい子だな　ちよい　好きになるってのを　おくれ
でも　ながすぎねえように　してくんな
ちょい　好きになるっての　いい子だな　でも

ながすぎねえように　してくんな
ちょっとのま　甘えようにしてくんな
おめえの好きになんのはな
それなら、ごろごろ乗ってけるんだ
ごろごろ　乗ってかなきゃな?

（木島　始訳）

＊遠く離れた故郷の母が恋しくなったら

母という字は、ハコの中にナミダがいっぱい。
□はハコ。丶丶はナミダ。それでは一は何でしょうか？

母という字を書いてごらんなさい

サトウハチロー

母という字を書いてごらんなさい
やさしいように見えて　むづかしい字です
恰好のとれない字です
やせすぎたり　太りすぎたり　ゆがんだり
泣きくずれたり……
笑ってしまったり
お母さんにはないしょですが　ほんとうです

*別れがつらかったら

こんなつらい別れ方をする人もいるのです。
あなたの別れなんかピリオドではなくてコンマです。

朝の食事　ジャック・プレヴェール

かれは茶碗に　コーヒーをついだ
コーヒーの茶碗に　ミルクをいれた
そのミルクコーヒーに　砂糖をいれた
小匙で　かきまわした
ミルクコーヒーを飲んだ
それから茶碗を置いた
あたしにはものも言わないで
シガレットに　火をつけた
煙で環をつくった
灰皿に　灰をおとした
あたしにはものも言わないで
あたしを見ないで

立ちあがった
帽子を頭においた
レインコートを着た
雨がふっていたから　それから
雨のなかを
ひと言も話さないで
あたしを見ないで　出かけた
あたしは　頭を片手でかかえて
それから　泣いた

（小笠原豊樹訳に基づく）

＊寂しさに耐えきれなかったら

両方の目をふさいでめくらになって寂しがってもやっぱり瞼にうかぶものは？　それがあなたの寂しさから救ってくれることでしょう。

寂しさ　　エーリッヒ・ケストナー

ときにたまらなく寂しくなることがある！
そんなとき襟をかき立て　店さきで
あそこの帽子は悪くない　唯すこし小さいが……と
ひとりごとなんか言ったって駄目

カフェへはいって
ひとの笑うのを見たって駄目
ひとの笑うのを真似したって駄目
すぐに立ち上ったって　やっぱり駄目

そんなとき　ちょっと考える　もしも小さかったらどんなかしらと
生れたての赤ん坊のように　うんと小さかったなら！
それから両方の目をふさいでめくらになる
そしてひとりで寝ころがる

（小松太郎訳）

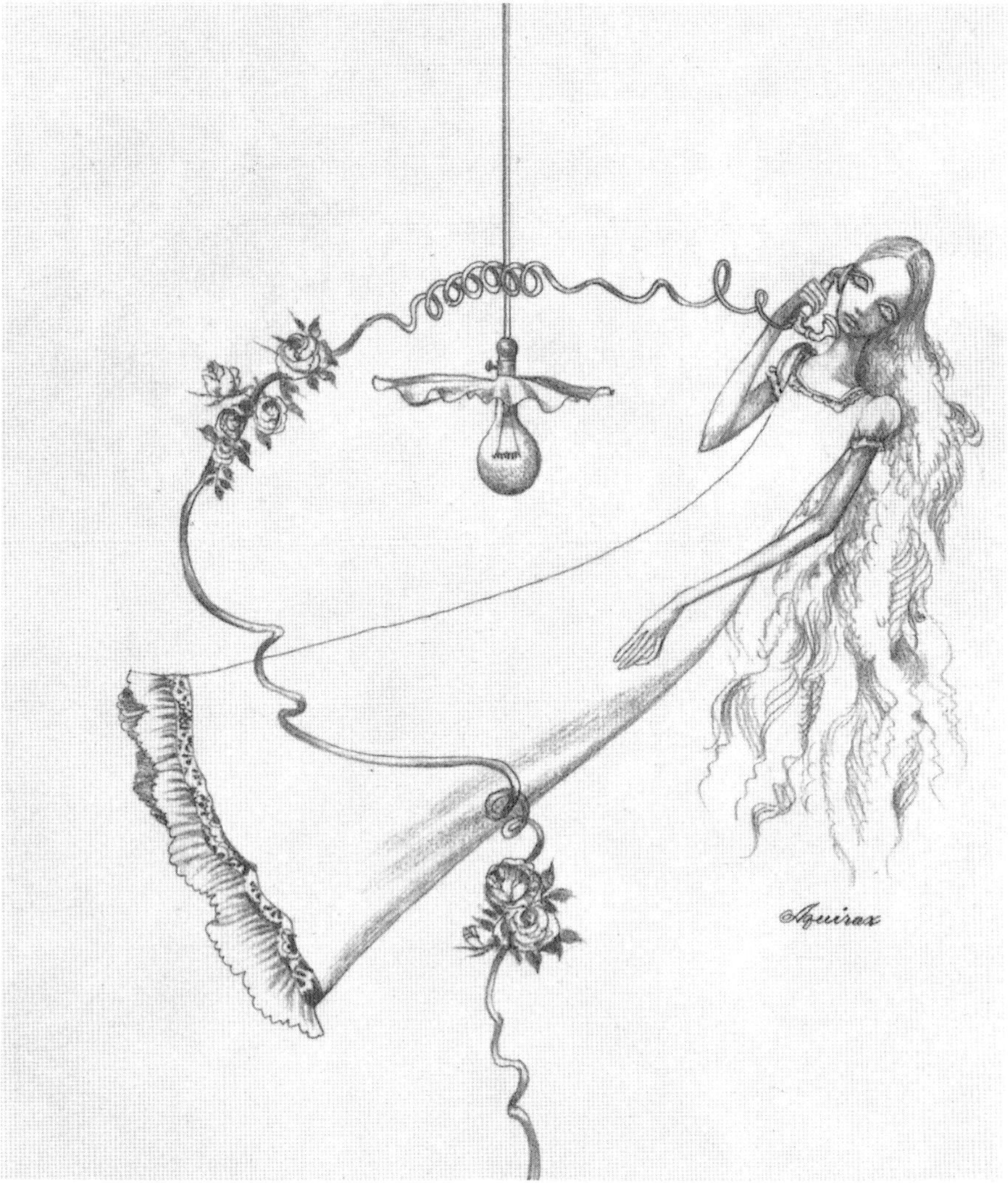
Aquirax

＊母のことを忘れそうになったら

できるだけ原語で何べんも歌って下さい。
ムイミにくりかえす歌が、いちばん母のことを思い出させてくれるでしょう。

テインサグーヌ　沖縄の子守唄

テインサグーヌ　ハーナヤ（ホーセンカの花は）
チミサキーニ　スーミテ（手をあかく染める）
ウヤノ　ユシグトウヤ（親のことばは）
チムニ　スミリ（心を染める）
ユラ　ハラス　フニ（夜航く　船は）
ニヌア　ミアティィ（北斗星がたより）
ワンナチュル　ウヤヤ（私を生んでくれた　親は）
ワンドウ　ミアティィ（私が目あてだ）

＊愛がものたりなかったら

松浦さんは十九才の少女です。
松浦さんのさがしてる愛は、きっと街のどこかでさがしに来てくれるのを待っていますよ。

愛の行方　　松浦　容子

母の愛
父の愛
兄の愛
妹の愛
友の愛
こんなにたくさんの愛があるのに
なんだか何かものたりないような

祖母への愛
祖父への愛
姉への愛

弟への愛
友への愛
こんなにたくさんの愛があるのに
なんだか何かものたりないような

五歳の愛
十歳の愛
十二歳の愛
十五歳の愛
——十八歳の愛
十八歳の愛はどこかへ行った
どこにもよらずまっすぐ行った
そしてそのままもどってこない
だから
こんなにたくさんの愛があるのに
なんだか何かものたりないような

*死ぬほどの恋をしたら

あのひとを殺したあたしがまっくらという空想が、あなたの恋のはげしさをうまく言いあてているでしょう?

恋について考えることは恋することと同じである。

――バルザック

くらくら　山口　洋子

だれもいない部屋がまっくら
いそぎ足の学生の濡れた爪先がまっくら
あのひとを待ちぶせるあたしがまっくら

だれかが呼ぶの
晴れた日の土管のなかから
すると今迄居眠りしていた人夫が
　この野郎!
　空に突きさしたシャベルがまっくら

いいえ　あたしなんにも知らない
追いつめられた屋根のうえ
チビたちが笑ったいっせいに
シャボンのように消えていく口がまっくら
おしろい女の乳房がまっくら
ゆれていく買物籠がまっくら
あのひとの野心がまっくら

裁判所のベンチに
やってきた猫が踊る
ああ　まっくら　腰をくねらせ
猫がまっくら……

もえさかる船がまっくら
酔いざめの月がまっくら
あのひとを殺したあたしがまっくら
くら……
くら……

*過ぎ去った恋を思い出して心が痛んだら

月日は流れ、わたしが残ったのはむかしの話。今じゃ月日は残ってわたしだけが大人になってゆくのです。むかしの恋にはこだわるな。

ミラボー橋　ギョーム・アポリネール

ミラボー橋の下をセーヌ河が流れ
　われ等の恋が流れる
わたしは思い出す
悩みのあとには楽しみが来ると

　日も暮れよ　鐘も鳴れ
　月日は流れ　わたしは残る

手と手をつなぎ顔と顔を向け合おう
　こうしていると
二人の腕の橋の下を

疲れたまなざしの無窮の時が流れる

　日も暮れよ　鐘も鳴れ
　月日は流れ　わたしは残る

流れる水のように　恋もまた死んでゆく
　　恋もまた死んでゆく
　命ばかりが長く
希望ばかりが大きい

　日も暮れよ　鐘も鳴れ
　月日は流れ　わたしは残る

日が去り　月がゆき
　　過ぎた時も
　昔の恋も　二度とまた帰って来ない
ミラボー橋の下をセーヌ河が流れる

　日も暮れよ　鐘も鳴れ
　月日は流れ　わたしは残る

（堀口大学訳）

*いつかくる死が悲しかったら

ふぢことというところに、自分の名前をあてはめて読んでみて下さい。そして自分の死の日を抒情して何べんも唱えて下さい。

ボンタン　　室生　犀星

ボンタン実る樹のしたにねむるべし
ボンタン思へば涙は流る
ボンタン遠い鹿児島で死にました
ボンタン九つ
ひとみは真珠
ボンタン万人に可愛がられ
いろはにほへ　らりるれろ
ああ　らりるれろ
可愛いその手も遠いところへ
天のははびとたづね行かれた
あなたのをじさん
あなたたづねて　すずめのお宿
ふぢこ来ませんか
ふぢこ居りませんか

＊悲哀に心が閉ざされたら

悲しみの美しさを知れば
悲しみの日もまた愉しというところでしょう。

直接の生　ポール・エリュアール

悲しみよ　さようなら
悲しみよ　こんにちは
天井のすじの中にもお前は刻みこまれている
わたしの愛する目の中にもお前は刻みこまれている
お前はみじめさとはどこかちがう
なぜなら
どんなに貧しい子でも
ほほ笑みながら
お前をみせてくれる
悲しみよ　こんにちは
ただ燃えるだけの肉体の愛
その愛のつよさ
だけどからだのないお化けのように
希望に裏切られているお前の悲しみ　美しい顔よ

*貧しくてひとりぼっちの夜だったら

豪華なパーティにいけなかったら
せめて豪華なパーティの話でもよんで下さい。
あなたは机の上のシンデレラです。

クラブ・ゴールデン・ゲイトにてジャズを聴きながら
ラッキーストライクの包装紙に書いたPoéme

黒田　維理

サン・ドミンゴで恋唄をおぼえましたよ

アニュ・ソレルの恋も
マダム・デュ・パリの陰謀も
所詮　それらはナプキンで蠅をとるように
黒子《ほくろ》をとってしまう
マダムたちのたあいない手品でしたね

サン・ドミンゴで恋唄をおぼえましたよ
恋もボタンのようにひとつはずして掛けるものだと
その頃まだマンボは流行っていませんでした

♣ 人形劇＝人魚姫抄

人形劇＝人形姫抄

♣

子供の頃，人形が好きだった。
人形と言っても操り人形や，指人形のことで，あの怪奇と幻想の思い出がいまでも心に灼きついて残っているのである。ぼくの幼稚園時代，近所に高屋医院という小さな医院があって，そこに「青いお姉さん」とぼくが呼んだとてもきれいな女学生がいた。
その「青いお姉さん」がある日，ぼくを二階に連れて行って，五本の指をパッとひらくと指の先に人間の顔がくっついているのであった。（この世に指人形などというものがあると知らなかったぼくは，びっくりして腰を抜かしてしまった）
――これは，ただの人形よ。
とあわてて青いお姉さんが言いわけしたが，
ぼくはただただ
――こわい，こわい，人形がこわい，
と言って泣くだけだったそうである。

バティ＝シャヴァンスの「人形劇の歴史」によると，人形への愛は，はじめは母性本能の反映だそうである。それがいつのまにか人形を疎んじるようになり，人形のこわさを知るようになる。「いったい人形の魂とは何なのであろうか？」とガストン・バティは問いかけている。「仮にこの魂が幻想に過ぎないとしても，それは芝居が終わったあともなお消え去らないものである。長いあいだ人形劇と親しんだ人は，動かない人形を見ても，その休息の外見にだまされることなく，人形がただ眠っているだけだということを知っている。これらの人形は，共に夢みることのできるものにだけ，その扉を開くことを理解するものである」

こんど，宇野亜喜良らと「人形の家」という人形劇一座を作った。これはそのための台本であり，人形のデザインと美術を宇野亜喜良，声の出演を石坂浩二などと決めた。アンデルセンの絵本をもとにして書いたこのメルヘンが
あなたのお気に召すか，どうか。
ペーパー・シアターのはじまり，はじまり！

第一幕

人魚のマルドロールが　船長に恋すること

海の魔女が　力を与えること

LE'S ENFANTS QUI SAIMENT

はじめに人形使いがあらわれて歌をうたった。

ほらほら　聞こえるだろ?
あれは幽霊船の水夫たちが歌っているんだよ。

七十五人で
船出をしたが
生き残ったはただひとり
あとはラム酒が一壜だ

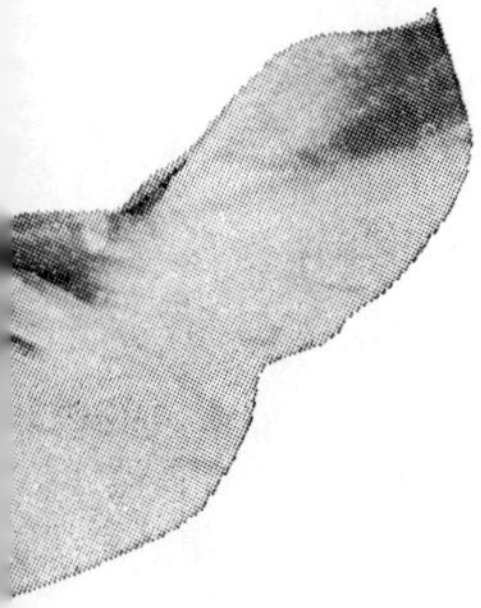

幽霊船の水夫だけじゃない。
海にはいろんな生きものが住んでるんだ。
海の底は、とても深くってとてもひろい……そこには、
きみたちがまだ見たことのない
ドラゴンだの人魚だのがいるんだよ。
（と、客席の女の子が一人立って大きな声でたずねる）

女の子　人魚って、何ですか？

人形使い　人魚ってのはね、人間とお魚のあいのこなんだ。つまり、体の上半身が
人間にそっくりで、
下半身がお魚にそっくりの生きものさ。

人魚は、海の中で
水の一番青いところに住んでるんだよ。
（観客席に向かって）さあ、皆さん！
これからはじまるのは
ことし十五才になったばかりの
人魚のお話です。
人魚の名前はマルドロール。
生まれてからまだ一度も、海の底の家を出たことのない
はずかしがりやの女の子でした。

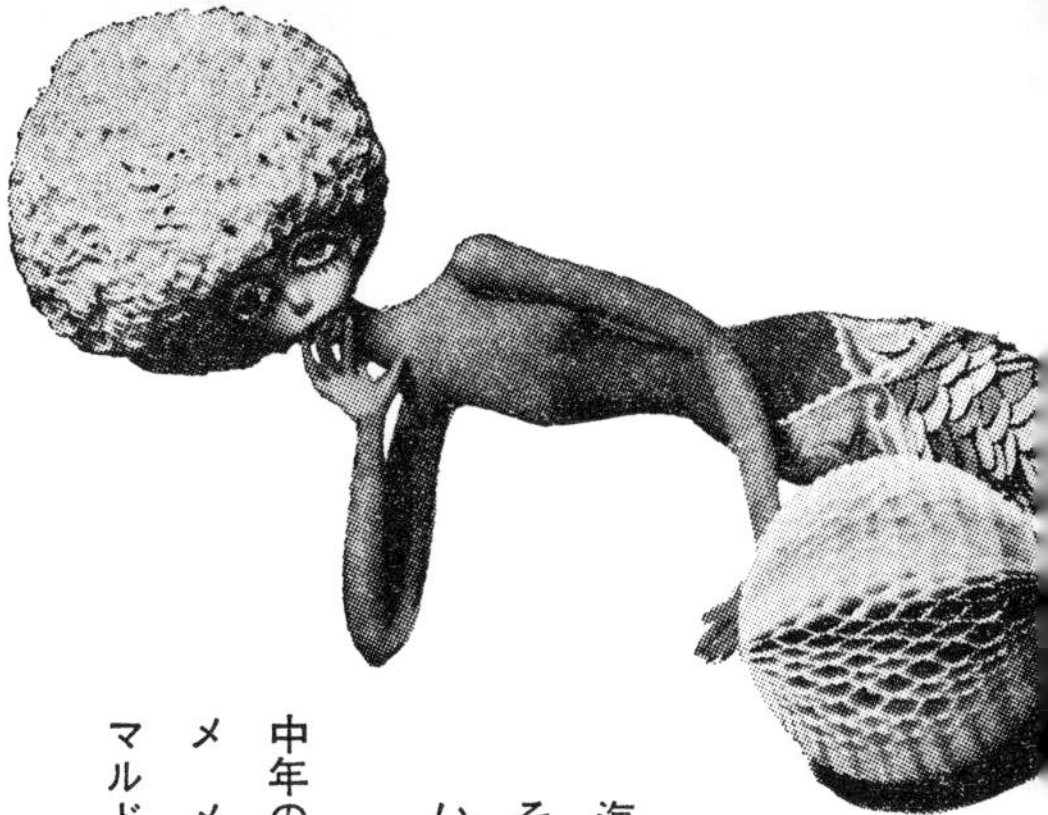

1

海の底に難破船が沈んでいた。
そこに集まって、人間の世界にあこがれた人魚たち、メメやマルドロールは、
いつも人間の世界のことばかり話しあっていた。

中年のクジラ　見てきたぞ、見てきたぞ。

メメ　海の上を?

マルドロール　人間の世界を?

（中年のクジラ、もっともらしくうなずく）

メメ　ねえ、話して!

マルドロール　海の上がどんなだか?

（中年のクジラ、勿体をつけて、ゆっくりと話し出す）

中年のクジラ　何しろ、人間たちの世界ってのは素晴らしいもんだ。

森があって木があって、
その小枝のあいだを行き来する魚たちは、
みんなかわいい声で歌をうたい、それをきいていると、とてもたのしい気分になってくる。

海の上に浮かび上がって、
岩に腰かけて、お月さまに照らされたり、そばを通る大きな船を見たりし

てると、
こんなせまっくるしい海の底にいるのがいやになってくるよ。

メ　メ　船？

マルドロール　船ってなあに。

中年のクジラ　船ってのはね、（とちょっと困って）木で作った大きな魚だ。
人間たちがその上にのって
海をわたるんだ。

マルドロール　大きな船って？

メ　メ　クジラおじさんよりも大きいの？

中年のクジラ　大きいともさ。
このおれの百倍もあるほど大きくて
しかもけむりを出して走るんだ。
（マルドロールとメメ、大きく溜息をつく）

中年のクジラ　だが、何と言っても素晴らしいのは、月の光ってやつだ。
あのふしぎな光に照らされると、
どんなにみにくい女の子だって、きれいに見えてくる
…………
（得意になって）
それに、頭の上を飛んでゆく
白鳥のむれがまた
何とも言えず、きれいだからなあ。

Aquirax

メ　メ　ああ、もうたまらないわ、マルドロール。どんな女の子でも、
　きれいにみえる
　月の光ですって！
マルドロール　そんな光に
　あたしも照らされてみたいわ！
メ　メ　行ってみましょうよ、マルドロール。海の上まではそんなに遠くはないの
　よ。
中年のクジラ　そうとも、そうとも、
　百聞は一見に如かずだ。
マルドロール　でも、お姉さん、お姉さんは十七才だけど
　あたしはまだ十五才でしょう？
　お母さんが
　もっと大人になるまでは、
　海の上に出てはいけないって、
　言ったんです。
メ　メ　大人になるまでなんて、とても待てないわ！
　ねえ、クジラおじさん。
中年のクジラ　そうとも、そうとも。
　風景なんて、すぐに年老いてしまうからね。（誘うように）
　何だったら、これから、
　海の上まで案内してあげたっていいんだよ。

メ　メ　ほんと？　おじさん。
中年のクジラ　ほんとだとも。
メ　メ　（マルドロールに）どうする？　マルドロール。
マルドロール　行ってらっしゃい、お姉さん。そして、海の上の人間の世界を
　いっぱい見てきて
　あたしに話してちょうだい！
メ　メ　おまえは、行かないの？
マルドロール　たのしみは
　大人になるまで、とっておくことにするわ！
メ　メ　（笑って）
　マルドロールのいくじなし。

（中年のクジラ、メメを案内して浮かび上がる。
水泡の中をゆっくりと消えるように、
上ってゆく人魚のメメと中年のクジラ）

2

だが、人間の世界を見に浮かび上がっていった人魚たちは、
それっきり帰ってこないことが
多いのだった。

マルドロールの姉たちも
いつも帰って来なかった。

金魚キキ　お呼びになりましたか？
マルドロール　ええ、呼んだわ！
おまえにちょっと、海の上まで行って来てほしいの。
金魚キキ　海の上まで？
マルドロール　ええ……そして、このガラスの壺に、月の光を入れてきてほしいの。あふれるぐらいにいっぱい。
金魚キキ　月の光ですか？
マルドロール　ええ、そうよ。

そのふしぎな光に照らされると、
どんなみにくい女の子でも、
きれいになって見えるんですって。
おまえにも半分
わけてあげるから……

（キキ、嬉しそうにガラスの壺をうけとって浮かび上がってゆく）

3

立ちこめてくるけむり。
あやしい音楽が鳴りはじめると、いままでひらいていた貝たち
がみな口をとじ、
海の底に咲いていた花たちが
あわてたように、
しぼんでしまう。
人魚の反対に頭が魚で、下半身が人間になっている魚人が、
骨だけの魚のヒドラをつれてやってくる。

魚　人　ははぁ！
貝たちめ、みな口をとじてしまったな。
海の花たちまで
みな眠ったふりをしてしまいやがった。

ヒドラ　よっぽど、きらわれていると見えますね、おれたちは。

魚　人　商売柄、止むを得ないところだ。
葬儀屋を好きなやつってのも
あんまり聞かないからな。

ヒドラ　それでもみんなは
心のどこかじゃ
おれたち二人に感謝している。

魚　人　そうともさ……。

おれたちのおかげで珍しい品物にありつけるんだからな。
（歌い出す）

二　人　俺たちゃ　海の
葬儀屋だ
花もそなえぬ、葬儀屋だ
ヒドラ　難破船なら
引き受けた
沈んだ宝は　みな貰え
魚　人　死んだ水夫は
水まかせ
宝は二人の　口まかせ
二　人　俺たちゃ　海の
葬儀屋だ
花もそなえぬ　葬儀屋だ

ヒドラ　（台詞で）それにしても、こんどの難破船には、
大した品物もなかったようです。
飲みのこしのラム酒、一ダースの牡蠣、
びしょぬれの海図と
一束の古い手紙。

二足の木靴と航海日記、役に立たない短剣と
イミテーションのエメラルド。
ちえっ、近頃は人間の世界も
不景気になったもんです。

そのヒドラと魚人の去ったあとで、マルドロールは、難破船の中に死にかけている若くて美しい船長に逢うのだった。

マルドロール　まあ
何てきれいなんでしょう。
人間だけにしかない厳しさにあふれた顔。
そして、
どこかにさびしさの翳のおちている顔。
(脈をとってみて)
しかもまだ死んだばかり、
いいえ、もしかしたら、まだ死んでいないのかも知れない。
そうだ、
介抱してあげなくちゃ……。
(と言って若い船長を抱えおこす。下半身を見て、足があるのにおどろいて)
まあ、足がある!

（しかしすぐわれに返って）
当然ね、人間ですものね。
（と、その若い船長を難破船のマストに凭せかけて）
海の神さま、
元気になる音楽をちょうだい！（とお祈りする）三百年生きられる音楽を！
この若い船長さんを、
もう一度、人生に呼びもどすことのできる音楽をちょうだい！
（すると、水のなかで遠い鐘の音が鳴りひびき、たくさんの魚たちが群がって、マルドロールと若い船長のまわりに集まってくる。
生を讃える音楽が鳴りひびき、
少しずつ、
若い船長が身じろぎはじめる）
マルドロール　動いたわ……生きているんだわ。
この若い胸に海の泡をたくさん
塗ってあげましょう。
（上着を脱がせながら）このイカリの刺青に、たくましい二本の腕に
海の生命を吹きこんであげましょう。
（と、髪に胸に、そっとくちづける）
（若い船長、うわ言を言いかける）

海の神さま！
海の中で一番あたたかい流れをちょうだい！
もっと沢山、音楽をちょうだい！
（ついに、若い船長はうなされたように口を動かして呼びかける）
若い船長　マリー、マリー！
マルドロール　マリー、って言ったわ。
生まれてはじめてきいた人間のことば、マリー……。
とてもいい響き！　マリー！　マリーって一体、どんな
どんな意味なの？
若い船長　マリー、マリー！
マルドロール　もっと言ってちょうだい！　マリー、一番遠い海から聞こえてくる
ような
人間のことば。
若い船長　マリー、どこにいる？
マルドロール　ここにいるわ、ここにいるわ。
（若い船長、はっと目をひらき
われに返ると、夢中でもがきはじめる）
マルドロール　ここにいるわ、ここにいるわ！
（しかし、若い船長はマルドロールには気づかない……。
溺れかけた人間が必死で、死の世界から逃げだすように、
浮かび上がって消えて行ってしまう）

（それを見上げながら）

マルドロール　行ってしまったわ。

でも、何て美しい人間なんでしょう。

海の世界では、

決して出会うことの出来ない、あのやさしい目、ひきしまった口、そして

いつでも戦うことの出来るつよい二本の腕、（自分の胸をかきいだいて）

あたしは恋をしてしまったんだ。

幕前

黒子の衣裳をつけた人形使いが立ち上がる。

一緒に女の子も立ち上がる。

4

人形使い　それからというもの、人魚のマルドロールは、若い船長のことが忘れられなくなってしまった。

そして、毎晩、あの難破船のあたりまで行ってみるのだが、

若い船長に出会うことは出来なかった。

女の子　どうして？

どうして出会うことが出来なかったの？

人形使い　人間は海の底なんかに

用事がないからだよ。

女の子　じゃあ、自分を助けてくれた、
マルドロールのことは
忘れてしまったの？

人形使い　忘れてしまったんじゃない。
覚えていなかったんだ。

女の子　かわいそうなマルドロール！　思い切って海の上の世界まで、
出て行けばいいのに。

人形使い　そうそう。
そうすればいいのだ。だがそれにしては彼女は若すぎた。
まだ十五才だからね。

女の子　何だか、悲しい物語になっていきそうだわ！

人形使い　じゃあひとつ、このへんで、
愉快な一場をお目にかけよう。

陽気な音楽とともに、幕が上がる。
海の底の難破船から、こわれた時計がぶら下っている。
四匹のイカが、白いマントをひらひらさせながら、
海賊の歌をうたっている。

コーラス　死人の箱にゃ
十五人
よいこらさ
それからラム酒が一壜だ

残りの奴らは
悪魔がやっつけた
よいこらさ
それからラム酒が一壜だ

七十五人で
船出をしたが
生き残ったはただひとり
それからラム酒が一壜だ

（その陽気さにうかれたように
船室にへばりついたイソギンチャクやワカメ、コンブたちまでが
ゆらゆらとゆれ
葬式の魚人やヒドラまで
顔をのぞかせる）
よいこらさ

それからラム酒が一壜だ

ふいに
「来たぞ、逃げろ！」という声！
やがて、大きな黒い影が水の上を通り、みんなかくれてしまい
ぼんやりしていたマルドロールだけが
とりのこされる。

中年のクジラ　マルドロール！　マルドロール！
はやくお逃げ！
マルドロール　どうして逃げるの？
中年のクジラ　船だよ、船だよ。
人間の船が、この上を通りすぎてゆくんだ。
まごまごしてると、
まっくらになってしまうぞ！
マルドロール　（うっとりして）
人間の船？
中年のクジラ　まごまごしてるとつかまえられて、
見世物かサーカスに売られてしまうぞ。
マルドロール　捕まってみたいわ、
人間になら！
中年のクジラ　ほら、来た！

海の底、まっくらになる。
闇のなかで、魚たちの目だけが光っているが、それが船の通りすぎてゆく轟音と共にゆれはじめる。
「こわーい」「助けてえ」
「キャーッ」という悲鳴があがり、
しばらく轟音的音楽がつづき
やがてまた少しずつ明るくなってくる。
しずかに海底の平和をあらわすテーマの音楽。

「みんな無事か」とか「誰も怪我しなかったか？」
とか、
「いまいましい船め！」とか口々に言いかわす声があり、また
魚たち泳ぎはじめる。

マルドロール　（ひとりごとのように）今の船も、
あの船長さんの船だったのかしら。（と見上げる）
中年のクジラ　すっかり、夢中になってしまったらしいね、人間の船長に。
マルドロール　ええ。
メ　メ　でも駄目よ、あたしたちは、
人間の仲間になんか入れないわ。
マルドロール　どうして？

メ　メ　だって、こんな体じゃ、ハイヒールもスカートもはけないでしょう？
マルドロール　そのかわり、こんなきれいな尾びれがあるもの。
これでも何とか
間にあうと思うわ。
中年のクジラ　（首をふる）駄目だ、駄目だ。やっぱり人間と
人魚とは、
本質的にちがうのだ。
マルドロール　どうして？
中年のクジラ　人間は死ぬのだよ！
（やや長い間があって）
人魚はふつう三百年間生きられるが、人間は百年足らずで死んでしまう。
どんな人間界の英雄だって、
百年以上は生きることが出来ないのだよ。
（どこか遠くから
ローレライの呼ぶような歌が流れこんでくる）
それに、
人魚は死ぬとただの水の泡になってしまうが、
人間は思い出を残すことができるのだ。
マルドロール　どうして、あたしたちは、
思い出を残すことができないの？
中年のクジラ　生きてるうちに、全部使いはたしてしまうからだよ。

愛も、幸福も。

マルドロール　でも人間になれれば、死んでからでも海の子守唄を聞いたり
　赤いお日さまを見たりすることも出来るんでしょう？

中年のクジラ　思い出のなかでなら、ね。

マルドロール　（ため息をつく）
　やっぱり
　人間に生まれたかったと思うわ。

中年のクジラ　でも、人間はとても不自由してるんだ。
　第一、足と呼ばれる、あの不恰好な二本の突っかい棒を持たないと、
　歩くこともできないんだからね。水の中になんか、
　永くもぐっていると、すぐに、
　窒息死してしまうんだ。

マルドロール　それでも、やっぱり人間の仲間に入りたいと思ったら？

中年のクジラ　（あきれかえって）何てことだ、すっかり恋をしてしまったと見え
　る……（とサジを投げて）
　そんならひとつ、海の魔女のところにでも相談に行ってみたら、
　どうかね？

マルドロール　海の魔女？

中年のクジラ　そう。
　海の魔女だ。怪魚ログマの腹の中に棲む、ことし七百才になる海の魔女！
　彼女なら、

名案があるかもしれないよ。

マルドロール　（うれしそうに自分の腕をかきいだく）……

中年のクジラ　七つの海の、
七つのうずまきの向こうがわ、
眠りつづけている怪魚ログマ
そのなかに行ってみてごらん……海の魔女が
おまえを人間の世界に近づけるための
いい知恵をかしてくれるかも知れない。
（マルドロール、さっそく浮かび上がる。つづいて中年のクジラ。
そして人魚のメメが浮かび上がろうとするとヒトデの星が、
メメに話しかける。

ヒトデ　メメさん、メメさん、

メ　メ　え、なあに？

ヒトデ　メメさんは、海の上へ行ってきたんでしょう？
岩に腰かけて
夜の空を見上げてきたんでしょう？

メ　メ　そうよ、とても素晴らしかったわ。

ヒトデ　じゃあきくけど
お星さまとあたしと
どっちがきれい？

メ　メ　（困る。吹き出しそうになる。ヒトデの星、からだをピンとはって

星のかたちに胸をはる）

ヒトデ　ねえ、こたえて！
お星さまとあたしと、どっちがきれいですか？

そこでマルドロールは海の魔女にたのんで、人間に変身させてもらう。
そしてひきかえに、海の魔女にことばを売りわたす。
マルドロールは、おしの少女に
なってしまうのである。

第二幕

人魚のマルドロールの陸の上の生活のこと

悲しみの学校のこと

SI TU T'IMAGINES

5

幕があがると波止場には赤い月が出ている。
片目の音楽師のポンズが電柱によりかかってアコーディオンを
ひきながら、
歌っている。
酔っぱらったスリのフライがその前でよろよろと踊っている。

片目のポンズ　どうだったい、今日のかせぎは?

フライ　上乗さ。
酒場の中だけで七回も仕事をしてやった。つまりよ、
七人の間抜けから、

七つの財布をスッてやったよ。
片目のポンズ　まったくお前ときたら
働きものだからなあ。
フライ　なあに、スリのフライも腕がおちたもんさ。
二十前の頃なら
お前が一曲歌っているまに、十人はカモに出来たもんだったが……。
片目のポンズ　ああ、あの頃はなあ。
フライ　あの頃はよかったよ。

盲目がひいてる
アコーディオン
むかしが恋しい
アコーディオン

スリのフライ、財布から札を抜きとるとポケットにしまい、財布を捨てようとして、岸壁の下の海をのぞきこみふるえだす。

フライ　ヒアーーッ!
片目のポンズ　どうした、フライ!
フライ　ポンズ!　海をのぞいてみろ。水死人だ。
しかも、女の子だ。
片目のポンズ　ほんとだ!

何てかわいい顔をしてるんだ。

フライ　すぐにひきあげよう。

片目のポンズ　だが、どうやって？

フライ　とびこむんだ！

片目のポンズ　（首をふる）駄目だ、とても駄目だ。

俺は泳げない……

ぜんぜん駄目なんだ。

フライ　俺もだ……俺も泳げない……おっ母さんが俺に、

泳ぎをおしえてくれなかった。

片目のポンズ　（すぐに主導権をとって）だが、こうしちゃおられない、すぐひき

あげなくっちゃ……。

まだ息があるかも知れないんだ。

フライ、おまえ酒場にとびこんで、だれか泳げるやつを

連れてきてくれ。

（フライ、「よしきた」といって酒場「棺桶亭」にとびこみ、若い船長の

ジークフリードをつれてくる）

若い船長　どうしたんだ一体？

フライ　（指さして）水死人、水死人……。

片目のポンズ　しかも女の子ですよ、とってもきれいな……。

若い船長　（のぞきこみ）

こいつは大変だ。

すぐひきあげなくっちゃ！

（と、着たままで海にとびこむ。と、ドボーンという大きな水音。のぞきこんでいるフライとポンズの「あ、うまく抱いた」……とか「それもう一息」「よいしょ」「どっこいしょ」という声だけ。やがて、片手にマルドロールを抱いた若い船長がびしょぬれで上がってきて）

若い船長　ここじゃ、だめだ。すぐにおれのうちまで運ぶことにしよう！

6

舞台、半回転すると、船長の家。大邸宅である。大理石の階段に赤い絨毯が敷きつめてあり、庭には噴水がある。

そこに、スリのフライと、片目のポンズがマルドロールを持ち、若い船長の案内で入ってくる。

若い船長　その上においてくれ。

（フライとポンズ恭々しくマルドロールを赤い絨毯の上に置く。

邸宅があんまり立派なので、びっくりしている感じでキョロキョロしている)

若い船長　(手を叩いて)

ムニエル！　ムニエル！

(のっぽの下男ムニエル、入ってきて一礼する)

若い船長　このかわいい水死体に

絹とモスリンの衣裳をかけてやってくれ。

(下男のムニエル、一礼して去る)

若い船長　それにしても

何てかわいい女の子だろう。

フライ　(しゃがみこんで)だが、へんですね。

すっかり体を拭いてやったのに、

まだ体がぬれている。

片目のポンズ　(ふいに)生きている！　この子は生きているぞ。

若い船長　どうしてわかったのだ。生きているって！

片目のポンズ　いま、まばたきをしたんです……

(三人、じっとマルドロールの目をみつめる)

三　人　ほんとだ！

生きている……

フライ　(ポンズに)よかったなぁ、

早く見つけて。

片目のポンズ　ほんとによ、生まれてはじめて人助けをしたもんだ。
（ムニエル、入ってきて無言でマルドロールに毛布がわりにモスリンの布地をかけてやり、マルドロールにしがみついていた金魚のキキをつまみあげ、
大きなガラスの金魚鉢にいれてやる。そしてまた、一礼して去る）
若い船長　死んでいたんじゃない
眠っていたのだな？
フライ　でも、はだかで？
片目のポンズ　海の中で？
若い船長　ふしぎな女の子だ。まったく変わった女の子だ。
だが、何という青い目だろう。
月夜の貝がらのような耳、
そして花びらのような口をしている。
（目をさましたマルドロール、はっとして布地で胸をかくす。
そしてこわごわとした目でフライとポンズを見ているが、
やがて、若い船長を見つけて、うれしそうな顔になる。しだいにあたり一面、オレンジのような光がさしこみ、マルドロール、半身を起こす）
若い船長　（マルドロールに）おまえは一体、どこから来たの？
マルドロール　（悲しそうに）……
（だが、おしになったマルドロールには、答えることが出来ない）
若い船長　遠い国から？

マルドロール　（うなずく）

若い船長　そしておまえは、一体、

　誰なのだね？

マルドロール　（首をふる）……

若い船長　ことばを言うことは出来ないのだね？

マルドロール　（うなずく）……

フライ　きっと、国がちがうんですよ。

片目のポンズ　つまり、俺たちのことばが通用しないんだ。

若い船長　まったく、何一つかね？

マルドロール　（首をふる）

若い船長　ほほう……

　少しはわたしたちのことばが言えると見える。

（マルドロール、指を一本つきだす）

若い船長　一つ？

マルドロール　（うなずく）

若い船長　一つだけか？　一つだけなら、言うことが出来るんだね？

フライ　それは、一体

片目のポンズ　何てことばだね。

（マルドロールのひらいた口から、かすれた声で一言だけ、つぶやかれる）

マルドロール　マリー……！

若い船長　ほう、この子はマリーの名前を知ってるよ。ますますもって不思議な子だ。

（と手をとって）さぁ、向こうへ行こう。そしてあったかいクジラ料理か、イカのケチャップ入りスープでもお食べ？

（マルドロール、ギクッとしたように首をふる）

フライ　まだまだ、こわがってますね。

片目のポンズ　そう、警戒してるんだ。

何しろ、俺たちときたら、人相がよくないからなぁ。

フライ　（と手を貸してやって立たせようとする。しかし、足がついたばかりのマルドロールは、うまく歩くことが出来ない。よろめいて、泳ぐような体つきになるのを、フライとポンズが肩を貸してやる）

フライ　何てこの子は、

片目のポンズ　歩くのが下手なんだ。

フライ　まるで今日、

片目のポンズ　生まれてはじめて歩くようだ。

若い船長　（そのうしろから、マルドロールに）だけどもう心配はいらないよ。今日からはこの家で、ずうっと一緒に暮らせばいいんだからね。

（一同出ていったあとで、金魚鉢の中のキキ、だれもいない部屋の中で一人言）

キキ　ああ、マルドロールさんが
一日も早く若い船長に
恋ごころをつたえることができればいいけど。
かわいそうに、ここまでくるために、
一生のことばをすててしまったことを
あの船長が知っていてくださると、
いいんだけれど。

7

ソファに深く腰かけている若い船長。
そばへつかつかとやってくるのっぽの下男のムニエル。

ムニエル　ちょっとお耳にいれておきたいことがございます。
若い船長　どうした、ムニエル？
ムニエル　じつはあの女の子のことでございますが……。
若い船長　ああ、あの海の捨て子の？
ムニエル　さようでございます。
若い船長　あの子がどうかしたのか？
ムニエル　はい、どうもへんなのでございます。
たとえば、あの子は決して魚を食べません。ムリに食べさせようとする

と、

泣きだす始末なのでございます。

若い船長　きらいなのだな、きっと。

ムニエル　それどころか、

こないだなどは料理人の留守を見はからって、台所にとびこみ、

せっかく漁師から買ったばかりの

生きているタイを

海に逃がしてやってしまいました。

若い船長　心がやさしい娘なのだろう、あの子は。

ムニエル　それに靴をはけません。

いつもはだしなのです。

若い船長　いいではないか、はだしだって。

それがあの子らしいところなのだから。

ムニエル　いつも体がぬれているのはどういうわけでしょう。

どんな天気のいい日でも、

まるで水浴びでもしてきたあとみたいに体がぬれているのです。

若い船長　………

ムニエル　おかげて毎日新しいシーツを替えねばなりません。

若い船長　そんなものぐらい、替えてやれ。

シーツなど安いものだ。

ムニエル　（一礼してさがろうとして）

あの子はいつも、何をしていると思いますか?
一人のときは……。

若い船長　女の子らしいあみものなどは
しないと言うのだろう?

ムニエル　それが大ちがい。あの子はいつでも
あみものばっかり。
日なたの海辺へでてはあみものばっかりしているのでございます。

若い船長　一体、そんなに一生懸命になって何をあんでいるのだね?

ムニエル　あなた様のセーター、あなた様の靴下、そしてあなた様のチョッキ。
なにもかも
あなた様のものばっかりでございますよ。
(遠くから楽士たちのコーラス)

ダリアの花が
咲いて散り
船は港を
出て帰り

マルドロールの
恋ごころ
ますますふかく

なりました

8

同じ場、
人魚のマルドロール、幸福そうに入ってくる。

若い船長　やあ、来たな
マルドロール　（にっこり一礼する）
若い船長　髪を切ったのだな？
あの、いつもしずくのたれている長い髪を。
マルドロール　………
若い船長　すっかりおとなっぽくなった。
とてもきれいになったぞ。
（マルドロール、うれしそうに若い船長の前にひざまずく。
そしてあみおえたばかりの靴下を、
若い船長の足に
はかせてやろうとするが、なかなか入らない。
やっと入ると、それはウロコのもようのついた、人魚の尾びれで出来てい
る）
若い船長　やあ、ぴったりだ！
（うれしそうにマルドロール、その足にくちづける。その頭をなでてやる

若い船長)

若い船長　どうだね
この家の生活にも大分馴れたかね?
(マルドロール、大きくうなずく)

若い船長　それはよかった。
ぼくはまた、
あんまり馴れない生活なので
夜も眠れないでつかれてしまっているのではないかと心配していたが……

マルドロール　(大きく首をふる)
(かわって金魚のキキが鉢のなかからこたえる)

キキ　それどころか、毎日がとってもたのしいの。
(マルドロール、うなずく)

若い船長　きのうは二人でいっしょに山へのぼったとき、
そのやさしい足から血がながれたので心配してたが、
おまえはただ笑っているだけだったね。

キキ　おそばにいられるなら、
足のいたみくらいは
なんでもありませんわ。
(マルドロール、うなずく)

若い船長　面白い金魚だ。
おまえの友だちかね?

マルドロール　（うなずく）
若い船長　だんだんおまえたちが好きになりそうだ。
いや、もうすでに好きになってしまったのかもしれない。
ゆうべはへんな夢をみた。
空をいっぱい魚たちが泳いでいた。
そのなかの一匹が、
よく見るとおまえなのだった。
（マルドロール、うれしそうに目をかがやかせて、
空を見あげる。
抒情的なテーマが流れこんでくる）
若い船長　おまえは誰よりも美しい目をもっている。
そして誰よりも
やさしい心をもっている。
それに
いつか、ぼくに逢ったことのある、
一人の女の子にそっくりなのだよ。
（マルドロール、いぶかしそうにその若い船長の顔を見る）
ぼくはその女の子に海の底で出会った。
ぼくの船が、難破して沈んだとき、
水の底で気を失っているぼくを介抱してくれた。
それはとても美しくて、

やさしい人だった。
たった一度逢っただけだが、
ぼくはそのときまで好きだった人をみな忘れてしまった。
その人のことは、だれにも言っていないが、
しかし、ぼくには
忘れられない思い出だ。
その子におまえはよく似ている。
だがその子はおまえではない。
その子は、人間ではなくて
人魚だったのだから。

(マルドロール、何かを言いかけるがことばにならない)
(しかし、二人の目はじっと見つめあう。まるで、百年も、前から見つめあってでもいたかのように)
ふいにのっぽのムニエル入ってくる。

ムニエル　ジークフリード様
マリー様が旅行からお帰りになりました。
(そのことばをきいて、ハッとしたように、マルドロールがふりむき、ききかえす)

マルドロール　マリー？
(ムニエル、一礼する)

Aquirax

ムニエル　はい

婚約者のマリー様でございます。

（はげしい音楽！

婚約者ということばをきいて、そのままばったりと気絶してしまう、マルドロール。波のように音楽がうねってしずかに幕！）

第三幕

人魚の死のこと
または永遠の思い出のこと
MA DOUCE LA MEL

9

海岸の岩の上に
しょんぼりと腰かけているマルドロール。
夜空に大きな月が出ている。
ふいにどこからともなく、甘く悲しい人魚の
歌が流れてくる。

人魚のコーラス

おもいでは
おもいでは

つきよのうみの
さかなです
おもいでは
おもいでは
とおいみなとの
おふねです
おもいでは
おもいでは
いつもおまえの
ことばかり
（あー）
（あー）

はるかな、波の間から人魚のメメ、中年のクジラ、星のヒトデが浮かび上がって岩に腰かけながら、沖を見ていた、マルドロールに話しかける。

三　人　マルドロール、マルドロール？
マルドロール　（うれしそうに手をふる）
メ　メ　マルドロール　どうしているの？
マルドロール　（元気だというそぶり）
メ　メ　どう？　人間の世界は……？
中年クジラ　遠くからあこがれていた方がよかったんじゃないのかい？

三　人　しあわせ、それともふしあわせ？
（マルドロール、だまってうつむいてしまう）
（三人、近よってくる）
メ　メ　おや、涙なんて流している。
星のヒトデ　涙ってなあに？
中年のクジラ　人間がじぶんでつくる、世界で一ばん小さい海のことだよ。
星のヒトデ　おさかなも泳いでるの？
中年のクジラ　（首をふる）
（マルドロール、ふいに両手で顔をおおって泣く）
星のヒトデ　あ、泣いた。
メ　メ　あんまりしあわせじゃないんだわ……そうでしょ？
中年のクジラ　いじめられているんだ。でなきゃ、何か悲しいことがあったんだ。
メ　メ　かえっておいでよ、マルドロール。おまえが、いなくなったので、
海の底じゃ、みなさみしい思いをしているんだよ。
やっぱり、
あたしたちは
海の底が一番いいんだよ。
（ひくくハミングで、「おもいでは」のメロディ）
きのうから
いつものように海のおまつりだし
人魚のフイフイおばさんは、また子供を産んだの。

しかも、五つ子よ。

みんなあつまると
よくおまえのはなしをしてなつかしがっているわ。
ねえ、マルドロール、みんなのもとへかえっておいで。
（ふいに船の音）

中年のクジラ　あ、人間の船だ！
（ドボン、という水音と共に三人は、海の中に消えて
マルドロールだけが、
岩の上にとりのこされる。
静寂、
と、若い、船長が岩壁づたいにやってきた）

若い船長　なあんだ、こんなところにいたのか。
ずいぶんさがしたよ。
こんなところで、一体何をしていたの？
（マルドロール、だまって海をさす）

若い船長　海を見ていたんだね
ずっと遙かな国を。
（やさしく肩を抱いて）
でも、風邪をひくよ、こんなところに、長くいると。

（マルドロール、その若い船長の胸に甘えるように顔をうめる）
あきらめておくれ。
今日、両親同士の話しあいで
ぼくとマリーとの結婚の話が
正式にまとまったのだ。
ほんとはぼくは、おまえの方が、
好きなのだが、
親の言いつけじゃ
仕方ないことさ。
彼女はマリーというんだが、
きっとおまえとも
仲良くやっていけるだろう。

マルドロールは、その若い船長の胸に顔をうめたまま泣き出してしまった。

10

はやあしでやってくる婚約者のマリー、ポンポンと手を拍って、のっぽのムニエルを呼びつけて、

マリー　皿をみがいておいてちょうだい。

ムニエル　はい、マリー様

マリー　手が切れるほど、ピカピカにね。
それから銀のランプには、
油をいっぱい、いれておいてね。
ムニエル　はいマリー様。
マリー　あの方のお顔がよく見えるように、よく燃える油をね。
ムニエル　はい　マリー様。
（ふいに、町じゅうの寺の鐘がなりひびきだす）
マリー　何の鐘なの？　あれは。
ムニエル　お二人の婚約を町じゅうに知らせる音楽でございますよ。
みんな大喜びでございましょう、一杯飲めるというので。
マリー　ねえ、ムニエル。
ムニエル　はい、マリー様。
マリー　ジークフリードのそばで、いつもぴったりとくっついている、あのはだしの女の子は一体何なの？
ムニエル　ああ、あれは……ただの捨て子でございます。
ジークフリード様が、
海から拾ってきましたので。
マリー　でもかわいい顔をしているわ……。
ムニエル　はい。
マリー　あの子、詩を読むのなんかは上手？
ムニエル　いいえ、あの子はおしでございます。

マリー　じゃあ、踊りは？
あたしとどっちがダンスうまい？

ムニエル　それはとても、問題になりません、あの子は、ダンスどころか歩くのがとても下手でございますから。

マリー　じゃあ、安心したわ。
ジークフリードが
心を動かされるなんてことはまずないでしょうから。

（向こうで、どっと喝采がわき起こり、はなやかな音楽が流れだす。はやあしで去ってゆくマリー、そしてムニエル）

ひとしきり、だれもいない舞台に、向こうの部屋の音楽だけが流れているが、しょんぼり入ってきたマルドロールに、鉢の中の金魚のキキがなぐさめの声をかける

キ　キ　元気をお出し、マルドロール。

マルドロール　……

キ　キ　そう言うあたしも
悲しくなりました。

マルドロール　……

キ　キ　ふるさとも捨てて
美しい声も捨ててやってきたけど
あの方の心は

手に入らなかった。
いいえ、入らなかったのじゃない、
あの方は親のいいつけ通りの婚約者をえらんで
マルドロールを捨てたんです。
（マルドロール、首をふる。
顔は、やさしさにあふれている）

キ　キ　今夜きりなんですよ、マルドロール
生きていられるのは。
あの二人がくちづけをかわすまでの
ほんの数時間しかないんだ。

マルドロール　……

キ　キ　あとには思い出も
のこらない。
（とびこんでくる音楽師の片目のポンズ、酔っている）

片目のポンズ　やあ、こんなところにいたのか、海の捨て子ちゃん。
さ、旦那のおめでただ……もっと陽気に笑ったらどうだい。

フライ　命の恩人の御結婚じゃないか。
え……（とマルドロールの手をとって、踊り出す。入ってきた、花嫁のマ
リーと若い船長もそれをたのしそうに
見ている。
マルドロール、心のうちでは死をおもいながら

顔には笑みをたたえて踊る)

海のうえには
なにがある?
海のうえには
なにがある?
きらめくきらめく
星がある
愛しあってるふたりには
数えきれない星がある

(しだいにはげしく踊りだすマルドロール、
一人になって、狂ったように踊りだす)
みんなはドッと拍手をしてマルドロールの踊りをたたえてくれた。

11

暗闇に、まっ黒いマントの男があらわれる。

ムニエル 誰だ? おまえは。
マントの男 道化師のシードラゴンでございます。
ムニエル シードラゴン?

聞かぬ名だな。
招ばれたのか？

マントの男　はい……おめでたい席なので仮装の芸を準備して参りました。
こちらが家内でございます。

ムニエル　（二人をジロジロと見るが）何だ、芸というのは？

マントの男　主に、水芸でございます。
どんなところからでも水を出すことが出来るという魔法の一種でございます。

ムニエル　やってみろ。

マントの男　ここででございますか？

ムニエル　そうだ。

（すると、マントの男のうしろのマントの女が手をあげる。
その手の先から、汐水が吹きあげる。さっと指さすとムニエルのズボンからも……目からも……）

ムニエル　ヒァーッ（悲鳴をあげて）
やめてくれ、やめてくれ。

マントの男　では、失礼して通らせていただきます。

（と、まだ水をもてあましているムニエルをのこして奥へ入ってゆく。

溶明——噴水のある庭

入ってきたマントの男と女、テスリにうつぶしている
マルドロールに、

そっとしのびより)

マントの男　さあ、マルドロール。

こっちをお向き――

(こわごわとふりむくマルドロールの前で、二人がパッとマントを脱ぎ捨てると、中年のクジラと人魚のメメである)

(思わずうれしさから

二人に抱きついてゆくマルドロールに)

中年のクジラ　心配してきてやったのだ。

こんなことになるのではないかと

案じていたのだよ。

(マルドロール、メメの髪がみじかくなってしまっているのに気がついて指さす)

メ　メ　(うなずいて)あたしの長い髪の毛を海の魔女にあげたの。

おまえが今夜死ななくてすむようにと海の魔女におねがいしたの。

そうしたら魔女はあたしに短刀をくれました。

(中年のクジラ、短刀をとり出してそれをマルドロールにみせる)

中年のクジラ　これがそうなんだ。ほら、まるで生まれたてのサメの子みたいにピカピカ光っている。

メ　メ　これで、陽ののぼらないうちに、若い船長の心臓につきささねばいけません。

メ

そして彼の、

あたたかい血がおまえの足にかかるとおまえの足はちぢんで
魚のしっぽになって
またもとの人魚にもどれるのです

中年のクジラ　さ、おまえをうらぎったジークフリードを刺して、
はやく帰っておいで。
海じゃみんなが待っているよ。
（マルドロール、その短刀をじっと見つめる）

メ　メ　ためらっていちゃ、だめよ。
三百年生きられるか、今夜死んで、ただの泡になってしまうかのさかい目
なのだから。
（二人、マントをかぶるとまた来た方に消えてゆく。
そして短刀を持ったマルドロールがひとりだけのこされる）
（そのうしろの窓にシルエットで、花嫁と若い船長がうつっている。
遠くから海鳴りがきこえる。

マルドロール、一度は短刀を胸に抱いてその窓を見つめる。
すると、シルエットの若い船長は
マリーの手にそっとくちづける。
マリーは、その若い船長のひたいにくちづける。
マルドロール、低く、たった一言だけ知っていることば「マリー」
とつぶやいて、

海に向かってその短刀を投げ捨てる。
遠い小さな水音がする。
マルドロールのモノローグ、風のように。（心の声）

マルドロール　そうだ、
あたしも海へ帰りましょう。
海で生まれたのだから、海で死ぬことにしましょう。
人間の愛が得られなかったので、
思い出ものこすことができないけれど、
でも、あたしが死んで
水になってしまったら、
彼や、マリーや、
みんなの役に立つこともあるでしょう。
それがあたしの愛です。
愛されることには失敗したけど、
愛することなら
うまくゆくかもしれない。
そうきっとすばらしい泡になれるでしょう。
……（と、ドアをあけて海に向かって、歩きだすが――ふりかえって）
さよなら、あたしの部屋。
さようなら、あたしの人生。
（そして、身をおどらせて海へとびこんでゆく。

水音がして）

おもいでは
おもいでは
つきよのうみの
さかなです
おもいでは
とおいみなとの
おふねです
おもいでは
おもいでは
いつもあなたの
ことばかり

（ふいにだれもいなくなった舞台のあちこちから噴水のように水が吹きあがり、すばらしい水、水、水のなかをコーラスがたかまっていって幕になる）

おもいでは
おもいでは
いつもあなたの

ことばかり

＊詩人の日記

寺山修司

×月×日

夜の飛行機で羽田に着いた。

四十日ぶりの東京は、ひどくなつかしい気がした。

「どちらへいらしてたんです?」

と同じ飛行機に乗りあわせたインド人にきかれた。

「ニューヨークとパリとローマとアフリカです」

「お仕事ですか?」

「ええ。マザース mothers という映画なんです。

世界中のさまざまの母子のスケッチをカラーフィルムに撮り、それを一篇の映画詩に編集して、ぼくが言葉をのせるんです」

「それじゃたのしかったでしょう」

「ええ、とても素晴らしい世界旅行でしたよ」

×月×日

ことし七才になる従妹のモミに宿題を出された。

「目が一つで、手が一本で足が六本のもの、なあに?」

というのだ。

一日中考えたが、わからなかった。

夜、ニューヨークで買ってきたギンズバーグの詩のレコード「カデッシ」を聴く。

×月×日

夜、ぼくの家でパーティがひらかれる。月一回の「小さなサロン」である。ギターをひいたり、自作の詩を読んだり、音楽を聴きながら話しあったりする三十人ぐらいのパーティだが、今日はゲストに宇野亜喜良を呼んで、彼のアニメーションを観る。

少女が魚に変身したりする、例の変身の詩である。途中から、イラストレーターの横尾忠則も加わってにぎやかになる。

出席者はみな、はじめて逢う読者だが、今日読まれた詩の中で、松浦容子さんのこんな詩が印象に残った。

淋しいという字は
木が二つならんでいるのに
どうして
さみしいのでしょう

×月×日

フィンランドの劇作家ユンコラ氏が訪ねてくる。ぼくの叙事詩劇『山姥』を翻訳して放送したいのだと言う。

夜、寝る前にふいに気がつく。

「目が一つで、手が一本で足が六本のものは、丹下左膳が馬に乗っているところである」

さっそくあした、モミに言ってやろう。

×月×日

ぼくのマンションの二階に集まっている、大学生たちが中心の演劇実験室が、八月に『毛皮のマリー』をやることになった。これは女装劇で、すべて美女役は男が演じる。

Elle a roulé Sa basse
Elle a roulé Carosse
Elle a plumé
Plus d'un pigeon

と歌われる毛皮のマリーのにせものが出現！「男から男へとわたり歩き、ぜいたくな暮らしをしていた彼女も、今は虫くいだらけのミンクに身を包み、酔っぱらって昔ばなしをするばかり」という娼婦のマリーのドラマである。

そのキャステングのため、このところ連日、女装役候補の美少年とばかり逢っている。

×月×日

宇野亜喜良と共同の人形劇『人魚姫』がいよいよ具体的になってきて、今日は主題歌を書きあげなければならないのに、なかなかすすまない。牧場から電話があって、

「そろそろ馬の名前をきめてください」

と言う。

ぼくの馬も、いよいよ秋からレースに出場するのである。

「ユリシーズってのはどうだろう」

と言うと調教師の森さんが「ははあ、ユリシーズですか」と言いながらうなずいているのがわかった。

今週の土曜日は、ユリシーズに逢いにゆくことにしよう。

＊イラストレーターの日記

宇野亜喜良

×月×日

寺山修司作・清水浩二演出の人形劇『人魚姫』の人形デザインにかかる。

本来、人形劇の舞台は、その俳優からはじまって、すべてが人間によって造られる〈物〉によって構築される。イメージの採掘に才能があれば眠れる宝石をとりだすことが可能であるはずなのだが、現実としては、操作構造や、舞台機構の問題がそれらをはばむものとして出現する。とにかく異様な美しさにきらめく舞台にしたい。この場合、形而上のリアリティは、人形劇の本質的リアリティに共通する。理想こそがアクチュアリティだ。人形への愛とその愛をみせることとの羞恥心からこれらは出発すべきである。

×月×日

午後、銀座ルナミ画廊へ合田佐和子さんの人形展を観に行く。

ルナミ画廊の八坪ほどの床、壁面、それから机の上は白い蛇たちでいっぱいである。それぞれ試験管の中や、レンズの上、ブランデーグラスの中、医者や科学者の使うガラス器の中に、作者が生みおとしたままの姿で、幽じこめられていて、ぼくたちに決して危害を加えたりはしない。

しかし彼女たち（不思議なことに、それらはすべて女であった）は爬虫類の世紀末といった奇妙なエロチシズムで私たちを誘う。たとえば、妖異博物館、あるいは遠い昔の母の胎内の記憶、いつかみた見世物小屋の蛇娘、その小屋の前の絵看板、それを照らしていた裸電球、アセチレンガスの匂い、カレードスコープ、または蠟人形の皮膚へ刺す刺青。それらのイメージは女性のみが生産できる質の官能の装飾性によって孤独のいじらしさという個有の情感をたたえていた。二点買う。

白石かずこさんに会う。例によって、すさまじい服装であり、ピンクのワンピース、銀ラメのストッキング、銀のジャケット。なんと華麗なといったら、あなたこそ破廉恥なと、ぼくのジャケットに対するお返しがきた。

そのあと三幸通りの三愛へ行く。ちょうどシモンの作品の展覧会をやっていて、彼に会う。もっとデレッタンティズムを発揮すべきだ。

×月×日

夜、妻とドンの洋ちゃんと寺山修司・作 横尾忠則・美術の天井桟敷公演を観る。日本の土俗性を表現上のモチーフに、せむし、大男、浪曲をうなるセーラー服の女の子と、きらきら飾りたてた丸山明宏の扮する女主人、大正期の水着を着た美少女美少年、それら視覚の生みだすスキャンダルは、舞台の形象としてまさに衝撃的であり、不思議な魅力をもっていた。すごい人気でぼくたちの観たあとの時間に再演するらしい。

久しぶりに横尾夫人に会う。

草月会館のロビーだけは不快な場所だ。それは前衛エリートサロンである。ぼくは前衛ムードがきらいだ。

×月×日

男性週刊紙のグラビア〈世界の一流品〉の撮影、一流品についてきかれた。やはり、社会的になかば普遍的な評価を受けている品物で製品化の良心の質をおとさないものと、もうひとつ、個人的な世界における価値の発見により、まったく個人的な対応関係の中で一流品の称号を授けられるものとある。あとの発想のほうが、キャンピーだと答えておいた。

マックスファクターのダフォデルという石鹸は、安物だけれど、入浴後の爽快感は、ヨーロッパの石鹸にくらべて、まったく明るさに満ちている。

×月×日

人間座公演の『愛奴』を観る。これで四度目の再演である。ぼくは宣伝デザインを担当した関係で、初演と今日で二回の舞台を観たことになる。やはり劇中の歌声酒場はいやな場面だ。ロシア民謡の悲壮感は、現代のオプティミズムだ。愛奴役の野沢リリはよかった。マヌカンを新劇に使った江田さんの才能はさえている。

作者の栗田さんに会う。愛奴を本にすること、および装幀を頼まれたこと。武市好古氏、田中一光氏、矢崎泰久氏に会う。

×月×日

トルーマン・カポーテの本を買うつもりで書店に入ったけれどそれがなく、ジョルジュ・バタイユの『マダム・エドワルダ』を買う。「眼球譚」を読む。二時、コシノ・ジュンコと二人で週刊紙の〈リゾート・ファッション〉の批評をする。

写真をみて話すのは色彩とフィーリング、環境との対応が不明瞭でむずかしい。神宮外苑の中で二人の写真を撮られる。焼いたトウモロコシを二人でかじりながら原宿の事務所へ戻る。彼女がドリームランドの幽霊屋敷で三十分お化けになった話を聞きながら……。

クレープのストライプでシャツブラウスを作ってもらうことにする。この前、ハワイへ行く時作ってもらったのは、ニューヨークのモデルのダイアンにほめられた。夜、澄ちゃん、太田くん事務所へくる。食事のあと、久しぶりに NADJA へ行く。女になると美しい青年たちがパーティをやろうと言う。そういえば、海でのパーティがそろそろできる季節になった。

太陽よ、君は自分の三色版に
自分の果物籠に、自分の動物たちに、光沢をつける。
僕の肉体を鞣して呉れ、塩にして呉れ、
僕の大きな苦悩を追いだして呉れ。

▲寺山修司＝poet　▼宇野亜喜良＝illustrater

検印
省略

はだしの恋唄

1967年7月1日*初版発行©

定価*380円

著者*寺山修司

装・挿画*宇野亜喜良

発行者*坂本洋子

発行所 株式会社 新書館

東京都文京区小石川4—15—8*立山ビル

電話*814—0641〜2　振替*東京53723

飯島印刷*村上製本　落丁乱丁の際はお取替いたします

＊あなたにおくる
噂のフォア・レディース・シリーズ

（A5変型美麗本　各350円）

ひとりぼっちのあなたに……寺山修司／著　宇野亜喜良／画

恋人はいるのに、幸せなはずなのに、ときどき心が空っぽになることはありませんか？　そんなとき、幸福のかわりに、この本を机の上に置いて下さい。寺山修司、宇野亜喜良のコンビによる詩や物語の世界が、恋人よりも親しくあなたに話しかけることでしょう。

ベストドレッサーの秘密……細野久／著　川村みづえ／画

美しさは、何よりもまず心の問題。そして次に〈おしゃれ〉の問題です。個性的なおしゃれ、知的な装い、優雅な着こなし、可憐な服装、さまざまなおしゃれの秘訣をいっぱい詰めこんだこの本が、あなたをきっとベストドレッサーにしてしまうでしょう。

フランスの女流作家たち……松尾邦之助／著　松本はるみ／画

サガン、ボーボワール、コレットなど、フランスのすぐれた女流作家たちの愛と人生の結晶をさぐり、そこから生みだされた作品を通じて、女性の生き方を考える本——文学について、人生について語るユニークな女性論です。

愛の教室——ギリシャ神話……高橋睦郎／著　宇野亜喜良／画

〈愛の教室〉には、優等生も劣等生もありません。あるものは、真剣に愛する人とそうでない人の区別だけです。あなたは、ギリシャ神話というゆたかな泉から、思慕、怖れ、あやまち、嫉妬など、愛のもつさまざまな姿をくみとることでしょう。

恋する魔女……立原えりか／著　宇野亜喜良／画

わたしは魔女、裏ぎられた恋に復讐する娘。わたしが彼らをどんなに心をこめて殺したか、どれほどやさしく締めつけたか……わたしの恋の殺人物語をあなたに捧げます。立原えりかがつづった、ロマンティックで、残酷な恋のメルヘンです。

女流詩人……諏訪　優／著　横尾忠則／画

エミリィ・ディキンスンをはじめとするアメリカの女流詩人の詩を中心に、各国の愛の詩を紹介。もしもあなたがいま、詩を読んでいるなら、詩の味わい方を、もしもあなたが明日、詩を書こうと思っているなら、この本は、やさしく道をひらいてくれるでしょう。

さよならの城……寺山修司／著　宇野亜喜良／画

さよならは、舌にのこった煙草の味、甘くて苦い一匙のココア、二人の心に映った夕焼の色。……この本はさよならしたことのある人のための本です。生まれてからまだ一度もさよならしたことのない人は、この本を読む前に誰かにさよならしてきて下さい。

かわいい魔女……新川和江・筒井康隆・白石かずこ、佐野　洋・立原えりか／著　水森亜土／画

あなたの心に棲んでいる恋愛事件を夢みるかわいい魔女。ちいさな翼がはばたけば、胸は動悸をうつでしょう。愛を求めて飛びたつときは、あなたは気がとおくなってしまっているでしょう。5人の作者による、愉快でかなしい魔女のメルヘン集。

婚約……小佐井伸二／著　前田亜土／画

わたしは待っている、毎日。彼に会える偶然を。わたしは待っている、毎晩。彼から電話がかかってくるはずはないと思いながらも、彼からの電話を。二人の女性の手記を通して、あなた自身が書くかもしれない婚約の日々を美しくつづっています。

薔薇の天使……竹内健／著　蓮本みゆき／画

ボクは君のような女の子を悲しませたくないんだ。貝になって海の底へ沈めば誰にも傷つけられないいさ。ずっと美しく安全でいられるんだ。さあ、腕をだして！　海の色した少年の悲しみを美しいイメージで描いたメルヘンの傑作です。

さいごの夏……リカルダ・フーフ／作　矢川澄子／訳　松本はるみ／画

初夏の別荘での出来ごと。県知事が雇い入れた秘書の青年に、二人の姉妹は、ほとんど同時に恋の虜になってしまう。だが、この青年こそ知事の命を狙うテロリストだった……。やがて訪れる愛の離別と破局を、青春期の複雑な心理模様をちりばめながら、書簡体でつづった珠玉の名作です。（7月末発売）

ある日、とつぜん恋が……白石かずこ／著

ある日、リヴェラの海岸で、スイスの山麓で、そして原宿の街角で、色とりどりの恋のゴム風船が、いっせいに空に向かって飛びたった。恋に恋する詩人、白石かずこが、思い出の詩を挿入、楽しく語らう、思いやりと、楽しさにみちたさまざまの愛の間奏曲はいかが。（8月末発売）

はだしの恋唄〈思い出復刻版〉

二〇〇四年五月二十五日　初版第一刷発行
二〇二四年十月二十五日　　第三刷

著者　寺山修司

装幀・挿画　宇野亞喜良

発行　株式会社　新書館
一一三－〇〇二四　東京都文京区西片二－一九－一八
電話　〇三（三八一一）二九六六
（営業）一七四－〇〇四三　東京都板橋区坂下一－二二－一四
電話　〇三（五九七〇）三八四〇
ＦＡＸ〇三（五九七〇）三八四七
印刷　平文社・方英社
製本　若林製本
（3冊セット　分売不可）
Printed in Japan ISBN978-4-403-15101-9